卿本娘子漢

2

鴻映雪 著

風文創 607

目錄

第十六章

九月十二日，秋高氣爽。

秦府一大早就府門大開，門前車馬不絕。這一天，是秦老夫人的壽辰。

這一日除了駐守在南詔的嫡孫秦曆山、嫁到玉陽關的孫女秦可兒和秦五娘這個女兒外，秦家人都到齊了。秦氏雖然沒來，但是有顏烈和顏寧代母來祝壽，彌補了秦老夫人的遺憾。

秦家在南州是望族，當天來祝壽的人很多。

「鎮南王妃到，鎮南王世子到——」隨著門口唱名的人叫出這兩名字，在場的夫人、姑娘們笑容更燦爛了幾分。

在南州，鎮南王府可說是最高的存在，南州實際上是在他們的管領之下，要不是鎮南王這七、八年躺在床上，秦紹祖這個南州州牧，很多事情都是要請示鎮南王，肯定沒有現在的聲望。

鎮南王病倒，世子楚謨又年幼，朝廷對南州的管理才多了起來。

這樣想想，楚謨這個世子也不容易，他若不想讓跟著鎮南王府的人寒心，就得抓回南州的主管權；但是鎮南王臥病在床，楚元帝虎視眈眈，他今年也才十五歲吧。

顏寧同情了楚謨一把。相比自己要為顏家圖謀的，他的擔子更重，她只要家人都好好活著就行，他卻不僅要讓家人活著，還得讓鎮南王府屹立不倒。

鎮南王妃頭戴朝陽五鳳掛珠釵，一身深紅錦服，笑著走進來。王妃雖然已是中年，不過保養得很好，看五官也是美人，就是一雙三角眼，眼尾上挑，薄薄的嘴唇，讓人覺得不可親近。

得體的裝扮，恰當好處的笑容，讓人一看就知道這是個尊貴的王妃，可尊可敬但不可近。

顏寧對這王妃莫名不喜，楚謨給她當兒子，日子一定不好過。

秦老夫人在雲氏和韓氏的攙扶下，迎到正廳門口，大夫人王氏走在王妃面前引路。

秦老夫人年紀雖大，但是品級比鎮南王妃低，連忙作勢要行禮。

這種好日子，鎮南王妃沒打算得罪秦家，自然不會真的讓秦老夫人行禮，一把扶住老夫人，笑道：「今兒個老夫人可是老壽星，我也來沾沾喜氣，哪能讓您行禮啊。」聲音有點尖細，不過被刻意壓低，顯得柔和了些。

「王妃客氣了，禮不可廢。」

「今日不論國禮，我們只論年紀。」

「王妃還是這麼平易近人，快請上座。」秦老夫人側身讓鎮南王妃坐了首座。

「我也來給老夫人祝壽了。」在鎮南王妃身後，站著的正是楚謨。

「世子多禮了，世子能來，實在是老婦的榮幸。」秦老夫人連忙客氣地道。

楚謨穿著一身寶藍色長衫，頭戴紅寶石抹額，更是襯得面如冠玉，星眸流轉，讓廳裡未婚的姑娘們都羞紅了臉，只覺得他那雙星目正在看自己似的。

顏寧正和秦妍如站在邊上，看到這一情景，偷偷笑道：「楚世子的魅力真是難擋，再站一會兒，估計要有不少人羞得暈過去了。」

「寧兒妳這張嘴巴！」秦妍如也低聲笑道。「不過楚世子在南州號稱是第一貴公子，很多閨中女子都愛慕他呢。」

「二表姊，那妳不會也是……」顏寧曖昧地眨眨眼。

「啐！我可不去蹚鎮南王府的渾水，再說楚世子這樣的身世，秦家雖然家世不錯，配鎮南王府還是單薄了點，你們顏府還差不多。」秦妍如倒是一點也不羞澀，毫不隱晦地評論。「妳看那邊那個，穿著茜色衣裙、梳著飛仙髻的，是南安侯的女兒劉瑩，她對楚世子可是相思入骨。」

顏寧隨她的指點看了一眼，果然看到一個穿著茜色衣裙的少女，一臉癡慕地看著楚謨，呆呆站著，連旁邊的少女拉她衣服也不理，好像少看了一眼都不行的樣子。不過那樣子，看著有些刁蠻。

「妳和楚世子同路南下，她可嫉恨妳呢。」

果然，劉瑩看到顏寧在打量她，居然還丟了個白眼過來。

顏寧收回視線，回秦妍如的話。「鎮南王府裡不是人口很簡單嗎？二表姊都說是渾水了，我肯定也不會去蹚的。」

顏寧說起自己的想法也大方，這點是她和秦妍如最合得來的地方。

「鎮南王妃是繼室，楚世子是原王妃生的。這個王妃是原王妃的庶妹，嫁過來後生了個兒子，聽說是癡傻兒。鎮南王剛病倒的時候，王妃還想參理王府事務呢！對了，南州這裡不少兵將都是鎮南王培養提拔的，連我大哥都是，要想在南邊軍裡站穩腳，鎮南王府的認可很重要。」秦妍如也不知道具體情況，她聽到的都是七零八落湊起來的。

不過就這些內容，也夠顏寧湊出一個王府內院的恩怨情仇故事了。

楚謨一個男子，不能多在女眷處停留。他祝完壽，與秦老夫人聊了幾句，看到顏寧站在秦家兩位姑娘邊上，依然是大紅衣裙，喜氣亮眼。他知道廳裡人多口雜，並不適合多聊，向她含笑點頭示意後就離開了。

顏寧看他示意招呼，也微微點頭笑了一下。

「寧兒，妳認識楚世子啊？」秦婉如注意到顏寧和楚謨的互動。

「姊姊，妳忘啦，寧兒與楚世子是一起從京城到南州的。」秦妍如看姊姊驚訝的樣子，提醒道。

除了同路南下，秦家人自然也知道顏寧與楚謨同時落水的事，不過這關係顏寧的閨譽，對外自然不會說出去。

「對啊，大表姊，別忘了我們和楚世子是同路的喔。」

「男女授受不親，顏家對女子管束可真寬鬆呢，居然讓顏姑娘和楚世子孤男寡女同行。」

顏寧話還沒說完，一個酸溜溜的聲音響起。不知什麼時候，南安侯的女兒劉瑩居然走到她們三個身邊，顯然也看到了剛剛楚謨的舉動。她這話說得尖酸刻薄，簡直不可理喻。

秦婉如和秦妍如怕顏寧年紀小吃虧，連忙上前兩步，雙雙把顏寧給擋在身後。

秦婉如不會和人爭論，秦妍如嘴巴卻是爽利的。「劉姑娘，什麼孤男寡女？我表弟和滿船的下人陪著呢，妳若不放心，不如去問問楚世子？」

「妳何必幫她掩飾呢？剛剛她看世子的眼神，明顯不守規矩。」劉瑩見不得別的姑娘盯著楚謨。

顏寧暗暗嘆氣。真是多出來的麻煩啊！

「二表姊，劉姑娘和世子訂親啦？我在京城時，沒聽說這喜事呢。」

前世她就不是好脾氣的人，現在重活一世，只是穩重了些，但是被人蹬鼻子上臉，還要忍氣吞聲的事，顏寧從來沒做過。

她的聲音很大，足以讓半個廳的人都能聽到。

「沒有訂親，妳怎麼會這麼想？」秦妍如很有默契地回道。

「原來沒訂親啊，那劉姑娘還要關心楚世子的衣食住行？」顏寧看劉瑩唰地一下紅了臉，又淡淡說道。

劉瑩身為南安侯嫡女，自恃身分，還是第一次被人奚落，柳眉一豎就要發怒。

秦婉如不想在祖母壽宴上多生事，連忙做和事佬，上前拉著劉瑩的手，道：「劉姑娘，我們到後園去賞花吧？」

劉瑩一把甩開她的手，指著顏寧叫道：「一個外來的破落戶，妳算什麼東西？敢這麼跟我說話！」

「我不算什麼人物，但妳又是什麼東西？等妳當上世子妃再來跟我說話吧。不過……」顏寧毫不示弱，上下打量她一眼。「不過，妳搆得到嗎？」

劉瑩自然知道自己家和鎮南王府家世的差別，最恨別人奚落這一點，氣得就要衝上前去，她身後的丫鬟嚇得連忙拉住她的手。

「哦，我差點忘了，妳姊姊在宮中做皇妃呢。劉妃娘娘？」顏寧可不管她氣得跳腳，繼續說：「這次離京，我進宮時，剛好碰到劉妃娘娘向我姑母請安，倒是沒提南州，不然，我倒可以幫劉妃娘娘給娘家捎句話呢。」

「妳得意什麼？等那個短命太……」劉瑩還想大聲叫。

未等她說完，在上座的南安侯夫人阮氏大聲叫道：「瑩兒！」

顏寧和劉瑩說話時，幾位姑娘都往邊上挪開了。

「瑩兒，妳們在說什麼啊？還不快來見過長輩。」南安侯夫人幾步走近女兒，拉著她往前去，又轉頭跟其他夫人說道：「我家這女兒就是愛和姊妹們玩鬧，一高興就忘了場合。」

其他人犯不著得罪侯夫人，也附和著說起來，氣氛一時不再尷尬。

顏寧剛才聽到短命兩字時，知道劉瑩是想咒太子哥哥。

南安侯家，竟然敢私下議論太子？

知女莫若母，南安侯夫人知道女兒對楚謨的迷戀。從聽說顏家姑娘和楚世子一起到南州後，她在家就已經鬧過了。

南安侯夫人暗暗嘆了口氣。女兒被慣壞了，養成跋扈的脾氣。在南州的貴女裡，除了鎮南王府，侯府女兒的身分也算高貴，加上劉家又出了劉妃這個皇妃，又是四皇子殿下的外家，眾人總是多忍讓幾分，更讓女兒有點不知天高地厚。

南安侯這爵位原本只世襲五代就得降爵，現在的侯爺劉喚就是第五代。但是因為劉喚的大女兒入宮，又生下四皇子，楚元帝御筆再襲三代。

南安侯劉喚沒什麼本事，子孫裡也沒有出挑的人才，但是劉家女兒多啊；而且劉家的女兒們還都比較爭氣，嫁的都是高門大戶，靠著姻親關係，南安侯才沒有沒落。

後來又與京城濟安伯府扯上關係，濟安伯看中南安侯家與四皇子的關係，南安侯家看中濟安伯的實權，雙方敘了宗譜，結為同宗。

在南州上層，大家暗地裡都取笑劉家賣女求榮，幸好女兒生得夠多。

據說南安侯聽到後，理直氣壯地說：「誰家沒女兒？可誰家女兒都能做皇妃嗎？」這話一出，大家只有嘆服的分兒。

南安侯小女兒劉瑩今年也十六歲了，自從見到楚謨後，一心想要嫁入鎮南王府。

南安侯知道女兒的心思後，大為高興。要是女兒能做鎮南王妃，那劉家在南方可就背靠大樹好乘涼啊，對女兒的心思不僅不制止，還大為鼓勵。要不是與楚謨沒什麼交往，他恨不得自己跑過去問對方要不要自家女兒？

比起侯爺，南安侯夫人還是比較清醒的。南安侯府雖然是侯爵，但是不要說顏府，就算是秦家這樣的實權人家，他們也不能輕易得罪。

現在，她看女兒一臉怒意，剛才劉瑩的話雖未出口，但是她自然知道女兒想說什麼，心裡暗恨丈夫在家口無遮攔，灌多了黃湯就吹噓什麼「等短命太子一死，我家四皇子做了太子，那時候誰家女兒有我家女兒尊貴啊」，又說「別看現在是我們高攀鎮南王府，將來四皇子上位，那就是他王府高攀我們家了」。

這些渾話，讓女兒聽進耳入了心。女兒竟然要在顏家和秦家人面前說出口，這不是招禍嗎？

阮氏是南安侯的繼室，劉妃並不是她所出，她一向比南安侯謹慎，做人也圓融得多，從不得罪人。

阮氏拉了一下，看劉瑩還不動，又加大聲音叫了一聲。「瑩兒，還不快來見過王妃和幾位長輩。」

她重點強調王妃兩字。劉瑩為了嫁給楚謨，對鎮南王妃一向很親熱。

果然，劉瑩聽到這強調後，恨恨地瞪了顏寧一眼，走到上座去，竟然瞬間變臉，溫柔地向王妃等人行禮問安。

阮氏向顏寧歉意地一笑，連忙回到座席。

顏寧對她們的離開也未阻止。這是外祖母的壽辰，她不想多出什麼事端。

「妳們在說什麼啊？說得這麼熱鬧。」鎮南王妃對劉瑩含笑示意，又看向顏寧那邊。「那位就是老夫人的外孫女顏家姑娘吧？好標緻的人兒，我還是第一次見呢。」

她點了名，秦老夫人自然不會藏著掖著，對顏寧招手。「寧兒過來，見過王妃。婉如、妍如，妳們也快來向王妃請安。」

秦婉如走在前面，秦妍如拉著顏寧，三人走上前依次行禮。「見過王妃。」

「免禮免禮！老夫人真是有福氣，孫子有出息，孫女兒又知禮，還偏偏都長得天仙一樣。現在看到您外孫女，又是一個美人兒啊。」王妃仔細打量後，一人給了一份見面禮。「是顏家姑娘吧？我們世子跟你們一路同行，承蒙照顧了。」

這話說得卻是有點不倫不類。楚謨一個男子，對顏寧說多謝照顧？而語氣中試探的意味也很濃厚。

顏寧收了見面禮，彎眉一笑。「王妃客氣了。一路上世子和我二哥相處極好，我二哥一直說到了南州，一定要請世子喝酒呢。」她沒提自己，只說顏烈和楚謨相處極好。

鎮南王妃看她神色淡然，提到楚謨時也毫無熱絡感，想到傳言一直是顏寧迷戀三皇子楚昭業，現在看果然對楚謨毫無情意，她臉上的笑意就真誠很多。「世子也說要為顏公子接風洗塵呢。」

南安侯夫人趁著無人注意，抓住劉瑩低聲道：「京中的消息妳又不是沒聽過，幹麼和顏姑娘過不去？再有這種失態的樣子，妳就給我先回家去。」

劉瑩剛剛被嫉妒沖昏頭，只記得顏寧和楚謨同行，只記得楚謨對顏寧含笑點頭的樣子。她對楚謨一舉一動都很關心，暗戀中的小姑娘也更敏感，直覺楚謨那一笑，與他平時客套的笑不一樣。顏寧，在楚謨心中的地位是不一樣的。但是顏寧的神態，看楚謨和看其他客人，並沒多大差別。

現在被母親一提醒，想到過去聽到的京中傳言——顏家姑娘熱戀三皇子楚昭業。

當時她還和其他貴女一起，暗中嘲笑顏家姑娘不知羞，如今怎麼被嫉妒沖昏頭腦，硬要將她和楚謨拉上關係呢？若是顏寧真的看上楚謨……

她打量一眼，也得承認顏寧是美人兒。關鍵是聽到的傳言裡，顏寧癡戀時，可是不管什麼男女禮教大防的，人前人後毫不掩飾自己的心意。顏家家勢又顯赫，那自己還有機會嗎？不過，王妃不會喜歡顏寧的。劉瑩堅定地想到，王妃送她生日禮就說喜歡自己這樣的姑娘。

等秦家姊妹和顏寧行禮後，她也上前行禮，果然王妃看到她還是一臉笑意，拉著她站到自己身邊。

劉瑩不知道，阮氏卻是清楚的。鎮南王妃不會希望楚謨娶個家世出眾、人又能幹的世子妃，所以自家這傻女兒才會被看中啊！可是，她也希望劉瑩能如願。這是自己的親生女兒，劉妃進宮，其他女兒出嫁，都是為家族謀利，她希望劉瑩嫁到鎮南王府，好歹女兒嫁的是心愛的人，又嫁在自己眼前。

可是南安侯夫人忘了，鎮南王妃滿意有什麼用？她只是繼室，楚謨的婚事能作主的還是鎮南王和楚謨自己。

繼秦家姑娘、顏寧和劉瑩之後，其他姑娘們也依次上前，向鎮南王妃問安。

這些姑娘們家世和前幾位不能比，鎮南王妃也沒有了剛才的熱絡，只是不失禮地應付。

秦妍如趁著人多，拉顏寧走開，怕她還生氣，勸道：「寧兒，妳別理那個劉瑩，她就跟瘋子一樣，誰跟楚世子拉上關係，她就恨不得咬人家一口。其實，世子能不能看上她還兩說呢，一點也不知羞。」

「沒事，二表姊，我不生氣。」顏寧這話倒是真話，就劉瑩這樣無故吃醋的樣子，她是真犯不上生閒氣。「二表姊，妳不喜歡她啊？」

「仗著自己是侯爺的女兒，她沒少作踐人。妳看她鼻子朝天的樣子，我就看不慣這種人。」

「怎麼，難道她敢給表姊妳氣受？」

「對我倒不至於，就是姊姊性子軟。有一次花會，她嫌棄自己的位子看不到世子，硬逼著姊姊給她讓位子呢。那次我不在，要是在的話，哪會讓她。只是父親、外祖母還有母親都要我們忍讓，母親說她家出了個劉妃，還有個四皇子。」秦妍如恨恨地道。「對了，南安侯夫人還跟母親說今年皇子們要選妃，是不是真的啊？」

「應該有可能，今年皇子們要離宮建府啦。」顏寧很敏感。「南安侯夫人怎麼和大舅母說這個？」

「母親喜歡和她聊天，她經常來家中作客，前幾日還巴巴地跑來說起皇子選妃的事。寧兒，妳怎麼會喜歡三皇子呢？」秦妍如提到皇子就想起顏寧對楚昭業的癡心。「喜歡就喜歡，妳可別學劉瑩那樣子。」

「那時年紀小不懂事嘛，母親教訓我好多次，現在我知道不好了，而且也知道女兒親事可不是隨便定的。表姊，妳就別說這個啦，我要害臊的。」

顏寧假裝羞澀地帶過，心裡卻苦笑。前世的她對楚昭業，比起劉瑩對楚謨，有過之而無不及。

想到剛剛秦妍如提到南安侯夫人所說的選妃之事，顏寧心裡暗暗警惕。

顏寧前世從未聽過南安侯夫人阮氏，現在只知道她是南安侯的繼室，劉妃生母去世後才續的弦。

阮家也不是世家大族，也沒出過什麼高官名人，她會經常找大舅母王氏聊天，又提起皇子選妃之事，看來前世大表姊進京就是為了選皇子妃，是被她慫恿的。阮氏說動大舅母，然後大舅母就說服舅舅和外祖母，送大表姊上京選皇子妃，沒想到大表姊不願，路上自盡了。

不同於二皇子楚昭暉的好大喜功，三皇子楚昭業的沈穩剛正，四皇子楚昭鈺總是隱在幾位皇子身後。論才幹，論家世，都不算突出，生母也只是一個妃位。

南安侯空有爵位沒有實權，女兒們嫁的高門大戶雖多，但是高門大戶，兒女聯姻並不意味著會為南安侯府賣命。

難道，四皇子是想要拉攏秦家？

可有顏家在，他憑什麼認為能拉攏到秦家？

不對，聽剛剛劉瑩未盡之意，他們肯定認為太子哥哥不能即位，那麼四皇子覺得自己能勝過其他兩位皇子？或者，他有把握顏家不會為楚昭業所用？

另外，顏寧也懷疑秦婉如之死有些蹊蹺。

這幾日接觸下來，大表姊溫柔可親，靦覥話少，甚至有點懦弱，不是剛烈性子，怎麼會做出這樣激烈的舉動？

顏寧覺得自己把一些事串起來了，可未等她深思，秦婉如走過來，拉著她和秦妍如一起入席。

南安侯夫人入席時，轉頭看了顏寧一眼，神色是若有所思。

顏寧對上阮氏的視線，微微一笑。雖然無故惹上這種事，但是劉瑩也好，南安侯也罷，她並沒放在眼裡，一看劉瑩那樣子，就是沒什麼腦子的人。

顏家在大楚聲名赫赫，世代將門。宮裡一個皇后、一個太子，顏明德又是世襲大將軍之位，在座的夫人和姑娘們都樂於與顏家交好。

顏寧以往只是不耐煩應酬，並不是不會，幾番攀談，席間倒也融洽。

酒席快到一半，顏寧忽然想起神醫一事沒有打聽過，連忙叫來虹霓，讓她去前院找墨陽，囑咐顏烈一定要問問楚謨，最近會不會出遠門？

一日壽宴忙碌下來，秦家的人都累壞了，送走最後一個客人後，王氏打發人收拾東西。秦老夫人躺在松榮院歇息；顏寧和秦婉如、秦妍如也累了，坐在榻邊歇息。

秦妍如直說還好為了不招搖，只設了午宴，這若還要弄戲臺子什麼的，不是更累死人。

顏寧也覺得秦家這壽宴辦得好。南州到底是鎮南王府的勢力範圍，如今鎮南王府看著式微，但是楚謨這個世子今年十五，也算成人了，大舅這個州牧若是設宴場面太大，有心人可能就以為是要和鎮南王府叫板。

這樣看來，外祖母一家其實很懂得避其鋒芒，為何要摻和到皇子選妃中去？

「寧兒，那劉家姑娘的性子，南州都知道，妳別和她一般見識。」秦老夫人從秦氏的信裡知道顏寧的性格，看她悶悶不語，怕她不肯甘休。

「外祖母，我不會和她一般見識的，您放心。」顏寧答應道。「她不再來惹我，我不會理她的。」

顏烈匆匆來到秦老夫人的松榮院。「外祖母，我和妹妹說點事。」

「可見是親兄妹，一天不說點體己話就難受。」秦妍如打趣道。

「二表姊別吃醋，親兄妹說體己話算什麼，將來二表姊夫會多和妳說的。」顏寧一回擊，讓秦妍如紅了臉，佯裝怒意，追著要打她。

王氏最近私下跟秦老夫人提起要給秦妍如說親，被顏寧聽到，時不時拿這話打趣二表姊。

說起來哪有大女兒未嫁，就考慮給小女兒說親的？王氏對秦婉如，看來是打定主意參選皇子妃了。

顏寧笑著拉了顏烈跑出去，來到自己住的房間。

「寧兒，給妳！這是今日致遠託我轉送給妳的。」顏烈來到顏寧屋中，攤開手中提著的包袱，裡面是一張虎皮，還有一盒藥膏。「這盒藥膏，說是潤膚生肌，能祛除疤痕的。」

顏寧拿起那張虎皮看了看，應該就是在山中他們遇到的那隻猛虎了。沒想到楚謨還讓人去取皮回來。再拿起那盒藥膏，打開後只覺得一股草香，顏色也是淡淡的綠色，不知是什麼做的？

想到他在山上許諾說要找藥給自己祛疤，今日就送來這個。

「對了，致遠還說約我們兩個出去，說他答應要帶妳去見一個神醫。剛好墨陽說，妳急著知道楚謨要不要出遠門的事，我就答應下來了。」

「嗯，有沒有說定日子？」顏寧連忙放下藥盒問道。

「沒定呢，妳要答應了，我就去給他回信，讓他選日子。對了，妳怎麼忽然要管他在不在王府的事？」顏烈狐疑地看著妹妹。

「還不是為了太子哥哥啊。」顏寧也不再瞞他。「聽說鎮南王府有神醫，我想問問楚謨，若真有神醫，能不能請神醫跟我們回京，幫太子哥哥診治一下？」

「原來是這樣啊，那何必妳去問，我去問就好。」

「你問話不清不楚的，等你傳話我不得急死？還是我自己去問吧。再說還有一事，當初我掉下荊河是被人陷害的，你不是也說那商船上的人死得奇怪？我覺得那凶手也許會跟來南州。當日在山裡，我和楚謨殺了四個水匪和兩個刺客。」

「什麼？是誰！」顏烈一聽，驚得大叫，被顏寧一把摀住嘴。

「二哥，你叫什麼？要是被外祖母他們聽到，徒增大家的煩惱。」

「妳知道是誰了嗎？告訴二哥，我去把他腦袋擰下來。」

「不知道呢，要知道我自己就先去擰了，所以要見楚謨問一下啊。這事你保密，不要說出去喔。」顏寧鄭重囑咐道。

顏烈點點頭，答應了。

第十七章

顏烈和顏寧說完話，已經快到晚膳時分，王氏讓人請他們吃飯。

「今日這壽宴累壞你們了，老大媳婦，你也坐下歇會兒吧。」秦老夫人招呼王氏。

「媳婦不累。其實，母親，這是您七十大壽，應該叫個戲班子或雜耍，多熱鬧熱鬧才好。」王氏覺得婆母這壽宴辦得簡單了些。「去年南安侯家就五姑娘劉瑩及笄，還熱鬧了一天呢。」

本來依她的意思，是要午宴、晚宴連著，最好再唱個三天堂會，當初在娘家時，她祖母六十大壽就是這麼操辦的。秦家如今的家勢，比起當初自己娘家好歹還要強上幾分，她本來是想大辦一場，也讓南州府裡的夫人們看看秦家的聲勢。

「我們家不比人家，不用太講究排場，還是簡單點好。依我說啊，我們一家人坐著熱鬧熱鬧就好，其實今日這樣我都嫌太鬧騰了。」秦老夫人慢慢說道。「南安侯家到底是侯府，我們家不用跟他們比。」

王氏訕訕地答應一聲。

秦老夫人看她臉色有點黯淡，又笑道：「就今日這樣，妍如都說太累，要依妳的意思辦，妍如還不得叫苦連天啊？」

「祖母真是的，人家說了一句，您就記上了。為了祖母，再累孫女兒也願意。」秦妍如看話題扯上自己，連忙道。

「就妳嘴巧，抱怨也抱怨了，忠心也表了，兩頭不落空啊。」秦老夫人取笑道。

王氏也笑了，直說秦妍如沒規矩。

秦老夫人看王氏臉色和緩，暗暗嘆了口氣。王氏也還算良善，只是略虛榮、好強了些。好面子不是問題，但是他們這種官宦人家，不識時務地掐尖，最後只會折了自己。嫁過來這幾年，她雖然時時提點，可還是長進不大！不過也難怪，她出身的王家也算大族，作為長房嫡女，自小要做弟妹們的表率，要強些也難免。

顏寧前世和大舅母只寥寥見過幾次，這次在南州住了幾天，與大舅母又熟悉了些。王氏這一生也算順風順水，嫁到秦家，秦老夫人又是明理開明的婆母，兩個兒媳婦從未厚此薄彼。妯娌蘇氏性情溫順，自從守寡後便不過問府中事務；秦紹祖也尊重她，所以她要操心的只是些內宅小事、人情往來而已。

或許從未受挫，王氏比起別人來，更好勝幾分，秦老夫人知道她的性子，也一直護著她的臉面。

這時，一個小丫鬟送了兩杯茶上來，她放一杯在顏烈邊上，又慢慢走上前，來到顏寧身邊，輕聲說：「表小姐，請用茶。」說著，拿起另一杯茶放到茶几上。

不知是茶水太燙，還是茶杯太重，她端起時，有點發抖，放下的瞬間甚至因為抖動而發出輕微異響。

這聲音很輕微，顏寧是習武之人，耳力本就比常人敏銳些。她聽到茶杯抖動著放到茶几上的聲音，抬頭打量眼前的小丫鬟。

在松榮院住了這些日子，秦老夫人院裡的丫鬟婆子她認了個七七八八。這個丫鬟她叫不出名字，卻知道是正廳裡伺候茶水的，每次自己喝茶都是她送上來，看樣子約莫十五、六歲，長相清秀，梳著秦府中其他粗使丫鬟一樣的環髻，穿著淡藍比甲。平時這丫鬟不多話，但是手腳俐落，做事也算沈穩。

松榮院伺候的人都是孫嬤嬤調教過的，很有規矩。

送上茶水，這丫鬟竟然沒馬上退下，看到顏寧打量她，她甚至慌亂地垂下眼睛。

顏寧慢慢端起那杯茶，眼一瞟，就看到那丫鬟略略抬起頭看過來。對上顏寧的視線，又慌亂地垂下頭，行了個禮，慢慢後退。

「慢著！」顏寧放下手中茶杯，叫住她。「妳是外祖母這裡伺候的丫鬟嗎？」

「回表小姐，奴婢是伺候老夫人這裡的。」那個丫鬟聽到顏寧問話，連忙回道。

「妳好像很怕我？」顏寧撫著手中的茶碗，慢慢問道。

她年紀雖不大，但到底前世做過太子妃、皇后的人，今生又是見過血的，因此她沈下臉問話時，一股威嚴的氣勢逼人而來，那丫鬟不自覺地跪下來。

秦老夫人看顏寧沈下臉，未注意剛才發生了何事。「寧兒，怎麼了？」

秦紹祖等人只見到那丫鬟跪地，不知發生何事，都不再說話，看過來。

正廳裡，一時鴉雀無聲。

顏寧端起那杯茶，慢慢站起來，走到那丫鬟身邊，又問道：「妳很怕我？」

「不、不是，奴婢……奴婢沒有怕，表小姐和藹可親，奴婢怎麼會怕表小姐？」那丫鬟起初還說得有點結巴，開口後倒是越說越溜了。

「不怕我？妳既然說表小姐我和藹可親，我也不能白擔了這個名頭。這杯茶，賞妳喝吧。」顏寧垂下手，將那杯茶遞到丫鬟的眼前。

「不、不……奴婢……奴婢不敢，不，不是，奴婢怎麼敢喝主人的茶。」

這下，其他人都看出不對來了。賞一杯茶而已，那丫鬟竟然臉色發白，全身開始發抖，好像面對的是洪水猛獸。

「婉如、妍如，妳們帶姪兒們先去外面玩一會兒吧。」秦老夫人發話。

秦婉如和秦妍如雖然好奇，但是祖母的話不敢不聽，連忙招呼秦擇幾個去外面，孫嬤嬤又叫他們各自的奶嬤嬤、丫鬟陪著出去，又將其他丫鬟婆子遣出去。

一下子，花廳空了大半，只留下秦老夫人、秦紹祖、王氏、秦建山和秦永山，顏烈當然也不會走。

那小丫鬟看到陸續有人出去，臉色更加慘白無措，看著顏寧時嘴唇囁嚅了幾下，卻發不出聲音。年幼的臉上，求饒的神情一覽無遺。

顏寧對加害自己的人，可不會無謂同情。所以她只是冷冷看著，防止對方有其他異動。

秦紹祖從剛才的震驚中驚醒過來。還好寧兒機警，若是她在自己家中被害，他可怎麼向妹妹、妹夫交代啊！

秦紹祖轉頭問道：「這丫鬟是外面買的，還是一直在府裡伺候的？」

王氏一時愣神，想不起來。

孫嬷嬷見狀上前回稟道：「老爺，小環這丫頭是前年外面買來的，她家人都住在南州城郊，簽的是活契。」

「茶裡有什麼東西？是誰指使妳的？」秦紹祖不怒自威地問道。

小環嚇得癱坐在地上，搖著頭，死死咬住嘴唇。

「小環？」顏寧確定自己和這丫鬟沒有什麼仇怨。「妳若交代是誰授意的，那麼，妳家人還有機會活命；妳若是不交代，估計妳後面的主子要是知道東窗事發，肯定會滅妳全家。」

一個明顯沒有膽量的小丫鬟，自然不會是死士。如果會聽人授意害自己，十有八九是受制於人。

「不……奴婢、奴婢不能說……不能說啊！」小環哭了出來，死命磕頭道：「表小姐，求求您，求求您，發發善心，饒了奴婢吧！」

「妳都要殺我了，還要我饒妳？小環，妳該不會真以為我是傻子吧？要麼妳喝下這杯茶，等妳死了我再去殺妳家人；要麼說實話，我會盡力救妳家人，還會給他們一筆安置費。」顏寧任憑小環磕頭哭求，毫不為所動。

王氏平時只覺得顏寧直率可人，乍一見到這冷硬的一面，都有點適應不了。畢竟，小環現在這樣子，看著很可憐。

秦老夫人見慣人生百態，秦紹祖等人歷經過沙場生死，他們都沒對這丫鬟有過多同情。

背主之人，若是哭一哭、求一求，說自己是被迫無奈，就能平安無事，那這府裡不是要翻天了？

顏寧不管外祖母和舅舅等人的想法，她早就決定，對自己心懷惡意的人，都不能輕饒。

那丫鬟聽了顏寧的話，再看秦府其他主子，看沒人阻止，不敢再隱瞞。「奴婢……奴婢也不知道是什麼人，昨日有人拿了我娘的一根簪子，讓我給表小姐茶裡下毒，說要是不做的話，就把……就把我全家都殺了。」

「就憑一根簪子，妳就信了？」

「那簪子，那簪子是奴婢的娘一直貼身戴的。」

「對方沒說妳下毒後如何脫身？」顏寧不相信這丫鬟敢什麼後路都不想，就立即下毒。不然，她昨日聽到消息，不會等到此刻再送這杯毒茶了。

小環看顏寧的眼神，好像看穿自己心中所有的想法，什麼都隱瞞不了，閉上眼睛，豁出去一般又道：「那人說這毒是慢性毒，喝下去後過一個時辰才會發作。要是下毒成功，奴婢可以逃回家去，帶著全家人一起跑。」

「原來是這樣啊！」顏寧轉頭跟秦紹祖說道：「大舅，您派人去她家裡看看，還有活的不？」

「帶人去看看。」秦紹祖吩咐道。

秦建山答應一聲，親自帶人出去。此時大家也無心做其他事，只在廳中等回信。

約莫過了半個多時辰，秦建山回來了。「我們去遲了，人已經被滅口。鄰居說今日她家裡一場大火，沒一個逃出來的，屍體都燒成灰了。」

「爹、娘，弟弟……他們……他們說只要我做了，就不會殺他們的啊！」小環呆愣之後，淒慘地大哭起來。

眾人沒想到居然真的滅口，但是，這丫鬟意圖要毒殺顏寧，大家除了嘆息，還真無法同情她。

顏寧等她哭了一段時間，才道：「妳再哭，妳家人也活不過來了，難道妳不想找出凶手，給他們報仇嗎？這……也是給妳自己一個活命的機會。」

對小環來說，悲傷、悔恨、絕望……種種情緒交雜中，顏寧忽然給了她一條路，她就像溺水的人抓住一根救命稻草，砰砰砰地磕頭。「表姑娘，求您告訴奴婢該怎麼做！」

「昨日來找妳的人，妳看清他的長相了嗎？」

「奴婢只看清大致的樣子。」

知道個樣子，就有希望找到人。顏寧坐到茶几上，蘸筆等待小環描述出那人的樣子。

小環因為看得不清楚，乍聞噩耗又心緒不寧，說得有點含糊不清。不過顏寧細細詢問後，大致的樣子還是出來了。

看到顏寧舉在手中的圖時，小環大哭道：「就是他！就是這個凶手！」

顏寧點點頭，又對秦老夫人和王氏道：「外祖母、大舅母，這丫鬟也是個人證……」

王氏明白了，立即吩咐管事嬤嬤。「先帶下去，嚴加看管！」

小環嘴裡還是念叨著「就是他、就是他」，被管事嬤嬤押下去時也未掙扎。

「有了畫像就好辦。我讓衙門裡的人全城緝拿，只要還在南州城裡，就不怕找不出來。」秦紹祖好歹做了這麼多年南州州牧，覺得要在南州城裡找個人出來，應該不是難事。

「大舅，不可。這種人肯定只是個傳話的小角色，若是大張旗鼓找人，被他後面的主子知道，殺人滅口的話，我們更找不到了。」顏寧連忙制止。

「父親，表妹說得有理。」秦永山覺得顏寧考慮得很周到。

秦老夫人也點點頭。「寧兒說得是，還是讓人暗中查訪的好。」

秦老夫人轉頭又吩咐王氏。「妳讓人去查查，這幾日小環還見過什麼人，和什麼人說過話，跟她接觸過的都先關起來。」又對秦紹祖說：「這事看著是針對寧兒的，但是也得提防是有人藉機生事。小環不能死，另外讓人去衙門裡，將小環家的命案一起報案入檔吧。」

「母親，只是一個小丫鬟，會不會太大張旗鼓了點？」秦紹祖有些顧慮。

秦老夫人直接反駁道：「這若是有心人要生事，說是我們秦家殺小環全家滅口，你到時就百口莫辯了，還不如我們自己先捅出去。」又對孫嬤嬤說：「我這院裡伺候的人，妳看看還有哪些是外面買來的，都仔細清理一遍。」

王氏來去匆匆，回來說都安排下去了，又有點擔憂地問道：「母親，今日南安侯夫人說她過幾日要辦個茶會，會下帖子請媳婦過府，家裡出了這事，要不先推了？」

「正經又沒出什麼事，該出門還是出門，該幹麼就幹麼。待在家裡，事情也不會水落石出。」

小環被拉下去時，松榮院裡的人都看到了，後來王氏又吩咐查人，鬧出不小的動靜。

秦婉如、秦妍如都已經知道發生了何事，看到顏寧沒事，都長吁一口氣。

蘇氏在自己院中聽說婆母的主院有事，連忙趕過來，聽到竟然是有人下毒害顏寧，連唸了幾聲「菩薩保佑」。她已經用過飯，也不急著回去，就留在松榮院伺候老夫人用膳。

一家人都不禁憂心忡忡。今日這事，是針對顏寧，還是有人要針對秦家？秦紹祖雖然做了州牧，是一方大員，但是並沒有什麼值得人覬覦的啊。

用完膳，秦老夫人打發其他人都回房去，留下顏寧，也不拐彎抹角，問道：「寧兒，妳實話告訴外祖母，妳對今晚之事，是不是心中有數？」

老夫人很慶幸顏寧今晚的機警，但是一個十二歲的小姑娘如此機敏，可不是件好事，只能說她時刻繃著一根弦不敢鬆懈啊。

她自然不知道，顏寧自從前世被背叛欺騙後，心裡總是戰戰兢兢，對人對事，稍有異常，總忍不住深思是不是有問題？這次，倒幸好因為這份懷疑，救了自己一命。

顏寧平時只覺得外祖母可親，如今看著老人睿智看透世事的雙眼，再想到自小聽母親說過外祖母的事，更是可敬，也不再隱瞞。「外祖母，寧兒在來南州的路上落水，是有心人暗害，今晚小環的事，可能是那凶手不甘心失手。」

「妳是說落水那次被人行凶，不是針對楚世子，是針對妳？」

「是。我們後來在山裡時，遇到那幾個凶手，他們閒聊時，被我們聽到的。」顏寧就將當日水匪的話和後來種種說出來。「那個買凶的太監一直沒找到，但他不是宮裡派出來的，也不知是否跟到南州城裡？」

「妳這孩子，出了這種事，到家了怎能瞞著外祖母！我猜，是為了那把椅子吧？」老夫人自然知道，外孫女一個女孩子，誰會沒事害她？加害的理由無非是顏寧礙了別人的路，這世上敢對顏家人下手的，也只有皇室了。她能想到的就是，顏寧既然一心喜歡三皇子，那其他皇子肯定不願意楚昭業多出這個助力，自然要掐斷了。

「現在還不知道，楚世子已經在查了。過兩日我想見楚世子一面，問問他那邊可查到什麼？」顏寧不忍心外祖母一把年紀，還要時刻為自己懸著心，又想著要見楚謨，索性拿現成的理由。

秦老夫人卻不贊成，只說讓顏烈去問就是。

顏寧正苦惱如何才能光明正大見到楚謨時，南詔使臣團到了南州城。

楚元帝怕南詔使臣團不知大楚禮儀，特意派禮部官員陳侍郎來南州，說是告知使臣大楚的禮儀。其實大家都知道，這是聖上太高興了，故意派人來折騰南詔一下。

誰讓你們年年犯邊，讓你們想侵占我國土，現在，還不是得乖乖按我朝禮儀來覲見？

南詔使臣和禮部官員都來了，秦紹祖這個州牧當然要為他們接風洗塵，設晚宴款待。而王氏作為州牧夫人，自然也要帶著秦家姑娘們招待瓊玉公主，邀請南州貴女們作陪。

顏寧不喜歡這種熱鬧，原本是不想參加的，可傍晚時分，虹霓拿一張紙進來，上面寫著「晚間一見，有事相告」，紙上還畫了隻虎頭。顏寧一看就明白是楚謨相邀，看著那隻虎頭笑了片刻，自然應了。

晚宴開始，秦紹祖在前院邀請官員，一群人聽歌看舞，把酒言歡。

女眷這邊，王氏就尷尬了。晚宴時辰過了近一刻，晚宴主角瓊玉公主未到，大家只好在花廳乾等著。

就在大家等得不耐煩時，一個婆子帶了一個南詔服飾的婦人進來。

「我家公主遠道而來，身體疲勞，今日就不出席宴會了，讓各位夫人姑娘們自便。」這婦人應該是瓊玉公主身前伺候的女官，傲然說完，也不等大家反應，竟然轉身就走。

滿室女眷先是愕然，接著就竊竊私語起來。王氏捏緊手指，不知該如何反應，又怒又尷尬。

這瓊玉公主若真不能出席，早就該告知，如今大家等了她一刻鐘才來傳話，故意晾著大家，擺足架子。如此無禮的作派，實在氣人，可若是指責，會不會引發衝突？

王氏拿不定主意，那女官走了幾步，背影愈加倨傲。

顏寧看大舅母還不說話，說了一聲「慢著」，以眼神示意虹霓。

虹霓接到顏寧的暗示，大聲道：「姑娘，南詔的奴才真好當。」

綠衣輕聲細語地搭話。「奴才還有好不好當的？」

虹霓一開口，廳中靜了下來，只有她和綠衣的聲音。

「說話、告退都不行禮，難怪聽說那邊都是蠻人呢。」虹霓脆聲笑道。

這指著鼻子罵人，那女官自然不能忍。「妳一個丫鬟，竟敢出言不遜！這就是大楚貴族之家的禮節和規矩？」

那女官又轉向王氏呵斥。「秦夫人，妳竟然縱容婢女辱我公主？」

「滿室夫人、貴女，妳一個宮奴，哪來的資格說話？怎麼，幫公主殿下傳話，以為妳就是公主了？」顏寧不等王氏開口，訓斥道：「見了州牧夫人，大楚二品誥命，竟然不用行禮？」

「我是……我是公主殿下面前伺候的。」

「哼！虹霓，將這刁奴綁了，帶到前廳交給南詔使臣，今日瓊玉公主身子不適，就不打擾了，妳讓南詔使臣轉告公主，這刁奴說自己是公主面前伺候的女官，見到大楚誥命不須行禮！」

「寧兒，這……這畢竟是公主身邊的人。」王氏怕瓊玉公主鬧起來，兩國邦交若因此有問題，那自己承擔不起啊。

「大舅母，寧兒不會害您的。」顏寧無法多說，只能肯定地說了一句。

「好吧。」王氏咬咬牙。人都綁起來了，也只能依照顏寧說的做。

顏寧又說：「大舅母，您招待客人，晚宴還要您主持呢。我到二門那裡看看。」

「好，妳去吧。」王氏想起還在宴會中，打起精神招呼大家開席，在座的夫人們謙讓著入席，說笑著掩飾剛才的尷尬。

顏寧趕上虹霓，輕聲交代幾句，讓她押著那女官走了。自己帶著綠衣，慢慢走到內院垂花門門口，聽著前院傳來的歌舞樂曲發呆。

虹霓跟著秦府引路的婆子，往前院走去，身後由兩個粗使婆子押著那個女官。

這女官有心想維持體面，可一番折騰，一身衣裙凌亂，嘴裡塞了帕子，頭髮也散亂了，活脫脫一個瘋婆子。

她在瓊玉公主面前也是得臉的，何曾被人如此對待過？今日，公主殿下說要給大楚下馬威，她就出了這主意，又討了傳話的差使。

在南詔時，公主殿下也這麼捉弄過別人，那時還晾著人家等了半個多時辰呢，今日只晾一刻鐘，她就去傳話了。沒想到，那些夫人們沒人敢不滿，竟然冒出一個小姑娘，讓人綁了她！哼，他們就不怕大楚和南詔和議不成嗎？還送她到前院，等到了前院，看誰下不了臺！

女官雙眼狠毒地盯著前面虹霓的背影，心裡想著，這種無法無天的婢子，等下非讓人打殺了，以消今日之辱。

第十八章

大廳中，秦紹祖位於主座，客座上座則是南詔使團此次的正使雷明翰，下面一排是南詔副使和其他幾個官員。使臣對面上座，坐著鎮南王世子楚謨和朝廷派下的禮部陳侍郎，下面依次是南安侯等南州官員。

早就有秦府家僕向秦紹祖稟告後院的事，所以，一看到虹霓站在廳門口求見，也沒什麼意外，讓人帶她們進來。

大家看到一個南詔服飾的僕婦被反剪雙手、嘴裡塞著帕子，狼狽地拖進廳中，不知道發生何事，都停下話語，驚疑地看著這一幕。

楚謨心中暗笑。他耳朵尖，秦府家僕向秦紹祖稟告時，他也聽到了。

顏寧不愧是顏寧啊，說綁就綁，毫不拖泥帶水，現在還送人來前廳，看來是要幫著朝廷，給南詔使臣團一個下馬威了。

雷明翰一眼就認出被綁的人是瓊玉公主身前的心腹女官，那女官一看到他們幾個使臣，就露出求救的眼神。

使臣們都是世故的人，不知出了何事，沒人貿然開口。陳侍郎剛到南州，自然更是保持靜默。

秦紹祖看虹霓走到近前行禮後，問道：「這是怎麼回事？」

「稟老爺，今晚晚宴，這個瘋婦自稱是公主身前侍候的女官，傳話時粗魯無禮，叫著『自己是公主身前伺候的，不需向大楚命婦誥命行禮』。夫人聽說南詔也和大楚一樣，講究規矩禮法，不知這麼無禮的人，是不是真的公主殿下身前人，讓奴婢幾人帶來問問。」

南詔的確和大楚一樣，講究上下尊卑、規矩禮法，甚至在南詔，奴僕比大楚更沒地位，是隨主人高興可以隨意打殺的。這女官若真的說出「不需要向大楚命婦誥命行禮」這樣的話，那就是挑釁了。她是瓊玉公主身前伺候的女官，在外代表的是瓊玉公主的態度，難道是瓊玉公主認為大楚的命婦誥命們，當不起一個宮奴的禮？這話讓人浮想聯翩。

陳侍郎心中是最高興的人。楚元帝授意他來南州，就是要給南詔使臣們來個下馬威，今晚這齣，好比瞌睡送來個枕頭啊。

秦紹祖聽了虹霓的話，轉頭看向南詔這邊。「雷正使，你看此人……」

雷明翰心中暗暗叫苦。公主殿下在南詔耍性子，到了大楚，竟然也玩這一手？對於虹霓剛剛的話，他毫不懷疑，因為在南詔，瓊玉公主身邊的宮人更無禮、更囂張的事都做過。現在，人家問他這事，他不能說這女官是假冒的，只好先回一半。「秦州牧，這人的確是我們公主殿下身前伺候的。」

「雷正使，這真是伺候公主殿下的？」不等秦紹祖開口，楚謨已經出面，他很驚奇地反問：「在貴國，宮中女奴出來傳話都不用行禮嗎？嘖嘖，威風。」

「楚世子，下官年輕時在南詔遊學過兩年，那邊對奴僕管束可比大楚還嚴，據說奴僕見上位者不行禮，直接砍了雙腿。」陳侍郎一副為楚謨解惑的語氣說著，又轉向雷明翰問道：

「雷大人，這麼多年，不知南詔這條規矩更改了嗎？」

「聽說南詔國主近來講究以德治國，是一代仁君，想來舉國仿效了？」楚謨又熱心地說了一句。

這兩人你一言我一語，直接把一眾南詔使臣團的人給擠對了。

「咳咳，這婦人雖然是公主身前伺候的，不過也不知公主殿下是否讓她傳過話，不如聽聽她說的？」一個副使開口，期待這女官自己能力挽狂瀾。

秦紹祖嗯了一聲，示意虹霓取下這女官口中的帕子。

「雷尚書，奴婢可是代表瓊玉公主殿下的臉面，您怎能坐視不理？」雷明翰，在南詔國內官職是尚書。

不怕神一樣的對手，就怕豬一樣的隊友。這女官嘴巴能說話了，不為自己辯解，先氣呼呼質問起雷明翰來。

雷明翰的打算是，只要這女官否認剛才虹霓指責的話，他就順勢說要帶回去查查，這事今晚也就到此為止。

「呵呵，雷正使，看來南詔果然是上行下效、以德治國了。」陳侍郎感嘆一句。

雷明翰就算再鎮定，也有點掛不住臉，轉向那女官道：「放肆！還不好好回話，公主殿下是怎麼讓妳傳話的？」

那女官傲慢地道：「公主殿下吩咐我來傳令，說連日奔波身體疲倦，今晚的晚宴不來了。雷尚書應該知道公主殿下的規矩，宴請都得要一品誥命迎接的，南州這裡，最高品級也就二品誥命吧？」

這話一出，滿室都安靜了。

陳侍郎看了看雷明翰。「雷大人，貴公主儀駕居然這麼大？那您一會兒得先告知下官，到大楚京城時，得要什麼品級的人迎接，下官也好飛書回京，請示我朝聖上。」

南詔連年征戰，現在國內又連著幾年天災人禍，這次的議和，本就是南詔上桿子求著要的，大楚可不急。

「咳咳，誤會！我國公主殿下天真爛漫，偶有玩笑，還望勿在意。妳這刁奴，仗著公主殿下良善縱容，竟敢在此信口雌黃，敗壞公主殿下閨譽！來人呀，帶下去！」

雷明翰不再糾纏了，又轉頭向秦紹祖賠禮。「刁奴生事，辜負了秦州牧和州牧夫人的美意，本使萬分過意不去，相信明日公主殿下若知道，也會深感歉意。本使先代公主殿下致歉，改日再向貴夫人賠禮。」

那女官剛說了兩句話，又被堵上嘴帶下去。這次更慘，雷明翰的侍衛可比秦府的婆子更粗魯，名副其實「拖」了出去。

「好說好說，雷正使客氣了。」秦紹祖連忙回禮。

楚謨暗自搖頭。秦紹祖連找碴都不會啊，可惜了顏寧給他的機會。

既然秦紹祖都發話了，別人自然也不能再多話，於是虹霓行禮告退，帶著婆子們離去。

廳裡的官員們都讚嘆州牧夫人治家有方，身邊一個丫鬟當著滿室官員，口齒伶俐，不卑不亢，真是難得。

虹霓來到廳外，看到清河站在那邊，雙眼溜溜地看著自己，她連忙悄聲說：「我家姑娘在二門桂花樹前。」

清河連忙避開眾人，跑到楚謨身邊，把這話給傳了。

秋月照倩影，人約桂花前。

楚謨腦中立即閃出一幅月下佳人苦苦守候的畫卷。那畫面太美，讓他一刻都待不住，找個藉口走出廳外。

「致遠，我和你一起過去。」顏烈不知從哪裡冒出來，搭著楚世子的肩膀，熱情地道。

楚謨垮了笑臉，又立即一臉真誠。「極好極好，我還想找你呢。」

「是啊，寧兒說有我作陪，萬一被人發現，也落不下什麼話柄。」

「還是顏寧考慮得周到。」楚謨讚嘆，只是那聲音，怎麼聽都有點咬牙的感覺，當然，顏烈壓根兒沒聽出來。

他熟悉地方，帶著楚謨出了前廳，沒一會兒，垂花門在望。「我站在這邊，你們快點說話。」

遠遠地，楚謨就看到顏寧在桂樹下徘徊，身姿俏麗。

可或許佳人等得不耐煩了，她扯下一枝桂花，人倚靠在垂花門的門框上，一腳往後勾起，拿著那枝桂花東甩西甩。聽到這邊腳步聲，看到是楚謨和顏烈過來，瀟灑地將桂花枝往地上一丟，拍了拍手，站直身軀。

這個……是很灑脫，但妳是姑娘家啊！

楚謨不知該說什麼好，滿懷旖念，化為烏有。背後還有顏烈這個大活人在，他也不能說些「我一直想見妳」的話。

「我一直想見你，終於見到啦！」

嚇他一跳，還以為自己說出口了，回神後，發現是對面那姑娘說的。

「楚謨，你可來啦，我等好久了。快點過來，快點。」顏寧一副哥倆好的口氣。

「顏寧，我也一直想見妳。聽說有人向妳投毒，妳沒事吧？」楚謨上下打量她一眼。雖然消息說她毫髮無損，但是親眼看到人好端端站自己眼前，才算放心。

「當然沒事。嗯？你聽誰說的？」

「呵呵，聽靜思說的。」楚謨鎮定地道。

顏寧看了看他，不再糾纏這點。她瞭解二哥的習性，雖然他神經大條，但在外，對外人還是不會事無鉅細都說的。鎮南王府在秦府肯定有暗探，但只要楚謨沒有殺心，她也就裝傻吧，畢竟，這是秦府和鎮南王府的糾葛。

大舅若是勝不過楚謨，還不如讓暗探將秦府的一切攤在他面前，也好讓他放心。

「下毒的丫鬟供認是受人指使的，不過她家已經被人滅門，我們正暗中找那個指使者。」

楚謨看顏寧不再問消息來源，鬆了口氣，繼而心中又一喜。顏寧應該猜到他在秦府有密探，但是她沒有糾結也沒有不許，這是否說明，他在她心中，和秦府是一樣的地位？

楚世子一有機會，就想找到顏寧對他是不同於他人的證據。

「妳沒事就好。既然有那人的畫像，回頭妳讓靜思給我帶一份，我幫妳找。」

「好！」顏寧毫不客氣，對楚謨的仗義援手還是很開心。「對了，今晚你說有事，是什麼事啊？」

「那個太監，有消息了。我的人看到那人進了南安侯府。」

南安侯府？顏寧沒想到，壽宴那天她的猜測，居然成真了？

「是南安侯？」顏烈聽到這名字，沒法裝隱形人了。「那個酒囊飯袋有這膽量？」

不是他看不起南安侯，而是在南州這幾日，聽到的南安侯真的是酒囊飯袋，貪婪膽小、欺軟怕硬，且好色成性。估計南安侯做的最正經的事，就是生女兒。

「未必是他指使的。但是肯定與他有關，那人進了他府裡是肯定的。」楚謨對這消息是再三確認過的。「不過，那太監進了侯府後，一直未再離開，我已經派人盯著了。」

「難道要去搜一下才行？」顏寧皺眉思索。

「搜？寧兒，那是侯府，就算南安侯不算什麼人物，沒足夠理由也不能去隨便搜。」顏烈提醒道。

「要搜得有個名正言順的名頭。」楚謨也贊同。

「我知道，放心吧，讓我再想想。」顏寧點點頭，又看看天色。「我出來有一會兒了，得先回去，過幾日能出門了再細談。」說完，向楚謨告辭走了。

「喔，好的，我盡快定日子，請你們出來遊玩。」楚謨想挽留卻沒有藉口，只好悶聲囑咐。「妳自己要多加小心，這種投毒的事未必不會再來。」

「沒事，我會小心的，謝謝。二哥，你陪楚謨回去。」顏寧爽朗一笑，帶著綠衣走了。轉身時披風帶起的風，伴隨桂花的清香。

楚謨看著自己今日特意精心選的淡金色團龍蟒袍，紅色腰帶，再看顏寧那一身淡金色孔雀紋襖裙和紅色披風，目送她的身影，慢慢走遠。

這姑娘，好像都沒注意自己今日的穿著啊，虧他還特地讓密探火速傳信。當時下令，傳令的下屬還一臉吃驚地看著他，顯然不明白州牧府表姑娘的穿著，到底關聯什麼大事？

可是，他這麼精心挑了衣裳，她竟然沒注意？

楚謨的心，在秋風中散了一地。

「致遠，走吧，我們出來也有一會兒了。南詔使臣還沒走，你這世子爺還得回去作陪呢。」顏烈絲毫未發現楚謨受到打擊，又拖著他回前廳去。

顏寧帶著綠衣往回走了幾步，看到前面小徑有兩個身影快步離開。

看那背影，有點像侯府的劉瑩？

顏寧回頭看看垂花門，站在那個位置，剛好能看到她和楚謨的身影，不過，離得這麼遠，聽不到他們三人說話。

確認了這一點，她也懶得去求證那兩個身影是不是劉瑩了。

綠衣看看姑娘，張嘴想叫那人站住，顏寧搖搖頭。「算啦，別管是誰了。」

「奴婢看那身影，像南安侯府的五姑娘。」

「嗯，管她是不是呢，她看到什麼又能去和誰說？」

「若是……若是傳出去，說姑娘在二門私會鎮南王府世子，到底對姑娘的名聲不太好。」綠衣有點顧慮地提醒道。

「放心吧，若真是南安侯府的劉瑩，打死她都不會說出去的。我私會別人被撞上，她肯定會說，私會楚謨麼……她恨不得沒有任何人知道。」顏寧肯定地說。

誰讓劉瑩一片癡心呢！這要傳出去，自己乘機賴上楚謨怎麼辦？

綠衣看顏寧說得這麼肯定，也放心了。反正對自家姑娘，她是越來越信服了。

兩人回到花廳時，已經有夫人陸續告辭。畢竟，這場晚宴的主角是南詔的瓊玉公主，如今主角沒來，大家再待著也沒什麼意思。

秦婉如和秦妍如看到顏寧回來，嘰嘰喳喳說起那女官被送到前廳後的事，感覺很是解氣。

陸陸續續送完了客人，王氏歇了口氣。

秦紹祖帶著王氏，來到秦老夫人的院子裡。顏寧此時還未歇息，正陪老夫人說話。

王氏看著顏寧，心裡五味雜陳。起初，顏寧讓虹霓綁了那個女官，她心裡有點怨怪外甥女惹禍，沒想到最後不僅沒惹禍，還露了一把臉。「寧兒，妳晚上那做法，可把大舅母嚇了一跳。沒想到那南詔人這麼囂張，還好妳提醒得快，舅母要謝謝妳。」

「大舅母客氣啦，都是骨肉至親，您不嫌寧兒魯莽就好。」

「不魯莽、不魯莽，哈哈。寧兒，大舅也要謝謝妳，陳侍郎今日告辭時，連說我們州牧府長了大楚國威呢。」秦紹祖也很慶幸。

這話反過來理解，若今日任由那女官囂張，他這州牧府不就滅了大楚威風，長了南詔志氣？幸好綁了處置。

秦老夫人已經聽說此事，意味深長地看了顏寧一眼，對秦紹祖夫婦道：「聖上派了陳侍郎來南州，用的名頭又是教導南州使團禮儀，就說明聖上的態度了。你做一方州牧，除了對下安撫黎民，對上得時時體察上意才是。」

老母親當著顏寧的面如此說，秦紹祖倒也不生氣，連說母親說得是。

顏寧很欣慰。幸好大舅不是剛愎自用的人，大舅母雖然虛榮好面子，但也不是聽不進話。有外祖母管著，大舅和大舅母行事應該不會太偏。

過了兩日，南詔使團到來的熱鬧勁終於過去。南安侯夫人阮氏來了請帖，請大家赴賞菊茶會。

因為家中有事，王氏帶著雲氏、顏寧和秦家姊妹赴約，待了些時候也就告辭了。

顏寧三人離開茶會，在馬車上閒聊著，一個沒注意，秦妍如的後背咚的一聲敲到了馬車廂。

這馬車速度是不是太快了？

「馬驚啦！」街上忽然傳來大叫。「快閃開！」

「怎麼……啊……回事？」秦妍如想掀開車簾問問車夫，一個不穩，差點栽出去，顏寧將她一把拉住。

剛剛一掀簾子的工夫，秦婉如已經看到馬車夫不見了。「小心！」她一手也幫忙拉人，但自己也是穩不住身子。

顏寧一把將秦妍如抓回馬車，又將秦婉如推回車裡。她也看到車夫不見了，無人駕馭，拉車的兩匹馬不知出了何事，越跑越快，三人在車中被顛得彈起來，只能死死抓住兩邊的窗戶穩住自己，五臟六腑都要跳出來似的。

耳邊，聽著外面行人的尖叫、躲閃，還有後面秦府的人叫喊。

見狀，顏寧當下立判。乾等著不行，這馬匹受驚，可不那麼容易停下，而且此處還是街道，撞傷甚至撞死行人都有可能。

「妳們自己抓住！」顏寧交代一聲，自己探頭去看，馬車竟然沿著出城的方向狂奔。

城門口此時還有很多人進出，遠遠聽到「閃開」的叫聲，那邊已是一片混亂。

兩匹馬撒開蹄子狂奔，車轅空無一人也空無一物，馬韁繩掛在車轅邊上。

這種速度，她獨自脫身不是難事，但是秦家姊妹不會武功，若是馬兒突然停下，車廂往前的衝力很大，秦家姊妹未必能拉住不摔出去，她又沒法同時拉住兩個人。

若是任由馬兒拉著車亂奔，不說行人，萬一撞到什麼石子，車廂翻倒，受傷也是難免。得把馬兒制住，或者乾脆殺了！可是，自己是出門作客的，什麼都沒帶，還穿著羅裙！

眼看城門越來越近，若是馬車撞上城牆……

顏寧咬一咬牙，看準韁繩的地方，往前探身。這時馬兒卻忽然加速，直接讓她往前撲去，她連忙一腳勾住車廂門框，一手堪堪抓到韁繩。

顏寧跳到車夫位子上，死死抓住韁繩。「吁——吁——」她想要將馬停下，但是兩匹馬同時前奔的力道何其大，一時雙手都綳直了。

「讓開！快讓開！」城門口一片混亂，往城外跑的，往城裡跑的，讓城門水泄不通，守城的士兵連推帶踢，想把門口清開，但是哪有這麼容易。

風從耳邊吹過，顏寧甚至都能看清城門那些人驚慌的表情。然而，任她再用力綳緊韁繩，還是止不住奔馬。

她沒有注意到，右邊街道一個屋頂上，有金屬寒光閃爍。

楚謨今日正打算出城，遠遠就聽人狂呼「馬驚了，踩人了」，他一抖馬韁，向西門大街跑去，遠遠就看到一個身影正極力拉著韁繩，想拉住驚馬。

屋頂上，寒光直下，往那個身影射去！

顏寧！

楚謨大叫。「鬆手！」

顏寧這時也看到一枝利箭向自己破空而來，聽到一個聲音叫「鬆手」，不自覺鬆開手中的韁繩，人往後一躺，一枝鐵箭從上方掠過。

楚謨騎馬趕到，手起刀落，砍下馬頭，那馬還慣性地往前衝了幾步，轟然倒地。馬車往前一衝，又唰地一下停住。

顏寧看馬車衝勢止住，雙腳一蹬，向利箭射來的屋頂衝去。

跟著楚謨的王府侍衛訓練有素，看到世子衝去時，一半人跟著世子去攔車，一半人上屋頂追凶。

顏寧追到屋頂時，屋頂上已空無一人，便問王府的侍衛。「你們看到什麼了？」

領頭的侍衛搖搖頭。「那人身手一般，但是對周圍的地形很熟悉。」

那凶手看到王府的人時，倉皇射出一箭，立即跳下屋頂遁逃。這街道後面是交錯的巷子，他們趕到時，巷子裡已經看不到人。

顏寧恨恨一跺腳，返回馬車那裡，去看秦家姊妹的情況。

秦婉如和秦妍如重重撞到馬車壁上，幸好這輛馬車是姑娘們出行專用的，注重舒適，四周車壁上都有厚墊子，所以最後馬車停住時，她們撞得雖重，但沒受傷。在抓住窗沿時，秦婉如斷了根指甲，秦妍如則是手磨破了。

比起來，還不如顏寧的手傷得重，她為了拉住狂奔的馬，使勁勒韁繩，將她手心都磨破了皮。

楚謨查看了馬車和死馬，發現兩匹馬的脖子處有些血肉模糊。再仔細查看，馬車車軛靠近馬脖子的地方，竟然多了一塊針板。

那塊木板大概兩指來寬，上面露出小半寸長的細針，兩匹馬的脖子被這樣的針板磨著，自然是疼痛難忍，難怪會發狂狂奔。

顏寧看兩位表姊沒事，便走過來看他們檢查得如何？

楚謨指著車軛給她看。「這是有人動的手腳。」

不用說，顏寧自然也知道是被人動手腳了。馬車駛出南安侯府後沒多久，就發力狂奔，車夫也不知什麼情況，竟然不見了！

這時，王氏和雲氏帶著秦府下人們終於趕上來。

王氏看到顏寧好好地站著，放下了一半的心，又連忙尋找秦家姊妹。見秦婉如和秦妍如從馬車裡安好地走出來，王氏才長吁了一口氣。

雲氏安慰秦家姊妹，又讓丫鬟送上帷帽讓兩人戴上，坐到後面的馬車中去。

王氏看到鎮南王世子站在馬車邊，料想應該是他伸出援手，顏寧和秦家姊妹才能毫髮無損，連忙上前道謝。「多謝楚世子援手，才讓她們姊妹無恙，秦家上下感激不盡。」

「夫人客氣了，扶危救困，本就是應當。」楚謨彬彬有禮地推辭，態度不冷淡，但也不熱絡。「姑娘們可能受了驚嚇，夫人還是先安頓她們為重，我先告辭了。」

楚謨拱手離開，走過顏寧身邊時，輕聲問：「是南安侯府？」

顏寧肯定地點點頭。「脫不了關係。」

「我知道了。」楚謨丟下一句，頭也不回地上馬，帶著王府一群人離開了。

顏寧撇撇嘴，走回王氏身邊。「大舅母，讓人叫大舅過來看看吧，這次的事不是意外，是人為，馬車被人動了手腳。」

「什麼！什麼人這麼大膽？」王氏一聽急了。

「大舅母，這裡是街道，我們回家再說吧。」顏寧連忙制止。

王氏做了十幾年當家主母的人，發現自己竟然還不如一個小姑娘沈穩，紅了臉。鎮定下來後，她一邊吩咐下人看好現場，一邊安排人到州牧府向秦紹祖稟告。

一行人一回府，就看到孫嬤嬤守在內院門口，說老夫人都等急了。

虹霓也等在邊上，看到顏寧回來，見她沒什麼事的樣子，鬆了一口氣。她和綠衣陪顏寧回到松榮院的廂房換衣。

綠衣陪著出門，路上就看到顏寧手上的傷口了。只是顏寧示意她不用聲張，才一直不出聲，現在一回房裡，連忙打水清洗，又拿了楚謨送的那盒藥膏出來。「姑娘，塗這個藥吧，手上留疤可不好看。」

楚謨送的這盒藥膏祛疤還是不錯的，顏寧手臂上的傷口，才用了幾次，疤痕就淡了。綠衣仔細塗抹著。「這藥膏可真好，就是太少了，不知二公子是哪裡買的，回頭得跟二公子說，再去買兩盒，姑娘手上的傷口也得小心著。」

當時顏烈送來時，兩人都不在跟前，顏寧也只說是顏烈拿來的，並未說是楚謨送的。

「姑娘，那馬車是不是有古怪啊？」

「嗯，那馬車被人動了手腳。還好妳沒跟著我坐那輛馬車。」顏寧感慨道。

「姑娘說的這什麼話，奴婢要是知道會出事，說什麼都要在那馬車上。」

虹霓幫顏寧換衣裳，抱怨道：「姑娘，我們跟南州肯定犯沖，這才幾天啊，先是路上落水，如今坐個馬車還出事。幸好姑娘福大命大，才沒事。」說著又想到今日的事。「下次出門，說什麼奴婢都要跟著姑娘一起出去，綠衣沒習過武，幫不上忙，奴婢可是練過武的。下次，讓綠衣姊姊留下來看院子，奴婢跟姑娘出門。」

虹霓只覺得姑娘在京時雖然也有事，但好歹都是別人倒楣，這一到南州，又是受傷又是驚嚇，只覺得擔心不已。

「對，下次姑娘帶虹霓出去，或者，帶我們兩個一起出去，我們也好放心些。」

顏寧知道她們兩個擔心，連忙安慰，發誓以後出門一定帶著她們兩個，耳根子才算清靜了。

晚上，到了秦老夫人那裡，自然又是一片詢問和關心，也猜測會不會和小環下毒的指使者是同一撥人？

顏寧沒有實證，沒有告訴秦府眾人，自己懷疑此事與南安侯府有關。

第十九章

顏寧連著兩次遇險，秦府上下不敢掉以輕心，秦老夫人將她拘在府中。這天軟磨硬泡，終於讓秦老夫人鬆口，讓她們出門。

顏寧和秦家姊妹三人坐上馬車，顏烈騎馬跟隨在側，浩浩蕩蕩一行人，來到南州西街的珍寶閣。

這家首飾店上下兩層，門口還有女夥計迎客。

女夥計眼尖，一看到秦家姊妹就迎上來。「兩位秦姑娘好，可有一陣子沒來挑首飾啦。這位姑娘好俊俏，不是南州人吧？」

秦家姊妹客氣地打招呼，介紹顏寧是自家表妹，要看看首飾。

女夥計奉承道：「原來是京城來的，難怪這通身氣派就是不一樣。我們剛進了一批時新首飾，都是好樣子，姑娘們上樓去挑吧。」

顏寧暗中撇嘴。戴了帷帽還能看到我俊俏？還通身氣派？

顏烈聽說樓上都是女客，不好意思上去。「妳們上去挑，我到對面的酒樓去等妳們，等妳們出來，順道在那酒樓吃飯。」

「靜思？靜思，你在這兒啊！」旁邊忽然傳來一個招呼聲。

原來是楚謨。他騎著一匹棗紅馬，看到顏烈後，下馬大步走過來。「好巧啊，居然遇上你。」

「還真巧，我陪妹妹出門逛街，沒想到你今日也在這裡。」能不巧嗎？我們世子只要沒大事，就候著你們出門呢！清河拉著馬韁繩，暗中腹誹。

秦家姊妹和顏寧自然也得上來見個禮。

「不用多禮，妳們要買首飾？」楚謨面對三人，目光就盯著顏寧問道。

「嗯，出門來逛逛。」秦家姊妹害羞不開口，顏寧只好回話。「我還沒逛過南州城呢，今日表姊們陪我來看看。」

「改日我請靜思和妳一起去郊外，秋高氣爽，城外現在是跑馬的好時候。」

「好啊。」顏寧答應了。

秦婉如在邊上輕輕拉她衣裳。姑娘家當街答應男子邀約，容易被人說不莊重。

「大表姊，妳拉我衣裳幹麼？是要快點上樓嗎？」

秦婉如只覺得自己轟一下從頭紅到腳。這表妹，真是……真是讓人不知說什麼好。幸好她戴著帷帽，也沒人知道她臉紅。

「我先跟表姊們上樓去看看。二哥，你剛才不是說要去對面酒樓嗎？等下我們過去找你。」

「你們要去對面酒樓啊？剛好，靜思，走，我請你們吃正宗的南州菜。」楚世子很自來熟地拉著顏烈向對面走去。

秦家姊妹不知該怎麼拒絕，顏寧是壓根兒沒想過拒絕，已經當先跑上樓，三人的丫鬟都跟了上去。

珍寶閣裡，珠寶首飾琳琅滿目，饒是顏寧不熱衷妝扮，還是被幾樣精巧的樣式吸引；秦家姊妹也看到了喜歡的頭面。

最後，秦家姊妹一人挑了一套頭面，她們又幫顏寧挑了一套南珠鑲嵌的頭面，樣式活潑，很襯顏寧的性子。

顏寧自己看中一只空心銀簪，覺得和自己放弓弦的鐲子很配，又看中一塊玉扇墜。扇墜玉質普通，不過匠師巧心，將玉的紋理雕刻成荊河山水圖，倒是很別緻。

太子哥哥還沒出過京城，這個扇墜回頭就送他當禮物好了。

幾樣首飾很快包好。顏寧不耐煩多待，領先下樓，綠衣連忙隨侍她身後，秦家姊妹也跟著離開，其他丫鬟手裡拿著首飾，跟在她們後面。

三人下樓時，有幾個姑娘正往樓上走，領頭的正是劉瑩。

兩群人在樓梯遇上。這珍寶閣的樓梯不算狹小，三人並肩都能走過。

劉瑩一看到顏寧，帷帽抖動一下。「沒想到顏姑娘也會逛首飾店啊。」

「劉姑娘不也來了嗎？我還有事，借過。」顏寧懶得多搭理。在她還未想到如何收拾南安侯府之前，她不想在人前與劉瑩多費口舌。

劉瑩看著她那從容下樓的身影，想起那天晚宴時，楚謨和顏寧在桂花樹下微笑而立的樣子，一股怒火便湧上心頭，劉瑩轉身向顏寧推去。

顏寧是習武之人，有人向自己伸手時，她已經感覺到，正想凝神運氣，打算在劉瑩的手伸過來時教訓她一下，沒想到綠衣在身後看到，關切之下叫了一聲「姑娘」，探身去抓劉瑩的手想要阻止。綠衣彎腰去抓劉瑩的手，腳下正走著樓梯，一個沒穩住，一腳踩空，摔了下去。

「綠衣！」顏寧一看綠衣滾下去，連忙快步下樓。可是穿著羅裙走不快，等她拉住時，綠衣已經摔下四級樓梯，倒在店鋪門口。

店鋪的女夥計連忙從店門外走進來，幫忙扶人。

「綠衣，妳有沒有事？」顏寧扶起綠衣，看她額角有血跡，拿出羅帕擦，可是那血好像越擦越多。「綠衣，妳有沒有事？妳能說話嗎？妳……」

「姑娘，奴婢沒事，就是腳可能崴了。」綠衣摔得有些昏沈，耳邊聽到自家姑娘驚慌失措的聲音，連忙撐開眼睛回應。

顏寧聽到她的聲音，放心了些，小心拉起綠衣褲腳，隔著羅襪，明顯看到腳踝處腫起來。「頭呢？妳頭怎麼樣？」

剛才綠衣滾下樓梯時，頭是磕在樓梯角上，破了皮，但感覺沒有大礙。

秦家姊妹和虹霓幾人都跑下來，看到綠衣這樣，也急了起來。

「妳去外面叫兩個婆子來，抬綠衣去醫館。」秦婉如連忙吩咐自己的丫鬟。

「劉瑩，妳竟然推人！」秦妍如抬頭對劉瑩叫道。

劉瑩沒推成顏寧，看到只是個丫鬟受傷，暗道可惜。為什麼不是顏寧摔死呢？

「虹霓，妳來扶著綠衣。」顏寧吩咐完，站起身。她嫌帷帽礙事，一把拉下丟在地上，寒聲道：「劉瑩，妳給我滾下來。」

「干我什麼事，是妳家丫鬟自己摔的，還要誣賴我嗎？」看到顏寧露出滿是寒意的神色，劉瑩覺得有點緊張，但是一想到這是在南州，自己父親可是南安侯，膽氣又壯了。

「是嗎？」顏寧冷冷說了一句，幾步上前，伸手直接抓著劉瑩肩膀，將她從四級樓梯上扔下來。

「啊——」劉瑩沒想到顏寧力氣這麼大，也沒想到她竟敢直接對自己動手，一下被她扔到地上，帷帽也掉落在地，露出一張濃妝豔抹的臉。

從醒來那天起，顏寧就發誓會好好對綠衣和虹霓，尤其是綠衣，但現在綠衣卻因為劉瑩而受傷。

顏寧惡狠狠地盯著站起來的劉瑩，走到她身前抬起手，「啪」地打了一個巴掌。

劉瑩被打懵了，忘了反應，其他人也愣住了。

顏寧不管別人怎麼反應，反手又是一個耳光。她自小習武，手勁比常人要大，這兩下又是用了點力道，就見劉瑩兩邊臉頰紅腫起來。

劉瑩從小到大從未被人打過耳光，又是當街這麼多人。因為劉妃出自南安侯府，在南州城裡，誰不給點面子？就算偶有口角，也只是嘴上說說，不想這顏家的顏寧竟膽大包天，上來就打人。

劉瑩的丫鬟反應過來，連忙想上前護主。

綠衣推了推虹霓。「妳快去攔著那人。」

虹霓不擔心。她跟著姑娘習武，知道姑娘武藝好著呢！就這種丫鬟，再來十個八個姑娘也能輕易制伏。即使如此，她可不能讓姑娘和丫鬟動手。

於是虹霓上前一把拉住那丫鬟的胳膊，大聲說：「妳們是想以多欺少嗎？」她的力道比那丫鬟強多了，一時那丫鬟也掙脫不開。

「顏寧，妳竟敢打我！妳……」劉瑩氣怒難當，一手指著顏寧。

顏寧右手將她的手一拍，左手又是啪啪啪啪正反四個巴掌上去。「劉瑩，我為何不敢打妳？打了妳又如何？」

「我……我要告訴我父親！」劉瑩被打怕了，嚇得退了兩步。這顏寧太恐怖了，只覺得自己的臉火辣辣地疼。

顏寧根本不管她叫囂什麼，反正站在店鋪門口，劉瑩也跑不出去。

秦婉如的丫鬟帶了兩個婆子趕來。

「綠衣，妳先去看傷，看好傷直接回府去。」顏寧示意兩個婆子扶起綠衣先去醫館。有外面的路人看到兩個貴族千金打架，都圍在店鋪門口看熱鬧。店鋪裡其他不相干的人怕被連累，連忙都走出去，劉瑩也想跟著偷溜。

「妳想走？」顏寧一把抓回她。

劉瑩怕得尖叫起來。「不要打我！我父親可是南安侯，不要打我！」

她嚇得閉眼胡亂揮著手，放聲尖叫，哪還有剛才盛氣凌人的氣勢，外面圍觀的路人哄堂大笑。

「這是怎麼了？」人群外，傳來一個威嚴的聲音。

劉瑩一聽到這聲音，救星來了。她抬起頭，果然看到南安侯走進來。

「父親，她竟然打我！」劉瑩委屈地撲過去。

她說的「她」，自然是指顏寧了。

南安侯今日在醉花樓喝酒會友，聽人說街頭有熱鬧可看，就派下人過來看看是什麼事？下人看到侯府五姑娘在街頭被人打了，連忙跑回來稟告。

在南州地界，竟然敢有人當街打自己女兒？這不是不把他南安侯放在眼裡嗎？

南安侯喝了不少酒，早就有了醉意，根本沒聽隨從說完全。一推酒杯，跟友人說了一聲，就走出來。

來到人群外，剛好聽到自家女兒的大叫。

劉瑩跑到南安侯面前，南安侯劉喚醉眼朦朧，剛走進珍寶閣店門，就看到一張紅彤彤的豬頭臉擠到自己面前，嚇得差點一把推開。

還好醉得還不算厲害，聽聲音才知道是自己女兒。仔細打量，女兒臉腫了，髮髻散亂，釵歪花謝，簡單說來就兩個字：狼狽！

「父親，她打了女兒！」劉瑩看父親沒有吱聲，帶了點哭意又說道。

劉喚立時覺得一股無名火上升。

他如花似玉的女兒啊！劉家的女兒可比兒子還值錢，這可是未來的鎮南王妃啊！竟然被人打了，而且打的還是臉，要是破相了可怎麼做王妃！

「是哪個不長眼的？竟然敢打我女兒！呃——」他打了個酒嗝，四處張望，大聲說道。

顏寧還是第一次見到南安侯劉喚，單從長相來說還挺不錯，白淨面皮，容長臉，下巴上留著三縷長鬚，身材修長。想到宮中的劉妃也是個美人，看來劉家人長相都不錯。可惜，劉喚眼皮浮腫，皮膚鬆弛，一看就是縱慾過度的樣子，大白天還喝醉酒，可見是飽食終日無所事事。這樣的人竟然幫著四皇子，難道也想立個從龍之功？真是不自量力。記憶裡，前世這南安侯也沒見蹦躂啊。

劉喚叫了幾聲，看沒人答應，很得意，這些刁民還是知道怕自己這侯爺的。他愈加挺直腰桿，拉著劉瑩說：「瑩兒，告訴父親，是哪個混帳竟然敢打妳？」

「就是她，父親，就是這個顏寧！」

劉喚搖了一下頭。他是喝醉了，但還沒醉到不省人事，「顏」這個字還是讓他清醒了點。他張開眼睛，轉身看向劉瑩所指的方向，只見一個眉目清朗的姑娘站在那裡，滿臉寒意，盯著劉瑩的眼神好像要殺人。

「妳是何人？竟然敢打我女兒。呃……南州可是有王法的地方。」

「家父名諱顏明德，小女見過劉侯爺！」顏寧朗聲說道。

劉喚清醒了。顏明德的女兒不就叫顏寧嗎？最近是在南州外祖家。

他腦子清醒了，剛才隨從的話也想起來，好像是女兒打了人家丫鬟，然後反被人教訓？

他是第一次看到顏寧，覺得這女孩長相還算好看，就是眉目開闊舒朗，太過英氣。南安侯從未到過京城，但是身為侯爵，自然要時刻關注京城消息，加上府裡的那個人也告訴他不少有關顏寧的事。這是個在京城都無法無天的主兒啊，就算要殺她，現在也動不了手。

他是個識時務的人，所以熄了怒氣。「顏姑娘，不知小女何處行事不當？」

「劉姑娘當眾要把我推下樓，意圖謀殺，劉侯爺知道嗎？」顏寧冷聲反問道。

「這肯定是誤會，小女生性善良，怎麼可能做這種事？而且，看妳還好好地站在這兒。」

「那是因為我的丫鬟幫我擋了她的攻擊，如今我的丫鬟受傷被送到醫館去了。」

「那這樣吧，妳丫鬟的診費藥費我侯府全出了，反正妳也沒有損傷，不如……」

顏寧聽著南安侯的話，微一抬眸，剛要說話，看到店外站著的人時，眼中精光一閃。店門口站著幾個穿著侯府衣著的下人，應該是跟著南安侯過來的，守在門口，沒有全進來。而其中一個，看穿戴應該是管事，竟然和丫鬟小環描述的那個人有八、九分相似。

下毒這件事，看來是侯府的人指使的了。

顏寧事後也想過，能這麼精準找到秦府內院的小丫鬟下毒，指使人肯定認識秦府內宅女眷。她打聽過經常到秦府作客的夫人、姑娘們，南安侯夫人阮氏是首當其衝的嫌疑人，現在連指使人都看到了，那麼自己可不會便宜他們。

她看了虹霓一眼，又向店外看了一眼。虹霓順著姑娘的目光看到那個管事時，也是一驚。她和綠衣一想到那天小環下毒的情景就後怕不已，恨不得抓到那賊人給砍了，幾乎每天都要看一眼那個指使人的畫像，那人的樣子早就爛熟於心，現在她一眼看到真人，也認出來了，再看顏寧的眼色，心領神會地走出店鋪去。

顏寧看到虹霓離開，聽到南安侯還滔滔不絕地勸說。

顏寧一改剛才的有禮，蠻橫地打斷他的話，道：「我家丫鬟的腿歲了，我要打斷她一條腿。」

劉喚一聽，惱羞成怒。不過是個丫鬟歲了下腳，自家女兒被打成豬頭一樣，他都不計較了，還敢提這種要求，這是不把自己放在眼裡啊！

「顏姑娘，得饒人處且饒人。何況妳可好端端的沒有損傷，妳要是不依不饒，我找妳舅舅說話去。」

秦紹祖是二品州牧，南安侯這侯爺也是二品侯爵，因為這侯爵可承襲，算起來比州牧要高上那麼一點。

「找我舅舅？侯爺難道想仗勢欺人嗎？聽說南安侯在南州一言九鼎，堪稱人上人，您何必對我舅舅施壓？若是一定要欺負我父親不在，欺負我現在沒人撐腰，沒人幫我說句公道話，侯爺直說要我認命就是了。」

「妳……妳胡說！妳一言不合胡亂打人，妳……」

還不等他訓斥，顏寧已經怒聲呵斥。「只許你家女兒打人嗎？你南安侯府欺人太甚，欺負我父親不在這裡嗎？」

「是誰欺負我妹妹？誰敢欺負我妹妹？我父親不在，我在這兒呢。」顏烈聽到虹霓報信，已經從酒樓的雅座中出來，他一邊叫著，一邊推開面前的人衝進來。

顏寧看到顏烈跑了過來。真是兄妹連心啊，二哥來得好！

「二哥，南安侯欺負我，讓女兒打我！」

南安侯沒見過顏烈，一聽顏寧叫二哥，就知道眼前這個壯實的少年是顏烈了，心裡暗叫不好。在京城裡，顏烈可是出了名的渾小子，而且還很護短。

當然，顏家人都護短，只是這個顏烈的護短是一點也不掩飾、毫無技巧。他的護短方式就是誰敢欺負顏家人，尤其是他的寶貝妹妹，他就揍對方！

最出名的一件事，就是當年皇家春獵，二皇子楚昭暉在獵場嘲笑顏寧，顏烈扔下弓箭，衝上去把二皇子從馬上拖下來一頓胖揍，揍完還拖著人要去找楚元帝評理，說楚昭暉欺負弱女子！

天地良心啊，當時獵場上顏寧打的獵物比楚昭暉還多，才讓二皇子惱羞成怒、出口傷人。可是顏烈不管，在他心裡，他妹妹就是個天真可愛、嬌俏可人的弱女子。

最後顏明德綁了兒子請罪，楚元帝只好和稀泥，賞了顏寧不少東西，算是幫二皇子賠禮，罰顏烈和楚昭暉各自禁足一個月，這事也就過去了。

那可是皇子啊，真正的鳳子龍孫，顏烈揍了也就白揍了，可從那以後，顏烈一揍成名！大家都知道了一個道理：顏寧不好惹！有顏烈在邊上的顏寧，那是根本不能惹！

他心裡叫苦不迭。好歹自己年紀和他爹一樣，希望他能尊老順便知道點敬畏，上前想跟顏烈自我介紹一下。「這是顏家賢姪吧？我是……」

顏烈看南安侯打算介紹自己，他倒是粗中有細，想著若是等南安侯絮絮叨叨介紹完自己、再絮絮叨叨跟顏府論輩分，他再揍人，那不是顯得自己不敬老？

所以，他根本不容南安侯把話說完，一把抓起他的衣領，把他未盡的話都勒在喉嚨口，猶如凶神惡煞。「囉嗦什麼？是不是你欺負我妹妹？」說著一拳就往臉上打去。

「不是，不是啊！攔住他，快攔住他！」南安侯左眼立時烏青，他一邊叫下人攔住，一邊使勁掙脫。

這人完全不講道理，他只能三十六計走為上計，直接轉身就跑，屁股還被顏烈踢了一腳，這下連女兒也顧不上了。

劉瑩一看父親跑了，看到顏寧正轉頭看她，嚇得一聲尖叫。「父親，救我！救我！」也跟著跑了，她的丫鬟自然連忙跟在後面跑，連劉瑩沒戴帷帽都顧不得了。

南安侯今日出門就沒帶幾個下人，顏烈左踢右踹，將那些人打倒在地，大叫道：「你別跑，我還沒和你說理呢！」說著便往南安侯的方向追去，孟良、孟秀當然跟著顏烈，抬腳就追。

別看南安侯年紀不輕、平時又沈迷酒色，這一跑起來，居然跑得飛快。

留在酒樓雅間裡的楚謨，看著南安侯敏捷的身姿，笑到不行。「顏烈居然這麼厲害，一出手就把南安侯嚇跑，哈哈哈！」

清河看著自家世子爺的高興勁，也跟著笑。「可不是。看顏公子多可親的一個人啊！」

的確，顏烈雖然渾，但是長得和顏明德一樣濃眉大眼，笑起來一口白牙，一看就覺得是個沒心眼的好人，一點也沒什麼暴烈的影子，沒想到打起人來，竟然是這麼不留情。

楚謨笑完，對清河吩咐道：「把前幾日抓的那個南詔奸細，扔到南安侯府去！」
「扔活的，還是扔死的？」
「廢話，當然是扔死的。讓他們先帶活的過去，找準時機弄死了扔個好地方去。」楚謨很歡快地說。
清河知道，南安侯這下完了！顏家的顏寧和顏烈不好惹，自家這主子也不想讓他活了。鎮南王妃拚命拉攏南安侯家，還想把劉瑩弄給他做世子妃，楚謨早就想教訓這家人，只是一直沒什麼機會。
這次，剛好解決這個麻煩。而且，他們竟然敢暗殺顏寧！
街道行走的百姓，大多都認識南安侯，他們不知道出了什麼事，只看到一轉眼工夫，南安侯跑了。不過，顏寧那句「南安侯讓女兒打我」的話，大家都聽到了。
南安侯在南州的口碑並不好，欺負百姓、侵占良田的事都有過，眾人怕他的侯爵背景，不敢招惹，被欺負了也只好忍氣吞聲、自認倒楣。但是今日，他們看到有人不怕南安侯，還敢教訓侯府的千金甚至侯爺本人，多少有些見獵心喜。
「南安侯被打了！」
「誰打的？」
「聽說是京城來的公子。」
「京城來的就是不一樣啊，這下南安侯遇到剋星了。」
「走，走，去看看。」

一傳十，十傳百，看熱鬧不嫌人多，一群人聚攏，向侯府方向湧去。

顏寧不慌不忙地轉頭，跟秦家姊妹說：「大表姊、二表姊，妳們先讓侍衛送妳們回府。對了，把綠衣也帶回府去。」

她又轉頭對虹霓說：「虹霓，妳騎馬回去，把我們帶來的侍衛都叫上，到南安侯府去！」

「寧兒，這事……這事可怎麼辦？」秦婉如怯生生地拉住顏寧問道。

「寧兒，要不先叫我父親過來吧？或者，我們回家告訴祖母去？」秦妍如看到眼前這事，覺得無法收場，想著只能讓父親和祖母出面才行。

「大表姊、二表姊，沒事。南安侯竟然敢打我，我在京城都沒吃過這種虧！打人還有理啦？」顏寧一副理直氣壯的口氣，這個樣子倒是有傳言中囂張跋扈、粗魯無禮的影子了。

可是……可是……可是明明是妳把人家女兒打了啊！秦婉如嘴唇動了動，沒說出口。她想著自家人總得幫自家人，何況確實是劉瑩先動手想推寧兒的。

「妳們先回去，我要去看看二哥。」顏寧也不管秦婉如想什麼，直接安排。

秦家姊妹知道自己打架一事幫不上忙，趕緊回家報信。

楚謨避在店門外，看到秦家姊妹離去才走過來，問顏寧：「顏寧，妳打算怎麼辦？」

「我想去驛館抓個南詔人，丟到南安侯府去。」顏寧需要人幫忙指個路，也不怕嚇到楚謨，直接低聲問：「你讓人給我帶個路，我得快點摸進驛館去。」

咳咳，這算心有靈犀嗎？

「妳不用摸進驛館，人我已經幫妳準備了，也讓人丟到南安侯府去了。」楚謨也湊近了低聲說：「你們等下在府裡仔細找找。」

楚謨說得一臉神秘，還得意地眨眼睛，星眸中桃花亂飛。

那神情，好像他在南安侯府藏了個寶藏，讓顏寧去找著玩一樣。

「好的，多謝。」顏寧知道楚謨這話，肯定會讓南安侯更倒楣。

楚謨不便馬上跟去侯府，走了幾步又回頭囑咐道：「我過會兒也去侯府看看，妳不用擔心。南安侯府雖然沒什麼高手，不過，妳還是要小心。」

清河在邊上很想翻白眼。什麼叫沒什麼高手啊？世子剛剛派了四個暗衛過去，囑咐若有高手先行拔除，務必確保顏家兄妹安全！現在說沒什麼高手，應該是有高手也被您給滅了吧。

楚謨心滿意足地離去。若暗衛真滅了南安侯府的高手，他到時自然有辦法透露給顏寧知道。總之，不會做好事不留名，他要一點一點讓顏寧欠著自己人情，欠得越多越好，直到她還不清為止。

顏寧不知他心裡的想法，只覺得這人還是不錯的，夠朋友。

目送楚謨離開，身後一片馬蹄聲響，虹霓帶著顏家的侍衛飛馬趕來。這次來南州，一共帶了三十多個侍衛，這一下聚齊了，聲勢很是驚人。

「走，我們去南安侯府！」顏寧翻身上馬，一聲招呼，一馬當先向南安侯府跑去。

第二十章

南安侯府就在城西，距離不遠，他們沿著大街一路到底，就看到了南安侯府寬敞的府邸。

南安侯一跑回到家，對門房大聲說：「快關門！快去請秦紹祖，讓他管管！」一邊往後院衝去。

門房還未反應過來，後面又跑來兩個女的，仔細一打量，好像是侯府五姑娘劉瑩？侯府千金速度也不慢，一步未停，直接往後院跑去，丫鬟氣喘吁吁地跟在後面。門房們疑惑著，不知出了何事，領命打算關門。

侯府大門非常氣派，兩扇紅色大門，金漆獸面錫環，門上嵌著金黃鉚釘。門扇厚實，必須要四個人才能推動。

四個門房齊力，慢慢地合上大門。眼看大門就要關上，沒想到外面忽然衝進來三個人，打頭的少年一腳踹去，竟然將這大門直接踹開。他身後跟著的兩人身材高大，一個長相略斯文點，一個是黑面大漢，跟著這少年，凶神惡煞一樣地往裡闖。

南安侯府自從封侯在南州開府以來，誰敢這麼放肆？

宰相門前七品官，南安侯府的門房們，平時也是自恃高人一等，一看竟然有不長眼的人敢踢侯府大門，抄了傢伙就打上來。

孟良和孟秀上前，沒一會兒就把那十來個門房給放倒。

侯夫人阮氏正打算出門，走到內院門口，被埋頭只顧奔跑的南安侯撞了個趔趄，還好身邊的丫鬟婆子眼明手快把她扶住。「侯爺，這是出什麼事了？」

「母親，救我！」南安侯還沒說話，後面傳來女兒的叫聲。

劉瑩從小嬌養，哪曾如此奔跑過啊？可憐她連馬都忘了騎，一路從醉花樓大街跑回家裡，看到阮氏，哭著跑上去。

阮氏看到一張紅彤彤豬頭一樣的臉向自己湊過來，嚇了一跳，仔細一看，竟然是自家女兒。「這是怎麼了？妳的臉怎麼了？」

南安侯撞了一下，實在跑不動了，扶著垂花門直喘氣，聽到阮氏的詢問，恨聲道：「還問怎麼了？妳養的好女兒，竟然去惹顏家的顏寧。」

劉瑩不願意了。「父親，女兒好歹是侯府的女兒，她竟然敢打我，嗚嗚嗚……母親，我當街被人打了，我不活了……」

「侯府的女兒？妳爹我是二品的侯爵，人家的爹是超一品的大將軍，現在是人家不和妳善罷干休了。」南安侯若不是實在沒力氣，真想再搧女兒一巴掌。都是她惹來的煞星。

阮氏聽著父女兩個說話，難道是女兒又去挑釁顏寧，然後被人打了？那他們跑什麼？

沒等阮夫人問明白，侯府大管家匆匆跑進來。「侯爺、夫人，外面來了三十多個人，領頭的說我們府裡藏了她哥哥，要我們交人，帶著人……帶著人衝進府裡來了。」

「什麼？她竟敢……不對，護院呢？本侯養他們幹麼用的？」

「侯爺，我們府裡的護院攔不住啊……」老管家不忍心說。侯府養的護院剛一照面就被放倒，到現在還躺在那兒呼天號地，起不來呢。

在一群人雜亂無章時，一個穿著普通長衫的男子，從內院往垂花門處走來。

「侯爺，他們朝內院來了，您要不快避避？老奴看他們那架勢，簡直是打家劫舍一樣啊！」

「欺人太甚！欺人太甚！」南安侯覺得面子掛不住了。「去找秦紹祖的人呢？怎麼還不來？快讓秦紹祖過來，看看他外甥、外甥女做的事。」

「南安侯在哪兒？我哥哥呢？不知道？我看是你們把我哥哥關起來了。」遠遠地，傳來顏寧的盤問和呼喝聲。

這簡直是顛倒黑白啊，明明是顏烈追著要打他，現在變成他把顏烈給關了？

「夫人，妳先攔住她，我去內院待一下。」南安侯覺得好男不跟女鬥，更不能跟驕橫無禮的小姑娘鬥，他得繼續躲一下，等秦紹祖來了，他要好好跟他算這個帳。

「侯爺，外面出了什麼事？」一個公鴨嗓從他們身後傳來。

南安侯和阮氏轉頭看到這人，態度倒是恭敬不少。

「是顏家的顏烈和顏寧上門來了！」南安侯也不隱瞞。

「什麼？難道他們知道咱家在這裡？」那個公鴨嗓的人嚇了一跳。

「不是、不是，是別的事。汪公公不用慌，沒人知道你在我府裡。」

汪公公聽著外面的聲音越來越近。「侯爺，他們可能認識奴才，我還是避一避的好。萬一被人看到我在您府裡，那就不好了。」

避？避到哪裡去？

還是阮氏機靈。「汪公公，你索性從花園後角門出去，到府外去待一會兒，天黑再從後角門回來。」

汪公公點點頭，連忙跟阮氏身邊的管事婆子去花園。

「侯爺，我們也不能被人這樣鬧上門，他們把侯府當什麼地方了。妾身先去看看，秦州牧沒來，您快點再讓人去秦府叫秦夫人來。」

「好、好。」南安侯連連答應。

阮氏帶著丫鬟婆子出去，當面就看到一個女子大步走來。

顏寧嫌頭髮披散麻煩，路上還花時間編了個辮子，不然自己騎馬早就追上了。

阮氏仔細一看，認出是顏寧，連忙迎上前，沈下臉問道：「顏姑娘，妳這是幹什麼？」

雖然聽說顏寧粗魯，但是接觸過幾次來看，這小姑娘還是知道禮節的，所以她擺出長輩的架勢。

「阮夫人，這話您應該去問劉侯爺。我哥哥進了你們侯府人就不見了，你們把他怎麼了？」可惜，顏寧現在不想裝知書達禮的大家閨秀。

「什麼人不見了？妳哥哥為何會在我們侯府？」阮氏腦子很清楚，問得很切中要害。

「您女兒當街要打我，劉侯爺在邊上看著卻不制止，我顏寧是這麼好欺負的嗎？我二哥要找侯爺評理，侯爺居然回頭就走，我二哥追到府上，人就不見了。阮夫人，今日要是找不到我二哥，就把你們南安侯府挖地三尺，翻個底朝天！」不講理的時候，她也可以很不講理的。

「妳、妳……不可理喻！」阮氏氣得胸脯起伏，話都要說不出來了。

「妳什麼妳？還想拖延時間讓妳藏人嗎？快點，給我去找！」顏寧壓根兒不理她，轉身大聲下令。

「姑娘，您別急！二公子吉人自有天相，肯定沒事的。」虹霓在邊上很像有那麼一回事地扶著自家姑娘。「您放心，奴婢已經讓他們一間屋一間屋去找了，肯定能找到。」

阮氏氣得渾身發抖。「見到妳大舅母，我要讓她評評理！」

「夫人，只許劉姑娘欺負人，別人就得一聲不吭嗎？您是欺負我們老爺夫人不在南州嗎？找舅夫人評理？舅夫人若知道二公子竟然被你們侯府扣留，您不找她，她都要來跟您說理了。」虹霓牙尖嘴利地回道。

阮氏被堵在這裡，看不到他們在做什麼，氣得想推開人到前院看看時，靠近內院牆邊忽然傳來一陣叫聲。「有人！有人想要爬牆！」

「南詔人！有南詔人！」

「快點，不要讓他自盡了！」

「哎呀，他咬舌了！快點，快來人啊！」

那陣聲音後，一個少年的聲音傳來。「不要亂動，快點去找衙門的人來。」

「二公子，原來您在這兒啊，可找到您了。」有顏家侍衛的聲音。

只見一群人煞有其事地擁著顏烈，往顏寧這方向走來。

顏寧暗笑。楚謨說的寶貝就是這個南詔人嗎？

阮氏聽到南詔人時，完全不知是怎麼回事？

顏烈走到阮夫人面前，正色道：「阮夫人，欺負我妹妹的事先不談，貴府居然包庇南詔密探，這事，我想妳得請劉侯爺來說道說道。」

「胡說！我家為何要包庇南詔密探？這是不可能的事。來人，快去內院請侯爺來。」包庇敵國密探，阮氏當然知道這是什麼樣的罪名。

這時候，秦紹祖終於來了，侯府周邊圍了數層百姓，他還是報出州牧名頭，才被讓路進來的。

他在州牧府中，先聽到秦府派人來報，說顏烈、顏寧帶著所有顏家的侍衛到南安侯府去鬧事；接著，他又見到侯府派來的人，說顏烈要毆打侯爵，讓他速去管教。等他到了侯府門口，碰到顏家的侍衛孟良，稟告說在侯府意外發現了南詔密探，那密探咬舌自盡了。

秦紹祖讓侯府的門房去稟告侯爺，倒在地上的門房終於不再裝死，其中一人爬起來，一瘸一拐地入門去向阮夫人稟告，南安侯劉喚也被夫人叫出來。

顏寧看到劉侯爺頂著一隻烏青眼，衣衫倒是沒有凌亂，可能出來之前已整理過。

顏家眾人並沒有衝進侯府內院去，不過，侯府的前院被他們翻了一輪。孟良帶著十來個人衛護在顏烈和顏寧周圍，孟秀早就帶著其他二十個人離開。

秦紹祖被帶到這裡，看到的就是地上一具屍體，穿著侯府下人的服飾，但是南詔人和大楚人面容有異，一看就能認出。

南安侯看到秦紹祖終於來了，可是他來不及告顏烈和顏寧的狀，得先解決這個南詔人的事。他自然懷疑是顏烈和顏寧栽贓嫁禍自己，可是，府外圍觀的百姓都叫著作證，只看到顏家人進去，沒看到有南詔人跟著進去。

最早叫牆邊有人的，也是侯府的人，看到這南詔人自盡的，有顏家侍衛，也有侯府的下人；而且，當時顏寧正和阮夫人說話，她們身邊除了侯府的下人外，就沒有別人。

這件事，南安侯覺得自己有點說不清了。

顏寧看著南安侯一副百口莫辯的神情，感覺略出了一口惡氣。讓你敢算計我，哼！等下有得你哭的。

秦紹祖覺得顏寧和顏烈不可能挾帶什麼南詔密探，但是南安侯也的確不像有膽量跟南詔來往，於是他命令一個衙役上前。「去搜搜，看看那人身上有什麼？」

那衙役顯然是搜查老手，從上到下，連頭髮都解開來查看，最後，發現這死人的衣角有夾層，撕開衣角，拿出了一封信。「大人，從此人身上發現一封密信。」

南安侯覺得自己的心都收緊了，他很想搶過來看看密信上寫了什麼，可是又不敢妄動。

秦紹祖接過密信看了看。「侯爺，此事本官得回府衙處置，這人我也得帶走，您看……」

「本侯不放心！這人肯定是你外甥和外甥女弄來陷害本侯的，你是他們的舅舅，萬一你不能秉公處置呢？」

「劉侯爺，我和我二哥上哪兒如此迅速找來一個南詔人？你想栽贓嫁禍也不是這樣說吧？」顏寧大聲道。

「侯府裡有個南詔人也不算什麼，畢竟南州離南詔很近。可是小女想不通，為何這密探一見人就自盡呢？是自願的，還是為了保護什麼？」

「你們……你們血口噴人……你們……」南安侯剛叫囂兩句，就看見顏烈對他舉起拳頭，吹了一口氣。一想到顏烈打人的狠勁，他連叫囂也不敢了，只拉著秦紹祖。「秦紹祖，你外甥和外甥女這樣說話，你都不管管嗎？」

秦紹祖心裡想，他們親爹都管不了，嘴上說：「劉侯爺，我外甥和外甥女只是據理說了幾句，有何不可？你既然不放心本官，那依你看，此事要如何處置？」

秦紹祖這話，卻也把南安侯給問住了。在南州，秦紹祖這個州牧是最大的官，其他的全是他下屬，要誰來處置才放心呢？

「不如交給本世子來處置如何？」

大家轉頭，看到鎮南王世子楚謨一身銀色長衫，寬袍大袖，萬般風雅，千般雍容地走進來，一張絕美的俊臉上，掛著一抹有禮的笑。

「我和陳侍郎從驛館出來，路過這邊，看到百姓圍觀喧譁，就進來看看。剛剛問了人，原來是侯府竟然發現南詔人。剛才聽侯爺和秦州牧的話，既然侯爺不放心秦州牧，不如本世子來查查？剛好陳侍郎也碰上，可以一起見證。」楚謨的身後，跟著禮部陳侍郎。

「好，本侯相信楚世子必能還本侯清白。」南安侯大聲贊同。

在南州，除了秦紹祖這個州牧，也只有鎮南王府了。

楚謨看了顏寧一眼，眼中帶著笑意。

這人，做賊還要做判官？顏寧大為佩服，拉著顏烈走到秦紹祖身邊去，不再說話。

楚謨先看了看現場。其實沒什麼好看的，就靠牆一個死人。不過楚謨讓人把圍牆附近甚至屋頂上都查看過，確保沒有其他人留下的腳印。

「劉侯爺、顏公子，今日看到這個南詔人的人，我都要帶走，一一審問，你們看……」

「那是自然。」南安侯指著那幾個僕人說：「你們跟著楚世子去，要據實稟告，不要漏了什麼。」

顏烈也點頭答應。「自然可以，你們幾個等下就跟楚世子去。」

楚謨點點頭，又轉頭對秦紹祖說：「秦州牧，這些人都關到州牧府大牢吧，不過看守的人，我會派王府的侍衛過去。」

秦紹祖也只能答應。雖然他有種州牧府被鎮南王府安插人手的感覺，但是，這事牽扯到顏烈和顏寧，楚謨的做法聽起來公正，而且還等於相信自己，自然沒法反對。

顏寧看到這些，卻沒有打算開口阻攔。畢竟，楚謨主審肯定能幫她更多，而大舅……他既然鬥不過楚謨，不如就居於鎮南王府之下吧，好歹，楚謨不會害死秦家。

原本，南安侯還想跟楚世子和陳侍郎，好好說道說道今日大街上的事，還有顏烈竟然敢毆打他堂堂侯爵，顏寧竟然敢帶人搜府，現在，卻沒人聽他說什麼了。他甚至希望顏寧能忘了帶人闖府時，侯府派出所有護院家丁阻攔之事。

隨著楚謨看完現場，帶走所有人證、物證，侯府門前圍觀的人也散了，南安侯府總算恢復往日清靜。

顏寧和顏烈也跟著秦紹祖離開，離開之前，顏寧還有禮地告辭。「劉侯爺、阮夫人，今日多有打擾，改日我再來府上拜會。」

那一臉微笑有禮，讓南安侯和阮氏覺得心驚膽顫。

看著眾人離開，南安侯回到夫人的正院想歇口氣。他的妾室們看到外人都走了，紛紛跑來，一個個嬌聲細語地安慰。

美人多是好事，可是遇到煩心事時，美人們還來撒嬌，那就不可愛了。

「在夫人院中，妳們怎麼如此沒規矩！」南安侯一拍桌子，直接對阮氏說：「我到外書房一下。」

一甩袍袖，丟下一屋子呆若木雞的鶯鶯燕燕。

阮氏端著主母的笑容，對這些妾室們說：「侯爺有事，妹妹們還是都回自己房中等候吧。這幾日沒事，不要出來亂走了。」看著那些女人離開，她有了揚眉吐氣的感覺。

這麼多年夫妻，她要操持家務、管理內宅、養育兒女，而劉喚只做了兩件事：抬小妾，養女兒。

在外面聽到別人笑話南安侯府賣女求榮時，她面上端著笑，心裡卻是尷尬又絕望。她只生了一兒一女，自己的兒子，是侯府唯一的嫡子，可是這些高嫁出去的女兒，有幾個會真心幫他呢？

京城劉妃和四皇子讓人送節禮來時，她知道，這是讓自己兒子出人頭地的唯一機會。一開始，四皇子會重新關注南安侯府，卻是因為南安侯去信吹噓說鎮南王妃屬意劉瑩做兒媳。阮氏對於劉瑩能不能做上世子妃沒有底，所以她能做的就是幫四皇子做更多，讓劉妃覺得有個娘家還是有用的。

四皇子來信說看中秦家和顏家的關係，她就放低身段與王氏交好，好不容易說動王氏要送女兒進京候選皇子妃。如今太子病懨懨地等死，只要顏寧死了，秦家到底是顏家的姻親，到時只要秦家出面，還怕顏家不站在四皇子一邊嗎？

可是顏寧沒死，而且顏寧還打了自己女兒，把南安侯府翻了個底朝天，甚至在侯府裡發現了一個南詔密探！

阮氏比南安侯更感到一種危機，尤其顏寧臨走時的眼神，讓她覺得那雙眼睛裡的冷意像冰稜子一樣插到自己心裡。可是她不能跟劉喚說這些話，她最清楚自家丈夫是什麼樣的人——一個膽小怕事又貪婪好色的男人。當初聽到要暗殺顏寧時，他竟然嚇得臉色發白，還是她勸了好久，他才答應安排。如今事情敗了，若是她說出喪氣話，那這個男人肯定會全怪到自己頭上。

阮氏坐在房裡，只覺得陷入死胡同。

「夫人，五姑娘吵著要見您。」她的陪嫁嬤嬤走進來稟告。

「妳送兩盒藥膏過去，讓她先安生在家養著，我忙完事情就去看她。」到底是親生女兒，阮氏心裡壓了再多事，還是沒發脾氣。

她的陪嫁嬤嬤看夫人臉色不好，不敢再多說，拿了藥膏過去勸慰劉瑩。

南安侯離開後，來到外書房。他府裡也養了些清客幕僚，但是他知道，自己養的那些清客幕僚壓根兒不頂事。

現在要怎麼辦呢？南詔密探啊，要是坐實，再被判為通敵叛國，那就是抄家滅族在等著自己了！不行，得去找找楚世子！

他換了身衣裳，坐轎子來到鎮南王府求見，卻被告知楚世子正在州牧府。

這麼快就開始審了？

南安侯在鎮南王府門前徘徊良久，看看天色已經不早，只好垂頭喪氣地回府。他愁眉苦臉地回到正院，天已黑了。

阮夫人擺了晚飯，正打算叫人請他用膳，看到南安侯一臉陰沈地走進正院，一身錦緞衣服披在身上，沒有往日的威風。

「侯爺，身正不怕影子斜，我們行得正、坐得端，不怕別人陷害。」阮氏勸慰道。「您還是好好用膳，明日還得去看看呢。他們暗箭傷人，不得不防。」

南安侯拿起筷子打算吃飯，聽到「暗箭傷人」四字，卻是止不住手一抖，看了看左右伺候的人。

阮氏會意，知道他有話說，擺擺手讓伺候的婆子丫鬟們都下去，只留自己的兩個心腹守在房門口。

「妳說，是不是顏家知道了，報復我們？」南安侯壓低聲音問道。

「怎麼會？」阮氏聽到「報復」兩字，心裡也是一抖，嘴裡還是安慰道：「我聽說顏家的顏烈和顏寧都是沒心眼的暴脾氣，若是真知道了，今日哪肯這麼善罷甘休？」

「說得也是，而且今日他們也未提起其他的。哎呀，汪公公回來了嗎？」南安侯一看天色全黑，想起來還有個汪公公在外面逛著。

阮氏這一天鬧得頭昏眼花，哪裡還顧得上這個，一聽劉嬍詢問，連忙叫心腹丫鬟去看看。

沒一會兒，那丫鬟回報說：「夫人，守角門的婆子說，角門那裡……阿旺和阿福被人綁了扔在門口，沒看到汪先生。」

阿旺和阿福正是派去照料汪公公的人，今日下午也陪著他出府。

「噹」的一聲，南安侯看了阮氏一眼，手中的飯碗摔落在地。「快，快把那兩人給我帶過來，好好問問，快去！」

阮氏也急得坐不住。太監私自離京，這可又是一宗罪，而且會直接扯出四皇子和劉妃。南安侯就算再蠢，也知道這兩個是自己的靠山，一定不能有事。

他看丫鬟還動作遲疑，忍不住抬起一腳踢出去，帶動桌上碗碟摔落地上。

那兩個名叫阿福和阿旺的小廝被人帶過來問話，卻什麼也說不清楚，連誰將他們打暈都不知道。

怎麼會這樣？難道今日之事就是衝著汪公公來的？是誰知道汪公公待在府裡？

「侯爺！侯爺！不好了，不好了！」外院總管衝進來，又是一迭連聲地叫。

去。

「什麼侯爺不好了？你敢觸侯爺我的霉頭？」南安侯再也忍不住焦躁，又是一腳踢出

總管機靈地退了退，沒被踢倒。「是老奴不會說話，求侯爺息怒、求侯爺息怒！」

「好了，說說出了什麼事？」阮氏看這樣亂糟糟的，開口問道。

「是、是王管事，王管事不見了！」總管連忙回道。

「不見了？他出門了？」阮氏急著問。

「下午顏家人進府時還看到的，後來……後來人走光，就不見了。老奴以為他回家去，現在天都晚了，他媳婦找過來，老奴才知道，王管事沒回家，不見了。」劉總管說完，又悄悄後退了點。

南安侯看著阮氏。「秦府那個小丫鬟是不是見過他？」

阮氏一下子只覺得全身力氣抽光，坐到椅子上。「是他去找那小丫鬟的。侯爺，他們真的知道了？快去找人，快點把人找回來。」

「找？到哪裡去找？妳有本事，也去把秦府翻個底朝天啊！」南安侯又急又怒，對阮氏叫道。

人到底去哪兒了？

南安侯夫妻在問，顏寧也在問。

她今日安排的人是兵分兩路的，一路跟著她和顏烈到南安侯府裡翻找，還有一路守在南安侯府門外，若是見到有人趁亂離開侯府，不管男女老少，一律都綁下再說。

可是，她帶來的顏府侍衛，不熟悉侯府周圍環境，慢了一步，等他們包抄到侯府後花園的小角門時，只看到兩個小廝被捆綁著扔在角門口，沒有其他人影。她相信自己今日大張旗鼓地大鬧南安侯府，那太監肯定不敢再待在侯府，要麼就是那太監想離府躲避時，被人劫走了？

顏寧恨恨拍了一下椅子扶手。到底是誰？若是讓自己知道，非脫他一層皮不可！

顏烈看顏寧這麼生氣，勸道：「寧兒，算了，好歹今日也不算白忙活，妳看我們不是抓到那個下毒的指使人了，劉喚肯定再也不能安排人暗殺妳。」

「二哥，這個指使人只是小角色，抓來主要是讓外祖母和大舅知道，投毒殺人是南安侯指使的，那個太監才是大魚啊，我有用處的。」顏寧看顏烈憂心地看著自己。「好了，二哥，沒事，我有安排。走，我們先帶那個人去見外祖母和大舅。」

「好，妳也別發愁，明天我跟楚謨說，讓他幫忙找找。在南州找人，還是得靠他！」顏烈知道今日那個南詔密探是楚謨安排之後，大為感激。他只覺得秦紹祖雖然是南州州牧，但是做起事來還是楚世子靠得住。

顏寧笑著搖頭，只跟顏烈說：「這話你可別在大舅面前說，大舅到底姓秦。」

姓秦，所以就會有秦家人自己的謀算。無關人情，人總有親疏遠近，總有所求。不過這些，顏寧不想跟二哥說，二哥是個直脾氣，萬一忍不住亂說話，讓大舅下不了臺那就不好了。有些話，還是她去說比較好。

顏烈答應一聲，吩咐墨陽去帶人，自己則跟著顏寧來到秦老夫人的正廳。

秦紹祖停下和秦老夫人說話，看到顏烈和顏寧進來，忍不住嘆了口氣。難怪妹妹以前說起這兄妹倆，總是又驕傲又嘆氣，現在他也有點理解妹妹的心情了。他兩個女兒加一起，都沒顏寧一個能鬧事。自從她到南州，就沒太平過，今日還敢帶侍衛堂而皇之地搜了侯爵府。

那可是侯爵府啊，沒有朝廷律令，誰敢隨便去搜？幸好兩人命大，在南安侯府裡竟然發現南詔密探，不然這事傳到御史耳裡，就是一樁禍事。

「你們兩個也太莽撞了，怎能就這麼闖到侯府去搜府呢？一點兒女口角，又不是什麼大事。」秦紹祖還是訓了他們兩人。

「大舅，兒女口角的確不是什麼大事，我和妹妹今日去侯府，主要是為了抓這個人。」顏烈沒把大舅的教訓當回事，反正說幾句不會掉一塊肉，他轉頭吩咐墨陽。「你去把人帶進來，嘴還是堵上。」

秦老夫人看看顏烈，又看看顏寧，知道今日這事肯定還是顏寧指使的，顏烈也就是跟著妹妹胡鬧罷了。

墨陽沒一會兒就帶進來一個綁成粽子樣的人。那人嘴裡塞著帕子，發出哼哼唧唧的聲音，抬頭看到秦紹祖後，眼神立時變得驚懼交加。

秦老夫人和秦紹祖一下坐直了身子。

「阿琴，妳去把寧兒畫的那張畫像拿來。」秦老夫人吩咐孫嬤嬤。

孫嬤嬤領命，不一會兒就拿來顏寧畫的畫像——小環招供指使她下毒的人。

孫嬤嬤把畫像拿到地上那個人面前，自己對照著看兩眼，舉著畫像站到那人旁邊。墨陽直接一把抓起那人頭髮，迫使他抬起頭來。

「你是何人，竟敢指使人下毒！」秦紹祖厲聲問道。

「大舅，這人是我們在南安侯府抓到的，他是南安侯府的一個小管事。」顏烈回答道。

「是南安侯劉喚要殺寧兒？他和寧兒無冤無仇，為什麼要殺寧兒？」秦紹祖不可置信。那個南安侯哪來的膽子和念頭？

「大舅，那得問問這個人了。把帕子拿開。」顏烈說道，又走到地上的人面前。「你最好老老實實回話，不然，小爺就把你的骨頭敲碎。」

躺在地上的王管事「唔唔唔」地叫著，拚命搖頭。墨陽一把拉開王管事嘴裡的帕子。

「州牧大人，小的冤枉啊！小的根本不知道……啊！」王管事發出半聲慘叫，餘下的聲音被帕子堵在嘴裡。

顏烈直接踩在他的手骨上，又碾壓幾下。顏烈穿的是硬底靴，他又使上了力氣，這麼踩下去，十指連心，饒是鐵打的人也得痛不欲生，何況，這王管事可不是什麼硬骨頭。

顏烈移開腳。「你要是不想說實話，小爺就先廢了你這隻手。」

「唔唔……」王管事痛得眼淚都留下來，連連點頭。

「小的……小的是南安侯府的外院管事，也是夫人的陪房。前段時間，侯爺和夫人命小的去城郊找那個小環的家人，拿了簪子來府上見小環。那毒藥……毒藥也是侯爺命小送給小環的，聽說是見血封喉的毒藥。」

「劉喚為什麼要毒殺我外甥女？」秦紹祖問道。

「小的不知道啊！侯爺沒告訴小的。對了，聽說是京裡派人下令的。」王管事剛說了一句不知道，看顏烈的腳在自己面前移動一下，連忙叫道：「小的媳婦在內院伺候，聽夫人院子裡的管事嬤嬤說的，說京裡派人下令的，其他小的就不知道了。大人，小的知道的全說了啊！」

「好了，鬼叫什麼，閉嘴！」顏烈不耐煩地喝了一句，王管事立即閉上嘴巴，再不敢多發一言。

墨陽看主子們問話都問得差不多了，直接又把帕子往王管事嘴裡一塞，拖出去了。

京裡來人要殺顏寧？京裡，和南安侯府有聯繫的，就是四皇子了！

秦紹祖覺得腦子有點亂，他想起王氏跟自己提起，說秦家靠著顏家總不是長久之計。秦家到自己這個州牧，這官也就做到頭了，若是能和皇家結親，女兒要是能做個皇子妃，就等於背後有了結實的依靠。

王氏還說阮氏傳了劉妃娘娘的話，說劉妃娘娘就喜歡婉如這樣知書達禮、出身名門的姑娘，希望將來四皇子能選個這樣的姑娘做皇子妃。這些話從去年開始，王氏就一天天在說。

他這幾年夾在朝廷和鎮南王府之間，尤其是這兩年隨著鎮南王府世子楚謨日漸長大，很多事處理得越來越不得心應手。

婉如若是能做四皇子妃的話，也不錯，好歹這也是和皇家結了親。他一直覺得就算太子不能即位，那即位的人也輪不到四皇子，女兒嫁了四皇子，將來四皇子封王，就太太平平做個王妃。

可是，四皇子想要殺顏寧！秦紹祖不是傻子，他也做了二十來年的官，略微想想，也猜到了四皇子的打算。

娶了婉如，將秦家綁上四皇子這條船，然後通過秦家，收攏顏家？

他心中苦笑。該說四皇子楚昭鈺天真，還是太自信呢？連他都沒有自信能說動妹夫顏明德。

顏寧看著大舅皺眉苦思。她其實覺得四皇子楚昭鈺這手打算不錯，至少，她一死，他要是能再嫁禍給其他皇子的話，那顏家只要不幫別的皇子，對他來說就是得利了。

顏烈腦子裡沒這麼多彎彎繞繞，他只是問秦紹祖：「大舅，這南安侯竟然敢暗殺寧兒，您可不能輕饒他！」

「阿烈，南安侯其實不是問題，可是，這關聯到京城……」秦紹祖不知該如何解釋自己的想法。他不想得罪四皇子，所以不能幫顏寧報仇，這心思連他自己都覺得愧對顏寧。可是，得罪四皇子，他又有點不願。

「外祖母、大舅，寧兒有一句話想要直言。」顏寧知道秦紹祖此時肯定很矛盾，但是今晚她一定要逼秦府作出選擇。

秦家如果搖擺不定，或者想要腳踩兩條船，那麼，在朝廷和鎮南王府兩邊施壓之下，秦家的處境會日益艱難。如果秦家想要跟四皇子結親，顏寧肯定不會讓顏家陷入四皇子這個深坑的！

「寧兒，妳說。」秦老夫人說道。

「外祖母，大表姊的親事一直未定，是為了候著幾個皇子選皇子妃嗎？」

秦老夫人並未否認。兒子和兒媳雖然未跟自己明說，但是種種做法，她還是能看出他們的打算。

秦老夫人的心裡其實也很矛盾，一方面她覺得秦紹祖也好，秦婉如也好，都沒有更進一步的天分。尤其是秦婉如，人是良善的，可性格懦弱，心中沒什麼主張，這樣的性子怎麼能做王妃呢？可是，另一方面，她又希望秦家更上一層樓，而這個願望，若孫女能選上皇子妃的話，就有了希望。理智上，她知道這不實際，會害了孫女兒，甚至害了秦府；感情上，她又希望自己的擔心只是多餘，或許秦家就有該發達的命呢？所以，她寧願裝作不知道。

現在，顏寧直接將那層布掀開來。

秦紹祖看著顏寧，臉上神色驚疑不定。寧兒是怎麼知道自己打算的？是妹夫也知道了，讓她來說的嗎？

秦老夫人嘆了口氣，端起茶杯，慢慢地喝一口。算了，讓外孫女說吧，若她能說服兒子滅了這心思也好，順便也滅了自己這個老太婆的心思。

「外祖母、大舅，恕寧兒直言，寧兒在南州這段日子，和大表姊接觸良多，大表姊性子純善，但行事不夠果決，這樣的性子做了皇子妃，她能過好日子嗎？」顏寧看秦老夫人並未否認，又繼續說道：「再一個，皇子們為何會看重秦家？若寧兒猜得不錯，大舅，您和大舅母是打算讓大表姊去做四皇子妃吧？大舅，您覺得四皇子為何看中大表姊？」

秦紹祖原本覺得一個十二歲的小姑娘來議論朝廷、婚姻，有點荒謬，可是聽著外甥女侃侃而談，那一派成竹在胸的氣勢，卻讓人忽略她的年齡，不自覺信服了。看著顏寧那雙黑亮的眼睛，明明才十二歲，卻像是看透世情一樣。

「南安侯授命殺我，無非是四皇子希望我死了以後，他能透過秦家來拉攏顏家。但是大舅，就算我死了，顏家還是會幫著我太子哥哥，這一點，不會變！從我姑母進宮生下太子哥哥那天起，顏家注定就是太子的堅定後盾！顏家人，只會幫顏家人。大舅若執意要幫四皇子立從龍之功，到頭來，我只是怕母親傷心而已。」這話等於說，若秦家要幫四皇子，就是與顏家為敵。

「寧兒，大舅從來沒有這種心思……大舅只希望好好當這個州牧而已。」秦紹祖有點灰心喪氣地說道。說出這句話，他覺得有點窩囊，這是在外甥和外甥女面前示弱啊。

「大舅，您這個州牧自然能當下去，而且只要您處理得當，鎮南王府和朝廷，都會讓您當下去。但是，若大表姊進京，鎮南王府只怕不會容您再在南州。」

秦老夫人輕輕嘆了口氣，原本還很精神的臉，在昏黃的燈光下，好像蒼老了幾分。

顏寧說完話後，一室寂靜，她看著外祖母和大舅，靜靜等著回答。

顏烈則滿眼放光，自豪地看著自家妹妹。反正他腦子裡沒想這麼多，寧兒說的，肯定都有道理，所以，他只管點頭就好。

秦老夫人沒有說話，她放眼看著房外。從她將女兒嫁到顏家那天起，其實就將秦家的榮辱維繫在顏家這條船上。而將可兒這個嫡長孫女嫁給顏煦，不就是想讓秦家和顏家更密不可分嗎？現在，她又希望秦家能自成一體，不再依附顏家，這種心思本就是矛盾啊。

顏家能教養出顏寧這樣出色的女兒，有顏烈這樣勇武的兒子，還有什麼多想的呢？就算秦可兒這個自小養在自己膝前的嫡長孫女，雖然處事大方也有見識，和顏寧比起來，還是遜色不少。

秦老夫人嘆了口氣，點頭道：「寧兒，外祖母懂妳的意思。妳放心吧，外祖母不會讓妳母親為難的。」

「謝謝外祖母。大舅，其實那個王管事說的京城來人，是個太監，本來今日想趁著搜府將他逮到，沒想到我們的人慢了一步，被別人給劫走了。大舅幫忙在城門處安些人查查吧。」

「妳怎麼知道是個太監？」

「寧兒在荊河落水時，和楚世子一起，在山林中殺了幾個刺客，從他們嘴裡知道的。」顏寧看到秦紹祖再次露出吃驚的神色。

她知道今晚這些話後，大舅對自己可能是懼怕多於憐愛了。但是，能得到外祖母的保證，她很滿意。

「外祖母、大舅，寧兒先告退了。」她向門外走去，看自己二哥還一副愣住的樣子，拉了拉他的衣袖。

顏烈回神，說了一句「我和寧兒一起出去」，也跟著退下了。

其實，看著外祖母驟然少了幾分精神的臉，她心裡也很不是滋味。雖然兩人接觸不多，但是秦老夫人睿智明理又慈愛，顏寧心裡和她還是很親近的。可若不趁著今晚敲醒外祖母和大舅的美夢，一旦事情超出自己的預計，那對秦家就是滅頂之災。

外祖母和大舅應該會知道，自己今晚讓他們作的選擇，不僅是為了顏家無後顧之憂，其實也是為了秦家的長遠考慮。

秦老夫人和秦紹祖看著顏寧和顏烈走出房門，身影慢慢隱入夜色。

「大郎，你看到了嗎？若是婉如有寧兒這樣的性子和見識，她去做皇子妃也就罷了，可是你的女兒你自己也知道，何苦讓她去受罪？」秦老夫人轉頭看著秦紹祖勸道：「何況寧兒說得對，我們秦家立不了從龍之功，也立不起。你和媳婦說說，還是盡快幫婉如相看人家吧。」

「是，母親。」秦紹祖對老母親順從慣了，說完心裡又有點不甘心。「可是……若婉如不去選皇子妃，我只怕在南州會日益艱難。朝廷當年派我做這個州牧時，是希望分鎮南王的權，現在……」

「你還沒聽明白寧兒的意思嗎？你改日去見見楚世子，以後南州的事，多聽聽楚世子的意見吧。」顏寧只說若秦婉如進京選皇子妃，鎮南王府會容不下秦紹祖，可沒有說若秦紹祖不和朝廷拉近關係，朝廷會對秦家如何？再想到顏寧和楚謨一起在荊河落水，可能那時就有了交情？自己壽誕那天楚謨會陪著鎮南王妃來賀壽，也是給顏寧面子吧？

秦老夫人倒沒想過顏寧會對楚謨有男女情意，畢竟她說起楚謨來，沒見有太多情緒。也好，顏寧幫秦家指了路，以後，秦家就安心在王府治下吧。

「母親，那朝廷若是知道了，會不會覺得兒子辦事不力？」

「你糊塗，朝廷知道什麼？南州緊鄰南詔，只要南州風調雨順，百姓太太平平地過日子，南詔不能兵入南州，那麼，你這州牧就是盡忠職守了。鎮南王府要是謀反，你當然要為國盡忠。現在，鎮南王府安心做著守邊王爺，那你協助一二有何不可？」

「是，母親說得是。」

秦老夫人三言兩語，就讓秦紹祖知道該如何做。

他擦了擦額頭的汗。剛才被顏寧質問幾句，竟然讓他緊張了！這外甥女哪是普通孩子啊？算了、算了，自己女兒和人家一比，的確是比不了。

第二十一章

第二日一早，楚謨帶著清河、洛河和幾個侍衛打算去州牧府審案，一走出大門，就看到南安侯劉喚正在府門前徘徊。

大清早南安侯竟然沒抱著美人酣睡，實在是一大奇事。

「侯爺，早啊！您怎麼到了門口，也不到我們府裡去坐坐？」楚謨很熱情地打招呼。

「這個……那個……怕世子事務繁忙，不敢輕易打擾。」南安侯看到楚世子如此熱情招呼，覺得今日要談的事有希望，可是一想到要說的事，又結結巴巴了。

他總不能說昨兒一夜沒睡，一早想來問問楚世子要不要娶他女兒吧？為了這件事，早上阮氏還和他大鬧一場，說什麼不顧體面、賣女求生、厚顏無恥。

本來他是想讓阮氏來跟鎮南王妃談的，可是阮氏不肯來，說就算劉瑩真嫁進王府，以後還有什麼體面可言。

真是婦人之見。做了世子妃，還會沒體面嗎？再說，當務之急是讓世子審案時有個立場。

可是，站在王府門前半天，他猶豫著沒上門，是該求見鎮南王好，還是求見王妃好，抑或是應該求見世子本人？

正在他猶豫時，楚謨剛好出來了。

「侯爺客氣了，侯爺是長者，若是有事，哪有不見之理？」楚謨猜南安侯的來意肯定與南詔密探一案有關，就不知他會用什麼理由來說服自己。「對了，侯爺，您早上來是有事，還是……」

「喔，沒事，不對，有事、有事。那個……小女瑩兒十六，那個……年紀不小了，那個……王妃前年說很喜歡小女，那個……」

這話說得結結巴巴，可話裡的意思，這是向自家世子爺提親？清河和洛河都從彼此眼中看到詫異。

「咳咳，侯爺，所謂婚姻之事，都是父母之命、媒妁之言。我二弟才十二歲，王妃作為二弟的母親，一片慈母心腸，看到好姑娘就想為二弟說親。可是，我父王說過，我們兄弟的親事都得他作主，您看是不是去跟我父王商議？」

「哦，對，商議。啊？不對，不是為二公子啊，王妃是說您啊……」南安侯一看到楚謨忽然沈下的臉色，他心裡有點沒底。難道自己剛才哪句話說錯了？

「嗯，小女不一定要做……那個不一定要正室的，側妃也行……」南安侯的聲音漸漸低下去。

楚謨差點從馬上摔下來，他還是低估了南安侯劉喚的臉皮，不對，應該說是蠢的程度。親自為女求親，就在王府門口？還可以做側室？

「侯爺，您也是久居南州的，我們王府的事還不清楚嗎？我二弟娶什麼側妃？這事不用再提了，等我回府會代為稟告我父王的。既然碰上了，不如您和我同去州牧府？」

饒是楚謨城府深，碰上這樣厚臉皮的人，也有點頂不住。

南安侯看楚謨的臉色陰沈，不知為何，心裡有些害怕。聽楚謨一再提到侯府二公子，他隱約明白楚世子是看不上自家女兒了，可是，自家女兒長得也算嬌俏可人，竟然做側室都看不上？

侯府二公子是王妃韓氏的親生兒子，可惜是個傻子，還是天生癡傻，治不好的。

南安侯聽楚謨叫他一起去州牧府，不想去也得去啊，只好坐上轎子，跟在楚謨一行人馬後面。他心想，可惜女兒被打腫了臉，不然就帶到他面前，也許楚世子就會改主意了？

很快，一行人到了州牧府。

秦紹祖和陳侍郎在楚謨面前不敢托大，聽說世子到了，都到府衙門口迎接。

楚謨一邊客氣謙讓著，一邊走進州牧府大堂，南安侯自然也跟著走進去。

昨日發現的那具死屍陳放在大堂前的院中，周圍放著冰塊以免屍體腐壞。

「承蒙南安侯和秦州牧信任，委託我來查證侯府中南詔密探一事。我想著這事到底還關聯南詔，陳侍郎受我皇伯父所派，來南州處理南詔使團之事，朝廷裡大家都知道，陳侍郎您可是南詔通，所以今日這事，您也要多多指點。」

「哪裡、哪裡，世子客氣了，下官這個旁聽的，可是先帶了耳朵啊。」陳侍郎打著哈哈。楚謨先扣了頂南詔密探也和南詔有關的大帽子，又捧他是南詔通，這事看來是打定主意要拉上他了。

「陳侍郎客氣了，誰不知道，我皇伯父對您信任稱讚有加。」

「本侯的清白就有賴二位了。」南安侯在邊上說道。

「好說好說，我自當秉公而論。」楚謨謙讓兩句，面容一整，讓人掀開白布。死了一天的人，臉色已經青黑，陳侍郎和南安侯都沒見過這種場面，只覺得屍體邊上冰塊的涼氣透到自己身上，讓人禁不住打了個寒噤。

楚謨派的侍衛呈上這南詔密探身上發現的東西，林林總總的東西裡，最引人注意的就是那封密信和毒藥。

秦紹祖昨日已經看過那封密信，所以楚謨拿起密信看了一眼，又交給陳侍郎。陳侍郎拿過那封密信，看了後卻是面色一變，看著南安侯，顯然是猶豫要不要給南安侯看看信。

「侯爺，您見過此人嗎？」楚謨問道。

「沒有，本侯怎麼可能認識南詔密探呢？」南安侯一眼也不看，肯定地說。

「侯爺，您再仔細看看，這人有沒有見過？」楚謨不為所動地強調。

南安侯怕看死人，那臉剛才是一眼掃過，沒敢仔細看，楚謨現在又問一遍，他只好壯著膽子再看一眼，便呆住了。

難道昨晚沒睡眼花了？他揉揉眼睛，又仔細看了幾眼。這個死人年約四十多歲，瘦長的個子，唇上留了一撮八字鬍。

這人，他何止是認識啊！

「這……這不可能啊……」南安侯喃喃自語。「他怎麼會是密探？」

「侯爺認識此人？」楚謨確認地問道。

「不認識，不，認識，不——」南安侯急了。昨日他只聽下人們在叫死了一個南詔人，後來又聽人叫死的是南詔密探，他認定是顏家兄妹搞鬼，忙著和秦紹祖理論，壓根兒沒注意看一眼。

現在看仔細了，這人，竟然是侯府名下一家店鋪的掌櫃。

「本侯認識這人，但是，他怎麼會死？他只是個掌櫃啊。」

「侯爺為何聘一個南詔人做掌櫃？」楚謨又問道。

「他說自己母親是大楚人，我那生意因為要和南詔人打交道，所以就雇用他了。而且……對了，這人是春夢閣的秀秀推薦給我的，對，就是秀秀，她說這人是她的遠房親戚……」南安侯說得凌亂。

他說的那個秀秀，後來不就是作為南詔密探被處死的？

陳侍郎不知那個秀秀的身分，秦紹祖在邊上問道：「侯爺，難道您不知道，春夢閣的那個歌妓秀秀，正是南詔密探？」

「本侯……我……」南安侯囁嚅半天，卻無法再說。

他知道啊！當時他還挺可惜，一個如花似玉的佳人，就這麼被處死，感慨過「卿本佳人，奈何做賊」。

但是，秀秀死時，這個掌櫃已經在自家府上做了兩年，他壓根兒忘了自家這個掌櫃，正是這個密探薦來的啊。

「侯爺，您知不知道這密信上，寫了何事？」楚謨又問道。

「我不知道啊！」劉喚連「本侯」的自稱都忘了。

陳侍郎默默將手中的信紙遞過去。

南安侯看完全信，驚叫起來。「這、這不可能！我怎麼可能做這種事？我為何要做這種事？我只是忘了把掌櫃換掉罷了……」

信的內容是說，此次議和是二皇子的意思，若南安侯幫忙毒死瓊玉公主破壞議和，將送他金銀若干，另外以前所求之事可以答允云云，而信的落款是南詔大皇子樂正弘。

陳侍郎原本也不信，畢竟，南安侯為何要為南詔做事？但若是南安侯與南詔沒有勾結，為什麼要養著一個南詔密探做掌櫃？而且，推薦這個掌櫃的人，還是眾所周知的南詔密探，就算平民百姓都知道要趨利避害吧？

忘了換人？這說出去，當聽的人是白癡嗎？再想到近來南安侯家女眷和瓊玉公主走得最近，一個異國公主，其他人家怎麼沒見去巴結？

陳侍郎此次南下時，楚元帝曾給他看過南詔的兩封密報，內容是說南詔大皇子和二皇子為了爭龍椅忙得不可開交，在對大楚的態度上，大皇子樂正弘主戰，二皇子樂正宇主和。

若說有人要陷害南安侯，那麼誰會陷害他？如劉喚昨日所說的，是顏家的顏烈和顏寧陷害他？但是，南詔國內兩個皇子的消息應是機密，顏烈和顏寧怎麼會知道？這根本說不通。

所以，陳侍郎壓根兒不信南安侯的說詞。原本他覺得此事與自己無關，但是，現在這事牽扯到南詔使臣團，保證使臣團的安全，也是他的職責之一。

「侯爺，您也先別急，這也許有可能是南詔的反間計呢。」

「對對對，還是世子英明，這肯定是反間計，想要離間我們。」南安侯贊同地連連點頭，眨巴著一雙水泡眼，崇拜地看著楚世子，希望他快點吐出幾句金玉良言，解救他於水火之中。

清河和洛河對南安侯有點不忍直視，默默低下頭。

陳侍郎那張長年帶笑的眼睛都壓成一條縫的圓臉上，笑容更盛了。

秦紹祖差點笑噴。離間？就南安侯？不是秦紹祖自視甚高，這要離間，離間他這個州牧和鎮南王府，都比離間南安侯府有價值吧？

「劉侯爺，此事我雖然不敢相信，但是為了侯爺的清白，不如我們查一下您的書房和這個掌櫃所在的店鋪？」

「喔，好、好。」南安侯為了證明自己的清白，自然不會反對。

「本官就不去侯府了，免得侯爺又懷疑我有嫌疑。」秦紹祖直接拒絕道。

「也好。陳侍郎，不如還是您和我一起去？」楚謨問道。

「好，下官跟世子同去。」關係到南詔使臣的安全，陳侍郎不能再置身事外。

楚謨笑了笑，一馬當先走了出去。

陳侍郎是朝廷中有名的中立派，也是楚元帝信任的人之一。

南安侯帶著眾人來到侯府，這次翻找，由鎮南王府的侍衛領頭進行，搜了近半個多時辰。

阮氏聽說死的南詔密探竟然是家裡的掌櫃，只覺得心驚肉跳，在內院急得團團轉。

劉瑩聽說楚謨來到南安侯府，高興地跑過來。「母親，聽說楚世子來了，我要出去見他。」

「妳，誰讓妳出來的？快回房去！妳要頂著這張臉去見人嗎？」阮氏的眼角跳了跳，見劉瑩那張臉只消腫了一點，心緒煩亂下便脫口而出。

「我……妳怎麼還不去找秦紹祖和他夫人，讓顏寧給我道歉？顏寧要是不道歉，女兒的臉往哪兒放……」提到臉，劉瑩就想到被打的事，忍不住哭鬧起來。

「好了！劉嬤嬤，把她帶下去，回房讓她好好休息！」阮氏按住額頭，只覺得頭痛難當。

劉瑩還要叫嚣，可是禁不住劉嬤嬤力大，又是勸又是哄又是拉，終於將她弄回她的院子。

「夫人，侯爺說楚世子他們在搜外書房，讓家裡的女眷不要出去，免得衝撞了。」

「好，我知道了。不對，外書房？不能搜啊！」阮氏想到什麼，厲聲喝道：「快讓侯爺過來，快點讓侯爺回來！外書房不許搜！」

劉嬤嬤帶著阮氏的話，急急忙忙跑到外院外書房時，已經晚了。只見書房院門處站著陌生的侍衛，看衣著是鎮南王府的，顯然書房這裡要麼正在搜查，要麼已經搜完。劉嬤嬤想找個小廝入內，卻被阻止，說是侯府中的人不許隨意入內。

楚謨和陳侍郎坐在南安侯劉喚的書房裡。王府侍衛查找起東西來，一點也不比辦案老手差。他們將書房查看一遍後，準確找到書房暗格，打開了。

南安侯甚至壓根兒沒看過書房暗格中的東西，看著侍衛手中的盒子，直覺裡面不是好東西。

他的預感果然準確，這盒子裡，竟然是前幾代南安侯府在大楚邊境走私往來的帳冊！

說起來這也是老南安侯謹慎過頭的惡果。他當年知道兒子不成器，阮氏這個媳婦倒還清楚明白，就將南安侯府歷代的帳冊和內外事務都交代給阮氏。

南安侯府的走私生意到了劉嗅手裡，其實可說已停擺了，無他，因為這人沒本事，手裡還不能過錢。一有錢，包戲子、捧姑娘的事就來，搞不好還抬幾房小妾、姨娘回府。

阮氏的本事在內宅，對生意這些到底不精通，又是個婦人，不能拋頭露面。再加上家裡的掌櫃下人，老的走掉後，新的就沒能找到接班的，有適合的人看劉嗅這樣子，也不會賣力，所以這幾年盒子裡的帳冊其實沒有多少更新。

但是，有了這些帳冊，就說明南安侯府與南詔是有勾結的，那麼密信裡的事，就有了可能。

南安侯有生以來第一次後悔，自己怎麼不多看看書房呢？

劉嬤嬤在書房院門外看了兩圈，又偷偷溜回去，向阮氏稟報。

守在書房內外的侍衛們倒也不攔她，看她往內院跑去，由著她走了。

「劉侯爺，這事，我們只能上奏我皇伯父，由他裁決了。」楚謨一臉遺憾地開口，又安撫地道：「不過皇伯父慧眼如炬，一定會給侯爺一個公斷的。這段日子，侯爺要不就先在府裡歇息，我請秦州牧派些人來……」

這個處置算是相當客氣了。畢竟，單單一條窩藏南詔密探，就算將劉喚下到大牢，也是無話可說。

楚謨話音未落，秦紹祖帶著人跑來，急匆匆道：「世子、陳侍郎，驛館出事了！瓊玉公主中毒了！」

「什麼！」陳侍郎唰的一聲站起來。「人怎麼樣？其他人呢？」

「還好、還好，救治及時，毒已經清了，其他人無事。」

陳侍郎長吁了一口氣。還好還好，沒事就好。

「怎麼會這樣？下毒的人找到了嗎？」楚謨也問道。

「投毒之人還不清楚，瓊玉公主的飲食，都是由南詔人經手的。」

「肯定和我無關啊！我沒讓人下毒！世子、陳侍郎，你們要相信我、相信我！」南安侯已經被接二連三的消息震得語無倫次。

早上剛看了一封要他投毒的密信，現在，瓊玉公主真的中毒了！這是誰要害他？

「劉侯爺，你先不要慌，事情已然如此，你還是在家靜候吧。」楚謨依然慢條斯理地道。「陳大人，要不我們先去驛館看看？」

「好！」陳侍郎當然心急，要去看一下。

「秦州牧，麻煩你安排些人手保護侯府上下吧。侯府的人暫時不能離開南州城。」楚謨又安排道。

秦紹祖連忙答應，轉頭急匆匆地離開，去安排人手了。

一群人離開後，阮氏才敢帶著人過來，卻看到南安侯失魂落魄地癱坐在椅子上，眼神呆滯地看著自己。

「侯爺，現在到底怎麼樣了？侯爺，您別嚇妾身啊！」

「完了，全完了，聖上一定饒不了我們！怎麼辦？怎麼辦啊？」南安侯也不管阮氏說什麼，只管自己喃喃自語。「公主真的中毒了，洪掌櫃是南詔密探，完了，這下真完了！」

「什麼中毒？洪掌櫃又怎麼是密探了？」阮氏連連追問。

等阮氏弄清這一早上的事，也與劉喚一樣，呆住了。「當初我就說不能用來歷不明的人，你偏不聽。你看看，如今真的是禍事來了！」

「說這些有什麼用？現在全完了！」

「侯爺，您快讓人進京找劉妃娘娘、找四皇子啊，我們不能乾等著！」阮氏想起京城還有一個劉家女兒呢。

「對、對，還有娘娘，還有四皇子殿下，我這就去寫信，這就寫信！」

南安侯跌跌撞撞地坐到書桌前。阮氏也等不及下人動手，自己幫忙研墨，看著丈夫寫信。

秦紹祖離開侯府後，沒再跟著去驛館，回到州牧府派遣人手。趕回府衙時，顏烈和顏寧正在府衙等他消息。

秦紹祖將今日早上所有事都說了一遍。顏寧聽到密信內容時，若有所思。

秦紹祖絮絮叨叨說完所有事情，看著顏寧，問道：「現在這事可怎麼收場好？瓊玉公主中毒一事，陳侍郎肯定會稟告聖上的。」

顏寧知道大舅的懷疑。「大舅，瓊玉公主中毒的事不是我安排的。這事，我覺得您就聽楚世子安排吧，南州的事，鎮南王府肯定會關心的。」

不是外甥女安排的就好，秦紹祖長吁一口氣，安心了。只要不是外甥女安排的，秦家就沒事了，接下來，就按她說的，聽楚世子安排吧。

顏寧瞭解了大致事情，和顏烈一起告辭離開。走出州牧府大門，顏寧只覺得事情不對勁，心裡隱隱不安。

前世，她的記憶裡沒有南詔和大楚議和這回事，瓊玉公主也沒到京城；今生，有了議和的變數，但是，瓊玉公主看來還是到不了京城。

只是這個節骨眼上，瓊玉公主中毒了。

有了昨日那齣侯府抓密探的戲，又有了那封密信，大家懷疑的人，乍一看肯定是南安侯，但是楚元帝呢？楚元帝肯定會覺得鎮南王府脫不了關係。

她剛剛跟大舅說，南州的事，鎮南王府肯定會關心。

所有人都會這麼想，這時候，若是元帝再知道秦家聽從鎮南王府的指令，那麼……

顏寧很不想承認，可是腦子裡卻躍出了一張臉——楚昭業。

來到南州後，她沒再聽到京中的消息，不自覺地，她也不去想這個人。她以為林天龍死了，楚昭業受這打擊，怎麼也要休整段時間吧？她還是忘了，這人是永不言敗的！只是，他是怎麼說動四皇子的？還是，他發現了四皇子有殺她的打算，就順水推舟？

前世大表姊的死，應該也是楚昭業下的手，因為當時自己已是他的皇子妃，秦婉如一死，秦家沒了念想，只能更死心塌地地依靠顏家，自然也就等於是投入他三皇子的門下。

他這麼早就把手伸到南方了嗎？越想越心驚。前世的她對楚昭業還是知之甚少，以為拔除林家，他就沒了後盾，誰知人家狡兔三窟，還有這麼多安排。前世他不成皇，還真是說不過去啊！

「顏公子、顏公子！」顏烈和顏寧離開州牧府，剛過一個轉角，清河帶著一個人，趕了輛馬車候在那裡，連連叫道。

「清河？你怎麼在這兒？」

「世子爺吩咐小的將此人送來給顏公子和顏姑娘。」清河忙回話。「昨夜此人趕著這馬車離城，被我們的人盯上了。我們世子爺說，此人應該就是顏姑娘要找的人。」

顏寧一聽，下馬大步過去，掀開車簾一角，馬車上趴著一個人，身上衣物被收拾過了，但還是能看出受刑的痕跡。車簾掀開，那人一動也不動。

「人還活著嗎？」顏寧問走到自己旁邊的清河。

清河這才發現，這個少年竟然是顏姑娘。「還活著，昨夜就問了幾句話。他骨頭還挺硬呢，不開口。」

顏寧也不廢話，跳上馬車，一手抓起那人的頭髮。

那張臉，讓她瞳孔一縮，眼中恨意翻騰——順公公，汪福順！

她深吸口氣，壓制了當街將他碎屍的渴望。「這人，和畫像不符？」

「是畫像上那個人。昨夜他受刑暈過去，沒想到一盆水澆下去，臉上粉掉了，假眉毛也掉下來。虧他整天吊著臉，也不嫌難受。」

清河絮絮叨叨說了昨夜怎麼抓到這人、楚謨怎麼連夜審訊，說了半天，發現只有顏二公子聽得津津有味，顏姑娘卻盯著馬車裡的那張臉，好像盯著什麼稀罕物，眼都不錯開。

「寧兒，妳認識這人？」顏烈進宮少，對宮裡的人、事又不上心，當然不會認識這些太監。

「不認識！清河，你們世子呢？」

「小的來的時候，聽說世子爺去驛館了。」

「孟良，你帶兩個人把這人帶回去，先看管起來。」顏寧也不廢話，吩咐完回身上馬。「走，去驛館！」

「寧兒？怎麼了？」

「二哥，我們差點為人作嫁衣了！」顏寧不想承認，可現在看，她昨日的一通忙活，差點白白便宜了別人。

「什麼？我們被人利用了？被誰？」顏烈跳腳喝問。

「靜思、顏寧，你們是要去哪兒啊？」

他們去找楚謨，迎面而來的一群人，可不就是楚世子？

清河對自家世子爺的眼力大為佩服。隔著這麼遠，顏姑娘又穿男裝，他剛才近看都沒認出，世子爺竟然一眼就認出來了？

「瓊玉公主怎麼樣？」顏寧也不廢話，直接問道。

「還昏迷著，不過性命無礙。驛館裡死傷了幾個南詔人。」

街上人來人往，但他們一群人周圍卻是行人繞道，無人敢湊來聽熱鬧。

顏寧想了想，道：「馬車裡的太監我認識，是三皇子的人。」

楚謨也是玲瓏心思，只此一句話，他攏起眉頭。「借刀殺人？」

「還好，汪福順落在我們手裡了。」

「走，找個地方說話去。」

楚謨直接帶著人，到了城外的一座別院。三人坐下後，汪福順被拖進廳裡，此時人是清醒的，他看到顏烈和顏寧，死死閉緊嘴巴，連呻吟聲都沒了。

「除了供認自己是劉妃娘娘宮裡的，其他的，他一個字都沒說。」楚謨解釋道。

「問什麼！割了舌頭，挑斷手筋、腳筋，直接在鹽水裡泡上半天。」

顏寧的話一說完，楚謨和顏烈驚訝地看著她，汪福順也抖了一下。

「汪公公，還是叫你順公公？我對你的話，一個字都不想聽。我知道你的主子是誰，至於你是來做什麼的……等割了你的舌頭，挑斷你的手腳筋後，我說你是來做什麼的，你就是來做什麼的。」

「顏姑娘，你……你不能冤枉我們娘娘和四皇子殿下。」

「我當然不會冤枉他們，你的主子是三殿下嘛。」汪福順隱藏得很好，可她還是看到他的眼神躲閃了一下。「到時候，我直接把你丟到三皇子面前，就說是你招認的。一個廢人，又是背主的人，你說，三殿下會怎麼處置？」

「奴才是劉妃娘娘宮裡伺候的，宮裡有記檔，妳信口雌黃！」

「楚謨，幫忙安排個經驗足的，先挑斷他的手腳筋。順公公，別擔心，你不會死的。」顏寧眼前，好像浮現了當初汪福順對她和綠衣用刑時的畫面，現在，他落到自己手裡了。

顏寧就像夢囈一樣，輕聲慢慢地繼續說道：「我們先挑斷你的腳筋，然後，拿鹽水泡一泡，這樣傷口就不會爛了。然後，再來是手筋，唔……對了，還有針刺，從你手裡一根根刺進去，再一根根拔出來，我要看看，你能忍多少種刑罰？我啊，從宮裡知道很多，回京之前，就拿你一樣樣試吧……」

楚謨覺得顏寧有點不對勁，她的神色、語氣，忍不住皺了眉，對顏烈咳了一聲。

顏烈回過神，看他對著自己，朝顏寧的方向搖了下頭。

「寧兒、寧兒！」顏烈打斷顏寧的話，輕聲叫道。

顏寧轉頭，雙眼的眼眶紅了，眼神裡滿是恨意。

「寧兒，妳怎麼了？」顏烈不知道顏寧為何忽然這種神情，有點著急。

「沒事，二哥，我沒事！」顏寧回過神，看到二哥關愛的眼神。她深吸口氣，告訴自己，沒事了，一切都不會再發生，現在，該是消除這個噩夢的時候了。

楚謨不想違拗顏寧的話，再說，她做什麼事總是有道理的，所以，他什麼也沒說，只是招招手，說了一句「按顏姑娘說的做，一個步驟都別錯」。

汪福順發現，他們說的是真的，顏寧一點都不想讓自己招供，只想對自己用刑。這不是正常人，這是瘋子啊！

他被人拖出大廳，院子裡，竟然放上刑凳，兩個魁梧的侍衛將他綁在凳子上。有一個滿面絡腮鬍的大漢，手上拿著一把解牛尖刀，慢慢走過來，他霎時想起自己入宮受宮刑時的痛，忍不住渾身發抖起來。

那個大漢把他腿上的褲子往上撩了撩，露出兩隻腳踝，那刀泛著寒意，一步步貼近自己的腳，終於碰到了自己的皮膚。

「啊……唔！」他發出一聲慘叫，隨後就被一塊破布將聲音堵在嘴裡。他渾身顫抖，暈了過去。

他再醒過來時，只聽到一個聲音說：「好了，上點金瘡藥，放鹽水裡去！」

「唔！唔！」他死命掙扎起來，鹽水讓腳踝上剛剛切開的傷口更加痛了。

他痛得汗如雨下，可嘴裡的破布讓他連求饒喊叫的機會都沒有。原來，所謂的痛不欲生還是有等級的，痛，是可以層層疊加的。

等再次醒來，他發現自己又被綁上刑凳，還是剛才那個絡腮鬍的大漢，這次大漢手裡的刀，正在自己手腕處比劃。

「不要，我招！我知道很多事情，我有用！別用刑，別用刑啊！」汪福順還是沒他想的那麼英雄，他不自覺地喊叫，竟然喊出來了。

原來昏迷時，他嘴裡的破布已被拿開，他發現自己還能出聲，更大聲地喊起來。「我知道很多事情，三殿下還有別的安排，我招！饒了我、饒了我！」

楚謨和顏烈都看著顏寧。

顏寧聽著汪福順的慘叫，並未看不起他。人在慘痛的時候，都是會慘叫的，她當初也慘叫過，只是她沒有求饒罷了，因為她找不到求饒的理由。有時候求饒也是要有籌碼的，沒有籌碼就只能生生受著。

「帶進來，看看他說什麼？」

楚謨點點頭，院外的人得到命令，解下汪福順，又拖了進來。

汪福順仍痛得渾身發抖，但是不敢再嘴硬。眼角掃到顏寧，立即垂下眼皮，他現在只覺得這個顏寧比閻王還可怕。怎麼有這麼狠心的女子呢？

「汪公公，我不是很想聽你說話，你要是再不說，還是繼續受刑比較好。」顏寧冷淡地道。

「我說！我說！我是劉妃娘娘宮裡伺候的，四皇子命我買凶殺了顏姑娘……」

「拖下去，繼續。」

「不、不！是三殿下，三殿下讓我待在劉妃娘娘宮裡！」汪福順感覺到拖自己的人放鬆了手勁，又把他丟地上了。他長吁一口氣，不敢再說廢話。「四殿下要殺顏姑娘，奴才稟告了三殿下。三殿下說，讓奴才按四殿下說的去做，若是……若是顏姑娘沒死，就讓奴才來找南安侯，讓南安侯再下手。」

「皇后娘娘身邊，三殿下安排了誰？」

「奴才不知道啊，三殿下沒告訴過奴才。」汪福順怕自己的回答讓顏寧三人不滿意，絞盡腦汁回想著。「那人，應該是太子殿下院裡的人，其他的，奴才就真不知道了。」

「你待在南安侯府裡，往楚昭業那裡送過什麼信？」

「沒……不不，就送過兩次信，一次是奴才發現南安侯府有邊境的生意，還有一次，就是濟安伯給南安侯來信問候的事。」汪福順剛想說沒送過什麼信，看顏寧嘴巴動了動，連忙叫著一股腦兒倒出來。

「沒說有關鎮南王府的事？」

「奴才……奴才就說，鎮南王府裡，王妃和世子好像有嫌隙。這是奴才聽侯夫人說的，奴才來了南州，一步都沒出過侯府，不知道別的啊。」

「南詔呢？」

「南詔？這個奴才不知道啊，奴才沒見過南詔人。奴才知道的就這些了，求求您、求求您，饒了我吧，饒了我吧！」

饒了他？顏寧不自覺摸著自己的手腕，看著汪福順時，眼神閃爍不定。

她不想饒了他，一點都不想！可是，二哥和楚謨……

「拖下去。顏姑娘剛剛說的刑罰，一套全做完，然後丟地牢去。」楚謨直接下令。

汪福順一聽還要受刑，剛想大叫「你們言而無信」，嘴巴剛張開，就被塞住拖下去了。這次行刑，沒有放在院子裡，應該是帶到刑房去了，一點聲音都沒聽到。

顏寧愕然地看著楚謨，只見他對自己安撫地溫柔一笑，眼神裡有包容、有理解。他應該是看出她的掙扎了，所以，直接代她下令吧？他，不覺得她太過惡毒嗎？

「有時候，對待惡人和小人可不能太講究君子之風。」楚謨對顏烈道。「再說，汪福順不能說話，比能說話管用。對吧，顏寧？」

「嗯，是的。」顏寧點點頭，心裡卻覺得有點暖意。

「那接下來呢？南詔人的事，會不會是三殿下搞鬼？」顏烈覺得楚謨的話有道理，也不糾結，追問南詔的事。

「這事現在還說不準。不過，瓊玉公主中毒，議和肯定不成，我懷疑是南詔國內有變數了。」顏寧對南詔的事瞭解不多，只能猜測道。「中毒的事，會不會成為開戰的理由？聖上要是信了，鎮南王府如何自辯？」

「我剛剛收到消息，六日前，南詔大皇子樂正弘兵變逼宮，南詔國主和二皇子都死在亂軍中。驛館裡南詔使團帶來的侍衛，失蹤了幾個，不知是死是活？」鎮南王府不愧在南方經營多年，消息來得很快。「我打算把這事告知陳侍郎，請他一起上書……」

「這打算不好。楚謨，朝廷在南詔也安了人，鎮南王府裡王爺臥病，你怎能這麼快得到消息？」顏寧提醒道。

「是，妳提醒得對。」楚謨一點就通，明面上鎮南王府還是向朝廷示弱的好。「那你們……」

「我們十月就啟程回京。」顏寧說了自己的安排。

顏烈有點小受傷。妹妹都沒說過十月回京啊，他這個二哥的意見，被完全無視了？算了算了，她高興就好。

「好，我讓孫神醫陪你們上京去。他醫術高明，或許能幫太子殿下調理一二。」

「好的，多謝！」顏寧終於得到神醫的準信，心裡壓了再多事，也還是開心地綻開一臉笑顏。「我回京的時候，再把那個汪福順帶走。」

「有什麼要我幫忙的嗎？」

「不用了，你已經幫忙很多啦。對了，以後我大舅家，就仰仗鎮南王府照應了。」

這是投桃報李嗎？

楚謨含笑地點頭，送顏烈和顏寧出門後，他也跟著出門返回驛館去。

剛才顏寧提醒得對，他得去跟陳侍郎裝傻，然後一起上奏摺回京，請楚元帝聖斷才是。

第二十二章

顏寧心情很好地回到秦府。回到院裡後換了衣裳，和顏烈一起到秦老夫人跟前去。

大舅母王氏正在老夫人跟前伺候，看到顏寧，笑臉僵了一下，才問道：「寧兒回來啦？今日去哪兒玩了？」

「大舅母，我去南州街頭逛了逛。大表姊、二表姊呢？」

「喔，妳大表姊的外祖母來信，想接她們去住兩天，她們正在收拾行裝呢。」秦婉如不去選皇子妃了，就得趁選妃的消息出來前快點定下婚事。南州這裡沒有適齡的人，她只好把主意打到娘家那邊。

「說到行裝，我和二哥也說要早點回京呢。」

「怎麼不多住一段時候？」秦老夫人問道。

「是啊，可是住得不習慣？」王氏也問道。

「沒有，外祖母、大舅母，您想現在都十月了，北方天冷。」

「是啊，外祖母，要是十月不走，到十二月，聽說荊河會結冰的，到時不能行船，路上還要耽擱時間。」顏烈也在邊上道。

「那也太快了，你們來了還沒住上多久呢。」秦老夫人還是第一次見到顏烈和顏寧，這麼快就就要走，心裡有點捨不得。

「外祖母，明年我們還來看您。」顏寧笑道。

王氏昨晚聽了秦紹祖的話後，對顏寧有點不滿，客氣地挽留幾句，就不再挽留。

秦老夫人看她的樣子，暗中嘆了口氣，吩咐王氏。「妳去看看，讓婉如、妍如別急著走，送寧兒和阿烈後，再去她們外祖家。順便看看十月哪些日子利於出門，定下日子後先讓人回京去報個信。」

「好的，母親。」王氏對婆母的話不敢違拗，答應著出去了。

看到王氏走遠，秦老夫人摩挲著顏寧的頭，道：「妳大舅母雖然有點小性子，但心是好的，現在有點轉不過彎來，等她自己明白過來，就好了，妳別怪她。」

「外祖母，寧兒知道，怎麼會見怪呢。」

「好、好，外祖母知道，妳是個明白孩子。」秦老夫人又轉頭對顏烈道：「阿烈，你回京後就要去軍裡了吧？」

「是啊，外祖母。父親雖然還沒說，不過當年我大哥十二歲就在軍裡歷練，我都十四了。」顏烈一直想早點到軍裡，但是一來秦氏這個當娘的捨不得，二來顏明德也覺得他性子毛躁，就留他在家多讀幾年書磨磨性子。

今年顏烈十四歲，顏家男子最小十五歲都得到軍裡磨練，所以顏烈覺得自己明年肯定要去玉陽關。

「當年接到你娘說生了二小子的事，好像還沒多久，如今居然就長大了。」秦老夫人感慨著。「到了軍裡，可得收收性子，那軍令可不是兒戲。」

「外祖母，我知道。」顏烈有點不耐煩了。他當然知道軍令如山啊。顏寧看他那不耐煩的口氣，狠狠瞪了他一眼，顏烈只能摸摸鼻子。

秦老夫人呵呵一笑。論起人情世故，顏烈比起顏寧，可真差遠了。

殊不知，南州的平靜卻在幾日後的凌晨中被打破。

「急報！邊關八百里急報！」一騎如飛塵般的喊叫聲中，敲開了南州城城門。

秦紹祖還在家中未曾起床，聽到邊關急報，連外衣都來不及穿，就跑到廳堂。

「快點，給我拿衣裳來！來人，備馬，速去鎮南王府。」

調兵遣將，原本都要通過皇帝手諭的，但是，一南一北卻是例外。因為南邊靠近南詔，北面靠近北燕，這兩國經常與大楚交戰，若是等朝廷調令，很可能延誤軍情，所以，北面在戰事爆發時，顏家可憑手中虎符調兵，而南邊的軍事調動，一直掌握在鎮南王府手中。沒有王府調令，秦紹祖這個州牧除了守備軍，什麼都動不了，甚至那點守備軍，都還不是全聽他的。

如今戰事爆發，他只能火速去告知鎮南王府，與楚謨議個章程出來。

秦紹祖離開後，王氏也睡不著了。南方戰事，秦曆山可是在邊境任職，她擔心得不得了。

一大早到松榮院，伺候秦老夫人早膳時，王氏眼皮浮腫，搽了粉都沒蓋住。看到母親這樣，秦家姊妹也很擔心，一頓飯用下來，大家都是索然無味。

秦老夫人看王氏一早上悶悶不語，勸慰道：「妳也別太擔心，曆山是個將軍，戰場上他知道怎麼處置。」

「母親，曆山他在邊境上，聽說這次南詔兵力很多，就是攻打庸安關的。」

顏寧知道，大表哥不會死的，按前世記憶，秦家的幾位表哥在軍中都很太平，一直活到秦家沒落時，所以她也勸道：「大舅母，您別擔心。南詔人雖說是奇襲，但是邊關一直是日夜備戰著，大表哥他們不會措手不及，他們肯定會守關待援，不會出城與南詔人對戰。庸安關易守難攻，守在關內，南詔兵力再多，也不怕的。」

「好了，哪有將軍怕打仗的？寧兒說得明白，妳別瞎擔心。」秦老夫人無奈地道。「這樣吧，明天妳到廟裡去給大郎他們都捐點香油錢，點個平安燈。」

蘇氏、雲氏、秦家姊妹也都說秦曆山必定沒事，說不定這場仗打下來，累積軍功，還能晉升呢。王氏聽大家說著，雖然還是滿腹愁緒，臉上的愁色倒是少了幾分。

秦紹祖一大早來到鎮南王府時，王府大門已開，顯然，楚謨也知道了南詔叩關的戰報。

鎮南王臥病在床七、八年，但在軍中威信絲毫不減。如今楚謨已經十五歲，看樣子已經接手大半王府外務。

秦紹祖走進王府議事廳，楚謨位於上座，座下是幾個南方軍中的將領，大家看到他進來，紛紛招呼。

他暗暗嘆了口氣。自己在南邊經營這幾年，遇到這種緊急軍情，卻沒有將領想到找他商議，而是都來了鎮南王府。寧兒說得對，他要想在南州做得安穩，還是安心接受王府指派吧。

楚謨看到秦紹祖打量一圈後，略顯黯淡的神色，知道他心裡的疙瘩，客氣地邀請他上座。「秦州牧，我正打算等下去州牧府找你呢。這次戰事來得突然，庸安關靠近南州，剛才眾位將軍商議，打算從南州發兵增援，你看如何？」

「世子和眾位將軍所議必定妥當，下官對軍務不精通，不知此次派多少援兵，下官好去準備糧草。」這自然是謙虛之詞。

秦家本來也是武將出身，到秦紹祖父親那代開始，才入了科舉。秦紹祖的兒子、姪子都在軍中，他對軍中的事情，自然是知道的，因此他這麼說的意思，其實是表態：唯王府之命是從。

眾位將領看秦紹祖這麼表態，都很滿意。武人脾氣直爽，沒有文官那種彎彎繞繞，高興、不高興全在臉上，那態度上一下就熱絡起來。

七、八個人很快商議了派兵事宜，楚謨待大家說得差不多，便開口道：「眾位將軍，此次我打算帶兵馳援邊境。」

「啊？這怎麼可以？世子您可是千金之軀。」

「就是、就是，王爺臥病在床，王府裡還得您調度。」

聽到楚謨要親自帶兵，幾個將領都急了。鎮南王府裡王爺臥病，現在還指望世子來撐起王府，戰場上刀劍無眼，若有個損傷可怎麼得了？

「眾位將軍們，我知道大家的好意，只是，鎮南王府何時有不能帶兵打仗的世子？我雖年輕，也不敢貪圖安逸。鎮南王府在南州，本就是為了守疆衛土。」

楚謨話說到這分兒上，將軍們倒是不好再勸。王府在南方軍中威望甚高，除了本身地位外，歷代鎮南王都是能征善戰之人，將領們都信服有本事的人。

楚謨將來是要繼承鎮南王這個王位的，若現在就在軍中樹立威望，將來繼承王位、調兵遣將，都有好處。眾人雖然覺得沙場危險，但是想到將來，都不好再開口阻止。

楚謨看大家沒再說話，笑道：「就這麼說定了，大家都回去準備吧。此次先調二十萬兵趕赴庸安關。秦州牧，軍情緊急，麻煩三日內備妥軍需。」

「好，下官這就回去安排。」秦晉山也在庸安關，秦紹祖自然希望援軍去得越快越好。

「末將們也先回去準備，先告辭了。」其他將領們也抱拳行禮，一一退去。

楚謨含笑送他們出門，看著最後一個將領上馬遠去，才轉身回到議事廳。

清河走過來稟告道：「世子爺，剛才接到消息，陳侍郎的奏摺昨日夜間送出去了。」

「好。」楚謨點頭，他的奏摺昨日也送出去了。

兩國交戰，不斬來使，南詔使臣團估計很快就會返回南詔，接下來，就看楚元帝如何判決南安侯一案。看顏寧的意思，是想要殺雞駭猴，讓南安侯徹底沒落。

楚謨一個人在議事廳中，默默想了半天，才起身往王府後院走去。

清河看他沈思而行，也不敢打擾，讓其他人退下，自己一路在後面跟隨著。

王府的後院，現在是一分為二，左面住著鎮南王楚洪和世子楚謨，右邊住著鎮南王妃和她的兒子楚謖——一個先天癡傻的孩子。

鎮南王楚洪剛生病時，楚謨還不到十歲，王府內務都在鎮南王妃韓氏的手中，王府外務則是楚洪自己撐著處理一些，讓信得過的心腹帶著楚謨，參謀著辦一些。

可是，隨著他病情日漸加重，王妃的心倒是大了，她自然不甘心讓楚謨繼承王位。畢竟不是她親生的，將來繼承王府，這王府裡還有自己說話的分兒嗎？她的兒子雖然是傻的，但那也是兒子啊！於是，針對楚謨的暗殺一次比一次凶險。

韓氏是太后幫他指的側妃，楚洪不能處置。為了保護愛子的安全，只好將楚謨送出去拜師，一直到十三歲，楚謨不肯再待在師門，帶了孫神醫回到南州，逐漸接下楚洪手中的事務。

楚謨走進左邊的正院，院子裡有侍衛、有僕婢，都是他一個個精挑細選的人。

孫神醫住在正院的客房，矮胖身材，蓄著雪白鬍子，看著和藹可親。他正看著小童熬藥，看到楚謨進來，抬頭打量一下。「世子，聽說您要親自帶兵出征？」

「嗯，南詔此次倉促開戰，不足為懼。」楚謨昨夜早就將有關南詔國內的密報看了多遍，他有把握，半年內就能打得南詔退兵。

這次帶兵出征，是他進一步籠絡軍心、樹立威望的好機會。

「您讓老朽跟人進京，自己又不在府裡，那王爺的病體誰來看顧？」孫神醫欠了楚謨救命之恩，他又是落拓江湖，索性就跟著楚謨了。

鎮南王楚洪的病體由他醫治後，明顯好了很多，可是，不知道鎮南王中了什麼毒，卻一直無法調配出斷根的解藥。

「無妨。您也說我父王病情已經穩定，有您的徒兒照料，應該不妨事。為太子調理病體，這對您來說也是個機會。您學醫多年，總不能埋沒民間。再說，我父王所中的毒來自京中，您在宮裡接觸得多，我也想託您查訪一二，看看能不能找到這到底是何毒？」楚謨說著，長揖行了一禮。

「世子折煞老朽了，老朽能託庇王府，為王府之事盡心，是老朽的分內事。」

楚謨又和孫神醫說了幾句，聽到正房中傳來一陣清咳，他連忙走進臥室裡，床上躺著的人是他的父王楚洪，原本健壯的身子，因長年臥床，早不復他印象中的高大。

孫神醫帶著小童拿了藥碗進來，照例先為楚洪把脈，看一切無恙後，吩咐喝藥。

楚謨坐到床頭，扶起楚洪，慢慢餵他喝藥，喝完後，又拿起床頭的巾帕幫他擦了擦。

「我自己來，父王還沒沒用到這地步。」楚洪拿過清水漱口，撐起身子倚靠在床頭，接過楚謨手中的巾帕，自己擦了擦嘴角。

病體憔悴，他臉上多了不少皺紋，臉色也蒼白了些，但依然是一張俊朗的臉。就五官來說，楚謨顯然繼承了楚洪的好相貌，只不過，楚謨更加精緻了些，可能是遺傳自他母親的因素。

「父王，南詔又攻打庸安關了，孩兒打算親自領兵出征。」

「南詔有多少兵馬？他們國內幾年天災，還有餘糧打仗？」楚洪年輕時也是馳騁沙場之人，對軍事自然不陌生。

「南詔號稱五十萬大軍，不過孩兒接到密報，估算下來，最多也就三十萬罷了。而且，此次是樂正弘倉促開戰，他弒父奪位，急著想靠一場勝仗來籠絡人心，軍需糧草必然吃緊。」

「也好，你早點到軍裡去歷練一下也好。家裡不用你擔心，父王雖然躺下了，可還沒你想得那麼沒用。」楚洪沈吟片刻，就知道了楚謨的想法，點頭道。

「父王，孩兒打算讓孫神醫進京，去幫太子看病，接下來一段日子，就讓他徒兒為您調理。」

「呵呵，為了顏家那姑娘？」楚洪打趣道。「你為了那女孩，可是心思用盡啊。顏明德我見過，他女兒的長相不會像他吧？」

楚謨回到南州後，就跟他說了顏寧的種種作為。他倒不拘泥於女子一定要柔弱如水，鎮南王府也和顏家一樣，男子若是領兵作戰，女子在家只會傷春悲秋可不行。

「父王……顏寧長得很好，性子也很好，您要是見了，一定喜歡。」楚謨不高興了。

「好好，你的眼光，父王信得過。要不趁她還在南州，帶來我見見？」

「沒個理由，您怎麼好見她？再說，她現在，也不知道……」

「怎麼，她沒看上你？你說你，長相跟老子我一樣，也算英俊瀟灑，騙個小姑娘有這麼難嗎？」楚洪不滿意了，打量自己兒子幾眼，沒理由這相貌不吃香啊。未生病時，他也是經常在軍中和那些大老粗們廝混的，這一急起來，說出的話就沒相貌看著那麼文雅了。

「父王，這事您別管，還是養好身子，順便想想孩兒出征後，怎麼處置王府事務吧。」

楚謨難得露出一點稚氣。

楚洪笑著又說了幾句，父子兩個才轉入正題，安排了王府事務。

那邊，楚謨在王府與鎮南王商議種種事務。

這邊，秦紹祖雷厲風行，很快就籌集二十萬大軍的糧草軍需，一邊寫奏摺上報朝廷相關事宜，一邊安排糧草押到何處交給大軍等等細務。

他安排好所有事務，又到鎮南王府見過楚謨，將這些事細細稟告後，才鬆了一口氣。

大楚在積極備戰，南詔使臣團自然也收到開戰的消息。他們果然如楚謨所料的，要求歸去。

瓊玉公主中毒之事，被擱下了，樂正弘壓根兒沒提妹妹中毒之事。顏寧知道後，只能感慨皇家的親情啊，連表面功夫都省了。

雷明翰接到樂正弘的聖旨，不敢怠慢，急忙安排，打算離去。

兩國交戰不斬來使，但是楚世子認為南詔不宣而戰，是對大楚的挑釁，把南詔帶來議和的禮物給扣下，充作軍需了。

雷明翰沒想到大楚禮儀之邦，竟然幹出這種強取豪奪之事。可是人家理由很冠冕堂皇，你南詔使臣團一路北上，路上經過大楚的重重關隘布防，誰知道你們是不是乘機打先鋒、刺探軍情？帶回去的東西，搞不好就藏了密報地圖。

兩國交戰，你們如今可不是上賓，不把你們當密探抓起來都算好了。

雷明翰再三交涉，無奈連楚世子的面都沒見到。

秦紹祖倒是見到了，可是秦紹祖說他只管地方政事，這種涉及兩國邦交的大事，得等楚元帝聖諭。

從南州到京城，一來一回，得多少時候？還等聖諭？萬一大楚戰敗，拿自己這群人洩憤怎麼辦？若是大楚戰勝，那他們這群人回去，被南詔自己人抓了洩憤，就更冤了。

雷明翰只好摸摸鼻子，自認倒楣。臨行前一晚，他倒是見到了潛入自己房中的楚世子。

楚謨告訴他雷家主和，一向支持二皇子樂正宇。而樂正弘是主戰的，對雷家可不待見，讓他回去多多保重，若是以後南詔國主想與大楚議和，雷明翰還可做使臣。

這等於是明著告訴雷明翰，你們雷家要是打算扶持其他皇子對抗樂正弘，可以找大楚合作。

雷明翰不是傻子，自然不會答應什麼，只是聽完楚謨的話後，道了謝。

楚謨自然也不指望馬上有收穫，一步閒棋，反正空口白話，不要本錢。

隨著南詔使臣團離去，南州城內，備戰氣氛更強烈了。百姓們知道楚世子要親自帶軍馳援庸安關，都感激不已。

鎮南王府幾代守護南疆，帶兵去邊境抗擊南詔，才有南方其他地方的安寧。如今世子才十五歲就要帶兵出征，都是為了守護南疆啊！

一時，楚世子的威望高漲起來。

顏烈出門閒逛，回來告訴顏寧說楚謨要親自帶兵出征。

顏寧聽到這消息時，愣了一下。前世楚謨是什麼時候帶兵的？好像要再過幾年啊。

「寧兒，百姓們都說致遠不愧是鎮南王後人呢。」顏烈說起來一臉羨慕。「等明年，我也要去玉陽關，做個真正的顏家人。」

顏烈自小看到的就是行伍中的熱血男兒，總覺得不上戰場，怎麼配說自己是顏家人呢？現在看到城中三軍演練，百姓們滿是感激和稱讚，更有沙場殺敵的動力。

「嗯，二哥，你以後一定也是個好將領。」顏寧重重點頭，相信二哥也能沙場建功，名揚四海。

「對了，致遠說孫神醫住在王府裡，讓我明日上門去接請。」顏烈熱血了一陣，想起楚謨派清河找自己傳的話。

「我們要倚仗神醫治病，是應該上門去請。二哥，你對神醫可要以禮相待啊。」

「放心吧，關係到太子殿下，我哪敢輕忽啊。不過這神醫的醫術，真有那麼神？」

「嗯，這神醫醫治寒疾之類很高明。」顏寧肯定地點頭。

前世，楚元帝的寒疾久治不癒，太醫們束手無策，就是這個神醫治好的。

顏烈看她說得如此肯定，也放心了。「對了，寧兒，致遠後日就帶兵出征了，那天我們反正還在南州，我打算去送他，妳去不去啊？」

顏烈在南州這段時日，與楚謨相處下來，覺得這人很不錯，是個值得結交的朋友。

「好啊，到時候我跟你一起去。」顏寧點頭答應。

對顏家人來說，送人出征是件平常事，更何況，顏寧覺得在南州這段日子，麻煩楚謨良多，是該去相送。

「我們要不要備點禮啊？」她忽然想到這事。記得看大軍出征時，親友總會贈送些保平安討口彩的物件，好歹自己和楚謨也算朋友，是不是該準備點禮品？

「是應該備點禮，可一時之間送什麼好呢？我本來有幾把不錯的匕首，全在家裡呀。」顏烈懊惱地說。早知道就帶兩把來。「寧兒，要不去給他求個平安符？」

顏寧不信什麼平安符就能保平安，別看她重生一世，遇到事情，還是覺得靠自己比靠老天爺強。可是問了虹霓、綠衣，還有表姊們，都說平安符是個好主意，她也沒更好的想法，就到城中的觀音廟求了。

來燒香的善男信女太多，還擠出她一身汗，廟中的老和尚問她為誰求平安符、要求幾個。她想著一個是求，兩個也是求，趙大海也要跟著出征，來南州這一路勞他照應，索性也送個平安符好了。

花了快一個時辰，她總算拿著兩個平安符擠出人群。

軍情如火，二十萬大軍集結在南州城外，校場誓師後，即將開赴庸安關。

這日一早，大軍號角齊鳴，楚謨一身銀甲，騎著油光水亮的黑色高頭大馬，當先出了南州南城門，來到校場。

校場上，大軍鎧甲鮮明，刀槍霍霍。秦紹祖讓人送上一罈罈烈酒，以壯行色。

楚謨端起一碗烈酒，大聲道：「將士們，南詔又犯我邊境，此時正在圍攻庸安關。這次，本世子帶著你們，再去打他個落花流水！來，喝下壯行酒，我們不勝不歸！」

「不勝不歸！」

「不勝不歸！」

烈酒入口，楚謨的話語通過幾個侍衛傳出，將士們一遍遍叫著「不勝不歸」，聲勢浩大。

顏寧和顏烈站在校場外，聽著楚謨寥寥幾句話語，就勾起了將士們的雄心壯志。

校場大門外的這條官道上，來送行的有百姓、有鄉紳，還有不少馬車，應該是南州的一些閨閣千金了。

楚世子果然魅力非凡，這些閨閣千金們平時大門不出、二門不邁，出門作客也見不到外男，這次藉著看大軍出征，可是一睹世子風采的好機會。

顏寧興致勃勃地打量周圍，忽然看到對面一輛雕花馬車，站著幾個侍衛，馬車車簾掀起，一個四、五十歲的中年人，看著校場上遠遠的楚謨的身影，滿面欣慰。

馬車上沒有徽記，直覺地，她覺得這人應該是鎮南王楚洪吧？

顏寧打量幾眼，雖然馬車內光線昏暗，但是他剛才掀開車簾，探頭看人，還是讓她看清那人的樣子。

鎮南王看著臉色有點憔悴，但不像病入膏肓的樣子，聽說楚謨出征後，王府外務又都由他親自打理，現在竟然還有精神出來給兒子送行。她心裡對孫神醫的醫術不由又高看一籌，更有信心了。

楚謨誓師完畢，帶頭上馬往校場外走來，後面將士們集結隊形，整裝待發。

走出校場，南州的將領們一眼就看到鎮南王所坐的那輛馬車。馬車雖然沒有徽記，但是這輛馬車卻是近幾年鎮南王出行常坐的。有幾個年紀大點的將軍，看到王爺病體轉好，能來校場外送行，不由滿面激動。行軍途中，他們雖然不敢離隊，但是在馬上還是朝馬車方向抱拳行禮。

鎮南王顯然看到了，讓人掀起車簾，他正襟危坐，抱拳還禮，身邊伺候的下人大聲道：「我家王爺說，待諸位將軍凱旋，一定請大家到王府痛飲一場。」

「謝過王爺，末將等一定不辱厚望。」幾位將軍大聲回道。

有些年紀輕點的沒見過鎮南王，但是鎮南王的名頭還是知道的，也跟著行禮回話。

秦紹祖這兩年還是第一次見到鎮南王，只覺他精神又好了些，此刻還能坐馬車出來為楚謨送行，不知王爺是真的身體好了，還是出來安定人心的？

顏寧暗自點頭。鎮南王在南方軍中的人望果然很高，就和自己父親在北邊一樣，難怪楚元帝也不放心他。不對，自己父親和鎮南王比起來，心機不夠深，楚元帝肯定更防備鎮南王。

楚謨騎在馬上，看到人群中的顏寧，不由滿面笑容。

這姑娘今日又是一身男裝。幸好身邊圍著顏府的侍衛，沒有和那些臭男人們混在一起。其實顏寧騎馬靠近秦家姊妹的馬車旁，身邊有秦府的丫鬟婆子伺候著，外面再是兩府的侍衛，哪會和外男碰到啊。

顏寧為了顯示鄭重，還特意穿了一身淡金色團花長衫，外面罩了紅色袍子，頭戴束髮紅纓金冠，一根紅色嵌珠抹額，顯得她唇紅齒白，格外亮眼。

顏烈見楚謨看到了自己一行人，招手示意。

楚謨看顏寧居然來了，調轉馬頭，跑到顏寧一群人所在。

「致遠，我們來給你送行！」顏烈縱馬上前，大聲道。

楚謨的眼睛看著顏寧，嘴裡說了謝謝。

顏寧也跟著縱馬上前，掏出了拿在手裡的荷包。「楚謨，祝你旗開得勝，凱旋而歸。這是我到觀音廟求的平安符。」

聽說是專為自己所求的平安符，楚謨的眼睛立時亮了。

顏寧還是第一次見楚謨鎧甲在身的模樣，銀甲泛光，平時稍顯文氣的臉，此時面如冠玉，英姿勃發，被他雙眼盯著，莫名有點不好意思起來，連忙找話說道：「對了，這個是送給趙將軍的，你幫我轉交給他。」

「趙將軍？趙大海？」楚謨只覺得滿腔興奮被一盆冷水澆透，幾乎是咬牙切齒地說著這名字。

「是啊，來南州路上承他照應。我問了很多人，都說送人出征最好的禮物是平安符。」顏寧點頭應道。

她去問別人送什麼好時，虹霓、綠衣和秦婉如她們，聽她說要送給很重要的朋友，都以為她開竅了，忽然對人有意，自然攛掇她送平安符。

哪知道這實誠的，根本沒去細想平安符不能隨便送的事，還想著反正十幾文一個，索性都送這個算了。

楚謨一把抓過兩個平安符，恨聲道：「知道了，我記得會交給他的。」他會記得才有鬼。哼，等到了軍營，他就把另一個給拆了、撕了、燒了。

顏寧看他那臉色，怎麼像不高興的樣子，她有點好心沒好報的感覺，不爽地道：「喂，是不是你喜歡別的禮物啊？幹麼忽然這臉色？」

「沒，這禮物我很喜歡，謝謝妳特意為我去求平安符。」楚謨重重強調了「特意為我」四個字。

顏寧沒好意思說不算特意，只好點點頭。「你喜歡就好。快走吧，大軍在等著你呢。」

楚謨看著顏寧一臉懵懂的樣子，只覺得心跳個不停，忍不住踢馬上前，湊近了些，輕聲問道：「顏寧，等我明年進京時，妳能來接我嗎？」

「我也不知道你什麼時候到京啊，怎麼接？」顏寧很實在地說。

真是殺風景！

楚謨沒好氣地說：「我會派人通知妳，妳能來接我嗎？」

「那自然可以啊，不過不知道我二哥到時在不在京城？」

「靜思沒關係，妳來接我就好。顏寧，我要妳特意來接我。」楚謨最後一句，幾乎是一字一頓地說完，然後目不轉睛地看著對方，手不由更拉緊了韁繩。

他原本沒想這麼快說的，畢竟，顏寧也才十二歲，不急。可是，忽然之間，這句話就這麼冒了出來。

顏寧再懵懂，再沒男女私情的那根筋，到底不是傻子。何況，她還有愛戀楚昭業的經驗呢！被楚謨那眼光直勾勾地看著，再聽到他說的這句話，平生第一次，她在一個男子的目光注視下，臉紅了。

這種臉紅，和以前她拉楚昭業的手時感覺不同。那時候，她去拉楚昭業的手，很怕他會躲開，心裡很怕很怕，讓她忍不住屏住呼吸，然後冒汗了，臉紅了。現在，卻是感覺腦袋裡轟地一下，有什麼東西炸開了，一把火燒到她的臉。一向大方的她，竟然不好意思再大方地盯著楚謨看，抬眼看到對方，心裡有了異樣的感覺。

楚謨看著顏寧的臉慢慢泛起紅雲，那片紅色蔓延著，連脖子都紅了，隨後，她嬌羞地低下頭，只露給他一個頭頂。頭頂上的紅纓球，顫巍巍地抖動著。其實，說完那句話後，他覺得自己的耳根也熱了，幸好頭盔罩著，別人看不到。

「顏寧，行不行？」他執拗地又問了一次。

顏寧抬頭看了他半天，嘴唇囁嚅，猶豫著。

顏烈在邊上沒聽到他們說什麼，只覺得這時間耽擱太久，人家大軍還等著楚謨這個世子開拔呢，而且這麼多人都開始看向這邊來了，自己的妹妹到底是個閨閣千金，雖然不怕人看，但是被這麼多人盯著看，他還是有點不爽，便咳了一聲。「致遠，大軍等著你呢。寧兒，你們在說什麼啊？別耽擱致遠行軍。」

「顏寧，行不行？」楚謨壓根兒不管顏烈說什麼，只是盯著顏寧又問道。

顏寧腦子裡千迴百轉。她這輩子，沒想過男女之情，一心只想著滅了林家、滅了楚昭業，讓太子哥哥順利登基，讓顏家上下安然無恙，自己麼，她沒想過以後的打算，偶爾想起兒女親事時，便想著隨便找個父親的部下嫁了算了。

嫁給楚謨嗎？好像也不錯，再說，只是答應接他而已……她無賴地想著，看著楚謨點點頭。

楚謨高興得臉上放光，好像滿天陽光忽然都落到他身上，讓那些遠觀的姑娘小姐們都癡迷地偷看著。

「你快走吧。」顏寧催促道。

「好！妳回京後要保重，等我進京。」楚謨想著，終於不再耽擱，雙腿一踢馬腹，跑回大軍前面。

那些原本轉頭看來的將領們，都面無表情地拉著馬慢慢前行，眼睛卻時不時溜向世子這邊。

自家世子是怎麼了？怎會跟個男孩說個不停？

楚謨沒想到的是，等他過幾個月凱旋而歸時，發現來巴結王府的高官顯貴們，送的不再是美女，而是美少年了。

第二十三章

顏寧心不在焉地跟著顏烈往回走，連二哥叫了她幾遍都沒聽到。她回到秦家姊妹的馬車旁邊，卻看到一個陌生侍衛等在那裡。

那侍衛看到顏烈和顏寧，抱拳行禮後，說：「小的是鎮南王府侍衛，我家王爺聽說顏家的公子和姑娘在這兒，特請一見。」

鎮南王相邀，於情於理，顏烈和顏寧當然不能拒絕，兩人讓其他人稍等，跟著這侍衛走到官道對面，那輛雕花馬車前。

「見過王爺。」在官道上，顏烈也沒有行大禮，只是作了一揖，顏寧也跟著作揖行禮。

楚洪剛才遠遠見到兒子跟這個少年說話，就猜到是顏寧了。待走近才算看清眉眼，打量了半晌，想起兒子跟他說「她長得很好看」，心裡只覺得悲傷難禁。

什麼好看，這顏寧應該叫俊俏才對吧？若自己兒子穿上女裝，打扮打扮，好像容貌更加傾城些？

他想像了一下，忍不住閉了閉眼。再睜開眼睛時，已經是一臉慈祥微笑。「我當年和你們父親在京城見過幾面，沒想到現在都見到他兒女長這麼大了，真是歲月如梭啊。」

顏明德要是在此，肯定會說「什麼見過幾面，明明是打過幾架才是吧」。當年兩人在京城，都是天之驕子，眾人矚目，互不服氣，打了不知幾場架，每次都是楚元帝——當年還是太子的楚源，來給兩人拉架說和。別人不敢接近啊，萬一被兩人誤傷，都沒地方說理去。後來兩人一個在玉陽關抗擊北燕，一個回到鎮南王府鎮守南疆，聽到對方消息時，還是暗暗較勁，你打了一場勝仗，我就得打兩場才行。

到現在，顏明德回京養傷，楚洪躺在王府臥病在床。這兩人說得好聽點，應該算是英雄相惜吧？或者說，是同病相憐？

顏烈和顏寧沒聽過兩人往事，所以還是一臉恭敬地回話。「聽說王爺身子不適，不敢去王府拜見打擾，今日才有幸拜見。」

「我今日沒想到能見到故人子女，倒是沒像樣的見面禮，回頭補上。」楚洪出來多時，有點支撐不住。反正看到顏寧，他也心滿意足了。

顏烈本來還想問顏寧剛才與楚謨說何事，要那麼長時間？如今被鎮南王一打岔，便忘了，轉頭和顏寧說起鎮南王來，只是顏寧還是有點心不在焉，他說三句，才回他一句。

一直回到松榮院時，顏寧脫了外裳，看著鏡子裡的自己，拍拍臉頰，低聲嘀咕道：「奇了怪了，我竟然臉紅。」

綠衣看她打自己的臉，以為她如何了，連忙湊近看。「姑娘，您臉上有什麼東西嗎？」

「沒有、沒有。哎呀，綠衣，妳怎麼下床了，不是讓妳多躺兩天？」

「奴婢就是腳崴了一下，大夫給正了筋骨就沒事了。」上次在珍寶閣扭到後，顏寧硬是讓綠衣躺著休息，不許下床。她對姑娘的好意自然感激，可是這麼多天，又沒什麼事，一直躺著，她也躺不住。

「綠衣姊姊就是勞碌命，要是姑娘命我躺著休養啊，我一定躺它個十天半月的。」虹霓在邊上取笑。

「虹霓，那妳現在就去躺著，一步都不許下來，躺足三十天。」顏寧鄭重道。

「姑娘真是，幫著綠衣姊姊欺負奴婢啊。」虹霓不依了，要拉著顏寧說理，三人在屋裡鬧成一團。

「哎呀，我忘了正事。快點快點，綠衣，幫我換件衣裳。」

顏寧忽然想到把孫神醫接過來一事。她稟過外祖母和王氏，就安排暫住在秦府的客院，與顏烈住在一處。

她沒有見過對方，也忘了過問有沒有人伺候？她等不及讓人去問，連忙讓綠衣幫她換衣，到客院去看看。

秦府的客院分內外兩座。一座位於外院，給一般外頭客人住；另一座在內院，像顏烈雖然是男子，但是至親骨肉住在內院客院中也適合。這座客院在垂花門內，以一座花園隔開女眷和客院。

本來孫神醫也算外男，但是看他一把年紀，顏烈又怕住外院客院被怠慢，就央求著安排孫神醫住他這處。

顏寧不放心綠衣的腳，還是留她在房裡，自己帶著虹霓往客院走去。此時正是桂花盛開，兩人一路聞著花香，顏寧索性也不走花園石徑，就沿著桂花樹邊走著。

「我不在乎你的家世，真的。」一陣低語傳到顏寧耳中，前方一棵高大的桂花樹下，竟然是秦婉如的背影。

「秦姑娘，我不能耽誤妳，我如今寄身顏家，還不知將來如何？」

這聲音，顏寧太熟悉了，赫然是封平。

虹霓不明所以，看姑娘忽然停步，還想開口詢問，顏寧轉身對她做了個噤聲和後退的手勢。

封平和秦婉如都不是習武之人，耳力不靈敏，壓根兒沒聽到她們兩人的聲音。

顏寧覺得聽人私語不太好，雖然對秦婉如怎麼和封平見過的事有點好奇，但還是先慢慢退回後面，直至走到花園石徑路，才略抬高聲音說：「虹霓，快到客院了，妳去看看我二哥在不？」

「好的，姑娘，那您慢點走。」虹霓也連忙回話，放重了腳步，往客院行去。

顏寧眼尖地看到秦婉如的身影繞到桂花樹後。

虹霓走進客院中，封平從桂花樹後轉出來，就走到小徑上等著顏寧過來。

「封大哥，你在這兒賞桂花啊？」顏寧熱情地打招呼。

來到南州後，這邊沒人認識封平，他覺得比在京城自在多了，所以很樂意出府逛逛，兩人見面次數倒是少了。

「寧兒，妳來找靜思？」相處久了，封平也如其他顏家人一樣，管顏寧叫起小名了。

「是啊，我們要十月十五日才啟程回京，孫神醫要在這裡住幾日，我怕二哥怠慢，過來看看。」

「哦。」封平點點頭，當先往客院走了幾步，忽然又停步問道：「寧兒，妳都看見了吧？」

顏寧打量他幾眼，也不再裝了。「封大哥，剛才那人是我大表姊嗎？」

「是的，只是……」

「封大哥若是有意，可不要錯過，我大表姊是個善良溫婉的好女子，你再想找個這樣的姑娘可不容易。不過，你若真有意，我大舅和大舅母那關有點難過就是了。」顏寧很務實地評論。

封平當然知道。封家抄家滅門，還三代不許入仕，秦紹祖和王氏怎麼會讓女兒嫁給他這白丁呢？秦婉如想不明白，他還會想不明白嗎？

顏寧看他悵然若失的神色，也不多言。慘死荒野時，封平解下披風為綠衣蔽體，她很感激，這些日子接觸後，她覺得封平是個睿智可靠之人。大表姊性子懦弱，嫁入官宦人家，還不如嫁給封平。上無公婆，下無弟妹，兩個人的日子，想怎麼過就怎麼過。

不過，大舅和大舅母才接受大表姊不能做皇子妃的噩耗，再讓他們知道女兒要嫁給一個罪臣後人，還是永無機會入仕的人，豈不是雪上加霜？

當然機會也不是沒有。大表姊年紀不小，門當戶對的人家要碰到個年齡適合的，估計也難挑。對於此事，她樂見其成，但她不會干涉，封平是個有主見的人，不需要自己多事，所以，她一路走進客院，留封平在後面慢慢走著，慢慢思索。

顏烈看著粗枝大葉，對孫神醫的照顧很周到。

孫神醫自己帶了一個小童，顏烈又讓墨陽不用伺候自己，專門幫著打理神醫的衣食瑣事。

顏寧覺得安排得很好才放心，與顏烈和孫神醫閒聊幾句，才轉身離開客院。

顏寧回到松榮院時，看到秦婉如手裡絞著帕子，連個丫鬟都沒帶，在松榮院外徘徊不定，卻不走進去。

「大表姊，妳是來給外祖母請安的嗎？怎麼不進去啊？」

「寧兒，我……能去妳那兒坐坐嗎？」秦婉如咬了咬嘴唇，柔聲問道。

「行啊，走吧。」顏寧看她的樣子，知道是有話要說，連忙帶到自己住的屋子。

綠衣看兩人像有話要說的樣子，送上兩杯熱茶後，就和虹霓一起退下。

顏寧捧著熱茶喝兩口，轉頭看著秦婉如，等她開口。她猜想大表姊應該是要說封平的事，可是這事，她跟外祖母去說才有用啊！

秦婉如今年十七，眉眼都長開了，她生性軟弱，長相也溫婉如水，說話輕聲細語，還總是躲開別人的目光，不自覺地略低下頭。不像顏寧，說話時老是看著對方，普通男子被她盯著看，都要不好意思了，為此，秦氏沒少說教，無奈就是拗不過這性子。

「寧兒，我……」秦婉如想開口卻又不知該怎麼說，想了半天才說出一句。「寧兒，謝謝妳。」

「謝謝我？」這是什麼意思啊？

「母親跟我提過皇子選妃的事。謝謝妳，父親和母親跟我說，不會送我進京選妃了。

妳不知道，自從去年母親說了這意思後，我一直很怕，宮裡，聽說是……」聽說是吃人的地方，這話，她不敢宣之於口。「那夜妳和父親說過後，第二天，母親就跟我說不用進京了。」

她沒說出來的是，王氏那時邊說邊掉淚，直說自己對不起女兒，竟然連選個皇子妃都不能讓她去選，還說她若是進京，必定是能選上的，言語之間，對顏寧流露幾分不滿。可是秦婉如聽到自己不用去參選時，只覺一塊大石落地，輕鬆異常。

「寧兒，我真羨慕妳的性子。姑父和姑母對妳真好，讓妳可以想做什麼就做什麼。」秦婉如羨慕地道。「母親從小教我要做個大家閨秀，行不動裙，笑不露齒，騎馬習武什麼的，我連碰都不許碰。

「妍如的性子也比我好，我……妳一定嫌我不會說話，嫌我悶。」秦婉如說到後面，只覺得一股自厭的情緒升起。

封平，是不是因為嫌棄自己性子懦弱，才不答應呢？

顏寧看她半天都沒說到重點，急了。「大表姊，妳就是為了跟我說妳的性子？妳性子是稍軟了些，跟個軟麵團似的。不過，妳溫柔善良，是最好的姊姊，我很喜歡妳呢。」

「寧兒，妳喜歡……可他……我……」

「大表姊，有什麼話妳就說吧，別吞吞吐吐的，憋得我難受。」顏寧真想幫她把話說出來，可一說，秦婉如就知道私會被她撞見，她真怕以大表姊的性子，會羞死。

「寧兒，我喜歡封平。」秦婉如雙眼一閉，赴死一般說了出來，說出這句，後面就暢快多了。「上次在珍寶閣，你們走了後，路上遇見封大哥，他送我們回府的。他……我在府裡見過他幾次，覺得他是個好人，也老是聽妳和阿烈說他聰明。」

「大表姊，妳知道他的身分嗎？」

「我知道，他告訴過我，他說自己是罪臣之後，而且還永不能入仕。他說自己身無長物，連活命都是賴妳所救……可是，他是個好人。」

「那封大哥的意思呢？」

「他說自己身分不能高攀，可是寧兒，我不怕妳笑話，就算他現在看不上我，我也不在意，只要……總有一天……我總會好好待他的。」說了這幾句，秦婉如已經臉紅如血。

封平住進秦家後，他們偶爾幾次在花園相遇，初見時，她只覺得封平沈默寡言，可是看著就很可靠。偶爾幾次，聽到他與顏烈或顏寧聊天時，時而戲謔，時而一針見血、字字珠璣，那張爽朗的笑臉，讓人動心，逐漸就入了她的眼，上了心。

直到珍寶閣那日，顏烈和顏寧相繼離去，她帶著秦妍如回家，生怕顏寧兩人吃虧，自己卻毫無辦法。封平安慰她說，顏寧和顏烈自有主張，讓她不須擔心，只先顧好自己為上。其實那些話都很平常，可是那低沈的聲音、沈穩的語調，讓她莫名就覺得安心。

聽到母親告訴她說參選皇子妃無望後，她萬分驚喜，含羞去問封平是否有意？可他一口回絕了。今日花園再遇，她忍不住又問了，可他還是拒絕。

秦婉如覺得，她一輩子所有的膽量都用在此刻了，她想著顏寧也許能幫自己呢？她能說服父母不讓自己參選皇子妃，也許，也能幫自己說服父母，讓他們答應自己嫁給封平？

「大表姊，妳若是拿定主意，就該和大舅、大舅母說，或者跟外祖母說，總是自己思量自苦，又有什麼用？」顏寧倒是能體會秦婉如的心情。自己苦戀楚昭業時也是那麼忐忑不安，不過自己如飛蛾撲火一樣，哪怕烈火焚身，也要去抓住那抹希望，到頭來，終究是一場空。

可是，封平和楚昭業不同。她相信若是封平答應娶大表姊，必定會珍之重之。私心來說，她也希望秦婉如快點定下終身。若是兩人能成，倒是能徹底絕了大舅母的念想，確保秦家不再有他念。

「可是，父親還罷了，母親……母親她必定不會同意的。」秦婉如深知王氏的想法。

「只要妳說了，我就幫妳一起勸他們。」顏寧慫恿道。

秦婉如聽了顏寧的話，終於下定決心。若是不說，她這輩子都不會有再遇封平的機會。想到這個，她就覺得自己有勇氣開口了。

吃過晚膳後，秦婉如來到王氏房中，剛好秦紹祖也沒在衙門處理事務，早早回家，此時在正院房中，與王氏說話。

秦婉如走入內室，讓下人下去後，鼓足勇氣告訴秦紹祖和王氏，自己想要嫁給封平。

「封平？封平是誰？」王氏一時沒想起這麼號人物，腦子裡將南州的幾家人家轉了一圈，沒有姓封的啊。

「就是陪寧兒他們來南州的那個封公子，他叫封平。」秦婉如連忙道。

「封平……」秦紹祖回憶片刻。「就是京城原定國公封家的人？」

秦婉如點點頭，秦紹祖立即不答應了。「不行！胡鬧！妳知道封家是聖上親口查抄的嗎？封平留了一條命，但是永不錄用。妳要嫁人，就算是個布衣白丁，只要身家清白，為父都能考慮，但是封平，不行！」

「父親，封大哥是個好人啊，而且，他有才幹，不會永遠落魄的。」

「婉如，什麼封大哥？妳怎能和人私相授受？」王氏聽到這稱呼，急了。「我造了什麼孽啊，好端端的，女兒不能上京也就算了，竟然還看上這樣的人，妳吃了什麼迷魂藥啊？」

「母親，我求求您！父親，我求求你們了！女兒……女兒就是喜歡他，寧兒也說他是有出息的人。」

秦紹祖和王氏都呆愣了，一向乖巧的女兒，竟然變得這麼執拗，還不知羞恥地說喜歡一個男子？這……

「什麼寧兒說寧兒說，妳被她灌迷魂湯了嗎？妳姑父、姑母嬌慣她，讓她不知天高地厚，妳跟她學什麼！」王氏大聲喊道。從秦紹祖跟她說婉如不能參選皇子妃後，她心裡就存著疙瘩，現在，自己好好一個女兒，竟然也要學顏寧不知羞恥地去喜歡一個男人嗎？

「好了，妳胡說些什麼！」秦紹祖聽王氏的語氣，喝止道，又轉身對秦婉如說：「嫁給封平的事，妳就別想了，我們不會答應，妳祖母也不會答應的。」

秦婉如一聽祖母，卻不知哪裡生出了膽量。「我去求祖母，她會答應的。」說完也不管秦紹祖夫妻兩個如何反應，便跑向松榮院。

秦老夫人還未歇息，正和顏寧聊天，秦婉如一下衝進院子裡，倒把她嚇了一跳。「婉如，出什麼事了？」

「祖母、祖母……」秦婉如撲到秦老夫人懷裡，只覺得萬分委屈，有了哭訴之處。

秦紹祖和王氏在後面也追趕過來，進到秦老夫人院中，秦紹祖揮手讓下人們退下。這種事，畢竟關係到女兒的閨譽，他可不想讓人聽到。

顏寧看大舅的樣子，想了想，站起來也想告退，秦婉如卻一把拉住她的手。

「寧兒，妳不要走，妳幫我，妳幫我說……」她抓得死緊，好像抓住一根救命浮木。

顏寧看她哭得眼眶通紅，但是滿臉倔強執拗。她嘆了口氣，不再走開，看著秦老夫人，等她示下。

「寧兒在這裡吧，都是自家骨肉，又不是外人。」秦老夫人點頭答應了。

秦婉如覺得鬆了口氣。有寧兒在，她一定會幫自己說服父母的。接著，秦婉如抽抽搭搭、低頭又將剛才的話說了一遍。

秦老夫人沒像秦紹祖和王氏那樣直接反對，而是問道：「妳對他有意，那他呢？婉如，婚姻大事，關係著一輩子啊。」

「祖母，他必然是肯的，他只是怕拖累我。」秦婉如連忙道。

秦老夫人沈吟片刻，轉頭問顏寧：「寧兒，這個封平是怎麼到妳家的？」

顏寧也不隱瞞，直接說了封平受傷、自己搭救之事，最後說道：「外祖母、大舅母，封大哥是我太子哥哥都稱讚的人。」

「考慮什麼？他這輩子就是白丁，也就算了，但是他們的孩子呢？」王氏氣急敗壞地喊道。

「母親，天下這麼多人，又不是人人都能為官做宰……」秦婉如輕聲反駁道。

「那是那些人沒福氣！妳外祖母說了，京城裡濟安伯、世安侯的兒子……」王氏脫口而出兩個名字，又連忙掩口不言。

顏寧一聽，臉色冷了下來。她倒沒想到大舅母的手腳這麼快，又相中人家了，偏偏又是相中了「這些人家」。

秦老夫人聽了顏寧的話，正若有所思地看著她。看她聽到王氏的話後，那一臉冷意，知道王氏所說的人家，必有不妥。

秦紹祖也沒想到王氏還對京城不死心。「不是讓妳在南邊相看幾家人家嘛，怎麼又是京城？」

王氏閉口不言。她的女兒精女紅、熟禮儀，賢淑貞靜，為什麼做不了公侯人家的媳婦？王氏一心只想著自己女兒的好。她自己嫁到秦家，沒受過什麼波折，壓根兒忘了高門大戶的後院凶險。她覺得，只要女兒做好本分，自然公婆喜愛、丈夫尊重。

「外祖母，別的寧兒也不能多說，但是封大哥這人的人品還是好的。等我太子哥哥入住東宮後，他必定可以成為東宮幕僚。若是封大哥和大表姊兩情相悅的話，寧兒覺得你們可以考慮一二……」

「妳一個小孩子懂什麼？嫁人，嫁的可不止是這個人。」王氏忍不住打斷她的話。

「寧兒言盡於此，這畢竟關係到大表姊的終身，總是要外祖母、大舅和大舅母你們長輩決定。寧兒在此多有不便，先告退了。」顏寧不想再與王氏多說，說完後直接告退離開。

秦老夫人看顏寧對王氏所提的人家滿是反感，又對封平一再推崇，倒是有了點好奇心。這個外孫女的果決和聰慧，她是領教過了，能被她誇讚的人，必定有過人之處。

剛才寧兒提到封平時，提了兩次太子殿下，這意思是說，這個人受太子看重？還是說，她希望婉如嫁給這個人，這樣秦家就向太子表了忠心？

秦老夫人思量一遍，還是決定要見見人再說。若這封平是個好的，孫女兒能嫁個兩情相悅的人也是美事；若是這封平不好，就算太子親口說話，她也不能讓孫女兒跳進火坑。

「今日也晚了，婉如，妳先回去歇著。明日，我叫那個封平來見見。」

「母親，那是個白身……」王氏看婆母沒有一口回絕，生怕她會答應，忍不住提醒。

「英雄莫問出處，我的老眼還沒昏花。」秦老夫人直接道。「再說，孫女兒的婚姻大事，我老婆子過問一二，難道還不行嗎？」

前腳剛與王氏說過婉如的婚事不要再攀附高門，轉眼，她竟然聽了娘家人的話，打上京城侯府伯府的主意。這個媳婦，要面子過分了些，偏偏又不知朝廷政事，所以聽到王氏這句，秦老夫人的臉色也陰沈了。

「母親莫氣，婉如的婚事，母親自然可以作主。」秦紹祖看老母沈了臉色，連忙拉住王氏道。

秦老夫人臉沈如水，看著王氏。「我不管妳娘家有什麼打算，妳娘家的打算是他們的打算，婉如姓秦，不姓王。」

這，應該是王氏嫁進秦府後，老夫人說得最重的一句話。

王氏連忙低下頭，辯解道：「兒媳只是怕婉如吃苦，我是她親生母親，怎麼會害她？剛才是兒媳情急，不是對母親有不滿。」

「那就好，你們都先回去歇息吧，一切待明日再說。」秦老夫人撫著額頭，直接趕人。

秦紹祖不敢違背母親的意思，拉著王氏走了。

秦婉如看祖母答應見封平，知道有了一半指望，也高興地回去了。

第二日，秦老夫人一早就命人把封平叫到松榮院。

封平不知是為了何事叫他進內院，看到顏寧在松榮院對他微微一笑，指了指躲在角落處的身影，才明白是為了秦婉如。

封平進入屋內，老夫人屏退眾人後，也不知兩人說了什麼。過了約兩炷香的時間，封平臉色平靜地從正廳告退，走了出來。

秦老夫人叫了秦紹祖和王氏進去，直接道：「婉如若是一定要嫁，就由她吧。這封平心性堅定，自幼遭遇變故，卻沒有怨天尤人，這樣的人將來不會差的。」

「可是……」王氏不甘心，還想反駁。

「不就是一個白身嗎？妳王家的兄弟，至今仍是白身吧？」秦老夫人不耐煩與王氏糾纏，這一句問出去，卻讓王氏紅了臉。她嫡親的兄弟，不學無術，至今連個秀才都沒考中，倒是庶弟成材，如今記在她母親名下充作嫡子。

「封平若真能得太子看重，將來新皇即位，你們還怕他沒有出頭之日嗎？」秦老夫人嘆息著又說了一句。

封平走出松榮院後，只覺得又是歡喜又是茫然。封家抄家滅門後，他一直渾渾噩噩活著，直到被顏寧救到顏府，才覺得自己又活得像個人。

初見秦婉如時，他就覺得這女子美得如水，說話如水，柔柔弱弱的，可是每句話都能撫平人心。自從封家沒了後，他從來不敢想成家立業的事，活著已是奢求。沒想到，現在竟然有個這樣善良的女子願意嫁給他，不嫌棄自己的身分，不嫌棄自己一無所有。

封平終於露出笑容來，如雲破月出，帶著幾絲明朗。

秦婉如雖然如願以償，王氏卻不太高興，對顏寧的不滿就有點藏不住。不過顏寧對目前這狀態很滿意，所以偶爾看到王氏冷臉也不在意。

倒是顏烈不太高興。大表姊自己要嫁給封平，大舅母居然遷怒寧兒，跟顏寧念叨著：「還要等十來天，真想快點回京城去，也不知最近京城有什麼消息？」

京城裡，現在最大的消息，自然是三位皇子相繼離宮開府。

皇子一般年滿十五歲就會離宮，住進單獨的皇子府，底下的弟弟們都離宮，太子楚昭恒自然也得住進東宮。

御史臺一群御史們紛紛上奏，要求太子儘早住進東宮。楚元帝准奏，讓人趕著修繕東宮。

所以，百官們這段日子就忙三件事：恭賀、送禮、拜訪。

車馬往來，將三座皇子府所在的街道擠得水泄不通。

京城的熱鬧，讓楚元帝也難得露了幾天笑臉，不管怎樣，兒子成年，總是好事。可惜這笑臉沒掛多久，就被南州飛來的奏摺和戰報給打沒了。南州傳來三封奏摺，分別是鎮南王世子楚謨、南州州牧秦紹祖和禮部陳侍郎所寫，寫的內容都是同一件事——南安侯府發現了南詔密探。

隨奏摺一同上呈的，還有密探身上發現的密信等物。三人都很有默契地對顏烈、顏寧闖侯府一事，一筆帶過。

楚元帝拿起戰報看了一遍就放下，畢竟，楚謨已經帶兵出征，糧草也已就位，他接下來只需等待後續即可。

那幾份奏摺，楚元帝卻像看著稀罕物一樣，看了一遍又一遍，直到御前大總管康保走進來。

「聖上，太子殿下和幾位殿下都在外面，還有幾位尚書大人都來了，等候召見。」

楚元帝這才放下奏摺。「讓他們進來吧。」

楚昭恒帶著三個弟弟走進勤政閣，林文裕等幾位尚書亦跟著走進來。

楚元帝甩過去三份奏摺。「你們都看看吧。」

楚昭恒接過奏摺，看完後又遞給其他人。

楚昭鈺看後臉色大變，上前道：「父皇，這不可能！我外祖家世代忠良，為何要勾結南詔？這必定是有人陷害。」

「四弟，你是說有人要陷害南安侯？」楚昭暉陰陽怪氣地問。「誰要陷害？為何要陷害他啊？」

楚昭鈺語塞。南安侯沒實權、沒實力，還真沒人看得上眼去陷害。他看到奏摺時，直覺秦紹祖必定有嫌疑，南安侯要殺顏寧，秦紹祖會不會幫外甥女報仇？可是，這個理由他不能說。

楚元帝不語，只看著楚昭鈺。當初朝廷會讓南安侯待在南州，是想牽制鎮南王府，可惜南安侯的後人，一代不如一代，到如今也只剩下拿著侯府名頭嚇嚇小老百姓了。

南安侯真的和南詔勾結？陳侍郎和楚謨的奏摺裡，都提到在侯府書房的暗格裡，有歷年侯府在邊境走私的帳本。侯府的錢能給誰？

帝王總是多疑的，楚元帝也不例外。

「太子，你怎麼看？」

「父皇，兒臣覺得此事還需細查。」

這話，等於廢話。楚元帝有點不滿。「那你看何人查訪為好？」

「前幾日二弟和三弟都說想要歷練，陳侍郎剛好在南州，兒臣覺得只要與南安侯無關之人，皆可擔當此任。」

楚昭暉和楚昭業自然不想現在離開京城，楚昭鈺也不願自己的皇兄去查此事，正在南州的陳侍郎順理成章成了舉薦之人，這種事情上，幾位尚書大人也紛紛附議。

楚昭恒不再說話，他此舉也算投桃報李。陳侍郎的奏摺裡，對顏家兄妹大鬧侯府的事，只輕描淡寫一筆帶過，既然他對顏家示好，自己何不給他機會？

陳侍郎遠赴南州迎接南詔使臣團，這差事等於沒了。辛苦地去南邊，讓他就近查南安侯一案，他不至於無功而返。

楚元帝又讓大家議了幾件政事後，才讓大家退下。

楚昭業走出勤政閣後，對楚昭恒說：「太子殿下，臣弟聽說最早發現南安侯府密探時，是顏烈和顏寧呢。」

「三弟消息真靈通，我還是剛剛才知道南安侯府的事。」楚昭恒並不接招。

楚昭業也不再多說，拱手一禮後，轉身離開。

李貴做了三皇子府裡的總管，此時正在外面等著自家主子。看到楚昭業過來，上前低聲道：「爺，剛才府裡傳來消息，說汪福順沒消息了。」

「回去再說。」

楚昭業臉色不變，打馬回到府中，到內書房坐下，才問道：「汪福順是什麼時候沒消息的？」

「汪福順離開侯府後，還送信說顏烈和顏寧衝進南安侯府，他已經離開侯府，即刻回京，然後，再沒消息了。」

這可不是個好消息。

楚昭業手指叩著書桌，思量片刻。「把和汪福順有接觸的都撤換掉。」

李貴一愣。楚昭業在南州並沒多少人，幾乎都和汪福順有過接觸，這要撤換掉，不就是斷了聯繫？

「不要捨不得。萬一汪福順招出來，我父皇可不喜歡我們的手伸得太長。」楚昭業難得有心情地解釋一句。

「是，奴才明白了，這就去辦。」李貴不再怠慢，連忙下去安排。

楚昭業坐在書房裡，慢慢思量。他相信南安侯府這一齣，肯定是顏寧搞鬼，楚昭鈺那個蠢貨可能還在那兒懷疑秦紹祖呢。

秦紹祖一向膽小怕事又謹慎，這種看著就有漏洞的事，可不敢幹。顏寧到南州時日不長，秦紹祖手裡要是有南詔密探，肯定會上報朝廷，是有人不露聲色地在幫顏寧？

楚昭業將南州的人想了一遍，只有鎮南王世子楚謨，才有這實力。

楚謨幫顏寧，那就等於幫太子了？

楚昭業原本希望，就算楚謨不幫自己，只要能不幫其他人就好。他這次進京時，自己與他多次聊天，確信在幾位皇子裡，他還是看好自己的，怎麼一回南州，就變卦了？還有，顏寧去南州，真的只是為了給外祖母拜壽？若不是，南州有什麼吸引顏寧的東西？

楚昭業拿出一份密報，細細看了一遍。鎮南王！送行？

李貴吩咐完後，又回來伺候，看到自家主子正在沈思，也不敢打擾，守在書房門外。

楚昭業思索片刻。「來人！把這東西給洪太醫送去。問問他，劉妃娘娘懷的那胎，是不是有什麼不妥？讓他精心照料。」

楚昭業拿出一個盒子，交給李貴。李貴愣了一下，連忙去太醫院找洪太醫。

宮中劉妃懷胎，悄悄請了洪太醫診脈，至今未曾宣揚，可能是想等胎坐穩後再報喜吧。

洪太醫年輕時醫術出眾，一心想要進太醫院揚名天下，無奈，論起名望他又不夠格。後來娶了前太醫正的姪女兒，才進了太醫院，混到如今。他的妻子善妒，又覺得他是靠娘家才有今日，雖然她只生了幾個女兒，卻依然容不得洪太醫納妾生子。

洪太醫年過半百，眼看洪家就要在自己這代斷根，不甘心地咬咬牙，買了個女孩置為外室。這女孩倒是好生養，才一年多，就為他生下一個兒子，中年得子，又得來不易，他愛如眼珠子。

如今，楚昭業送他的盒子裡，放的是他兒子的貼身肚兜。

洪太醫看看李貴，失魂落魄地捏緊肚兜，過沒多久，宮中傳出劉妃懷胎的喜訊。

楚元帝高興不已。宮中多年不聞嬰啼，人過中年還能添子，對男人來說，是件有面子的事。所以那賞賜就如流水般，飛入劉妃的齊芳宮，還指定洪太醫為劉妃安胎。

皇后娘娘、柳貴妃、林妃等人，也各自送了賀禮去齊芳宮。

太子楚昭恒聽明福說是劉妃請求，讓洪太醫專為她安胎，眼神瞬了瞬，笑著跟明福說：

「你去一趟齊芳宮，替我送份賀禮給劉妃娘娘吧。」

明福如今日也受楚昭恒重用，除了他忠心、能幹外，最關鍵的是，他很善於打探消息。

李貴拜訪了洪太醫，洪太醫魂不守捨了好幾日，這消息，很快就傳到明福這裡。

他把這消息報給楚昭恒，楚昭恒覺得其中必有蹊蹺，只是一時不知楚昭業的用意。

現在，聽說洪太醫專為劉妃安胎，看來楚昭業對劉妃娘娘這胎很關注啊。

他關心的是未出生的嬰兒，還是因為是劉妃的才關心？

「四皇子最近進宮多嗎？」

「四殿下最近每日都會請旨進宮，向劉妃娘娘請安。」

「看來宮外有什麼讓四弟不安的消息啊。」楚昭恒喃喃低語，低頭沈思起來。

「殿下，顏府傳信過來，說顏二公子和顏姑娘要回京了。」

「這兩人終於知道回來了，我還以為他們要賴在南州過年呢。」楚昭恒被招福的大喊打斷思緒，本有點不悅，聽完這消息，倒是一點也不以為忤。「消息確實不？」

「肯定沒錯，是顏夫人收到南州來的信，奴才聽惠萍姑姑說的，十月十五啟程。」

「十月十五啊……」楚昭恒盤算了一下日子。「看樣子臘月前就能到京。」

第二十四章

顏烈和顏寧此時已經在南州整裝待發，秦府眾人依依惜別。

秦婉如眼皮浮腫。她捨不得顏寧，又想到封平也要回京，今日卻連一面也見不到。

原本她還偷偷為封平做了一雙鞋子，想今日親手送給他，可如今見不到面，只好把顏寧拖到一邊，塞過包袱。「妳……妳幫我交給他。」

「他是誰啊？」顏寧促狹地問。

「寧兒！」秦婉如不依地瞪過來，只是那眼神，一點威懾都沒有。

「好啦、好啦，我知道了，一定親手交給封大哥，行了吧？」顏寧笑著答應，秦婉如才把手從包袱上移開。

顏寧拿著鞋子，一看就做得很精心，心裡一陣嘀咕。昨夜外祖母還拉著自己說姑娘家得學點針線女紅，大表姊這是顯擺自己女紅好嗎？

秦府大門外，顏栓早就帶著人，將東西裝上馬車等著了。馬車比來時還多了幾輛，其中孫神醫和他小童乘坐一輛大馬車，還有一輛小馬車上，關著汪福順，由孟良和孟秀輪流看管。大家只知道有一只鐵籠放馬車裡，有時有哼哼聲，卻不知是何物。

顏烈和顏寧在二門與秦家女眷告別，走到側門，這一早上直折騰一個多時辰，才終於離開南州城。

上了路，顏寧從馬車裡拿出這雙鞋的包袱，扔給封平。「封大哥，我大表姊特意為你做的。」

說到特意兩字，倒是想起楚謨來，也不知他在南邊打仗打得如何了？

封平拿著那雙鞋，心裡既酸澀又驚喜。自從家沒了後，已經很久沒人特意為他做鞋了。他鄭重地收進包袱裡，到底捨不得穿。

冬日落葉蕭蕭，他們離開京城時還是夏日，如今已是冬日。

來時因為顏寧荊河遇險之事，顏烈一路上逼著她坐馬車休養，不許出來。如今，顏寧像脫籠之鳥，出了南州城就換上男裝，和顏烈、封平等人一起騎馬奔行。

孟秀看姑娘在馬上那英姿，跟他哥嘀咕：「咱家姑娘的衣裳，男裝比女裝還多、還好看。」這話落到虹霓耳裡，狠狠剜了他好幾眼。

孟良為博佳人一笑，對孟秀一通老拳，害得孟秀見到虹霓就犯怵。

顏寧知道這事，樂不可支，私下問過虹霓打算何時出嫁。其實虹霓今年也才十四歲，顏寧覺得她出嫁還早，不過早籌謀早好嘛，將虹霓嫁出去，也了卻自己一樁心事。

虹霓一向大方，也被問得羞紅了臉。自家姑娘才十二歲吧，怎麼問話像夫人一樣？

「姑娘……奴婢的事還早。他說，姑娘答應他去軍中歷練，他要我等他立了軍功回來……」

又是一個有志氣的人啊！

顏寧正騎在馬上，回頭看看落在後面的孟良，又去看封平。真是兩傻子，有美人不知道早點娶回家去。

遠離南州城，越往北走，天氣愈加寒冷。

路上行人漸漸少了，官道上走一天，可能都碰不到一個人影。畢竟大冬天的，沒有急事，誰都不願意出來受凍。

顏家人大多在玉陽關待過，這點寒意和關外一比，壓根兒不夠看。像孟秀這樣，看到同伴戴上鹿皮護耳帽子和圍脖，還取笑人家嬌氣。

顏烈和顏寧雖然不怕冷，可顏栓和李嫂看著天氣，生怕他們凍著，硬是勸他們都坐馬車，不讓他們騎馬。算算路程，時間還算寬裕，趕路速度也慢下來。

每日早起趕路，到下午天陰時就找地方住宿，薑湯是每天必備著。從南州到荊楠碼頭，走的官道、驛站、客棧都不少，住宿倒還方便。

來時因為與趙大海和楚謨同行，沿途自有人安排打點，如今只有自己這一行人，顏栓覺得自己終於有用武之地，一路上打點食宿、安排行程，處處精心，生怕哪裡出了岔子，讓兩個小主人受委屈。

顏烈坐車無聊，拉著封平和他同坐閒聊。封平倒是很有先生樣，坐馬車閒著，每日安排顏烈看書，有時還拿歷史人物為例與他講解世事人情，讓顏烈叫苦不已。

顏寧倒是很支持，有時也跑到他們馬車上聽封平講古。

李嫂雖然覺得顏寧這樣與外男同坐一車不適合，不過，架不住自家姑娘和公子一句「封大哥又不是外人」。

這日行了半天，天氣就陰沈下來。

顏栓看看天色，走到顏烈的馬車邊，稟告道：「二公子、姑娘，看著天色陰暗，可能要下雪了，要不今晚我們就在打虎鎮過夜吧。」

這一路過去打虎鎮是最大的鎮了，要趕到下一座城池可來不及。

「行，先讓人去前面打點吧。」顏烈點頭答應，掀開車簾往外看。「咦？這麼好的馬，居然捨得拿來拉車？」

馬車右前方官道上，有個男子也在趕著馬車，他的馬車只是普通的黑色油布馬車，看著簡陋，可那拉車的馬一看就是良駒。

顏寧聽說了也探頭去看，果然是匹黑色良駒。

對他們這樣出身將門的人來說，愛馬是種天性，看到這麼一匹好馬，居然淪落到拉車的腳力，嘆息不已。

封平與他們坐同一輛車，看兩人連連嘆息扼腕、恨不得出去拉馬的樣子，也忍不住探頭看一眼。「這趕車的漢子也是不俗啊。」

顏烈和顏寧光顧著看馬，壓根兒沒看人，被他這麼一說，再去打量趕車的車夫。

果然，坐在馬車車轅上的那人，背影身高體壯，那高度好像還比普通人高一點。一隻大手張開，蒲扇一般，抓著韁繩。馬車跑動顛簸，看他那身影卻未晃動，倒像久在馬上生活。

他的馬雖然是好馬，但是拉著一輛車，看那樣子顯然也行了不少路，所以馬有些乏力，走不快，顏烈一行人很快就趕到前面去。

顏寧回頭再打量，看那大漢一臉絡腮鬍，黝黑臉龐，鼻梁高聳，倒有點北燕人的樣子。大楚和北燕雖然連年交戰，不過兩邊百姓還是有往來，所以在大楚境內，北燕人也不少見。

那大漢倒是很敏銳，感覺有人在打量自己，一雙豹眼瞪過來，精光外露。

這人是個練家子啊，氣勢也不俗，怎麼會淪落到趕車？也不知那車裡放著什麼？

顏府眾人雖然帶著幾大車行李，但拉車的也都是健馬，很快地就將那大漢和馬車遠遠甩在後面。一行人趕到岔路口，往左邊一條道，拐進打虎鎮，那大漢好像渾然無知一樣，還是趕著自己的車沿官道直行。

「可憐那匹馬，這要是下雪，那蹄子非凍傷不可。」顏烈還喃喃嘆息著。

「是啊，而且那馬都被車軸磨破皮了。」顏寧也點頭附和。「那人真是，如此良駒，怎麼捨得拿來拉車啊？」

封平不懂馬，自然也不愛馬，看這兄妹兩人一副捨不得的樣子，倒是好笑不已，人家主人可是都不心疼的。

顏栓安排的人已經先趕到打虎鎮，在鎮上最大的客棧包下兩進院落，迎接他們入住後，又安排了馬匹草料、人的膳食等事。

天擦黑時，果然窸窸窣窣下起雪來。雪落在地上，混著大風，這要是吹在臉上，還真是生疼，大家都慶幸住進了客棧。

第二日天上紛紛揚揚大雪不斷，風雪天，馬蹄容易打滑，不能上路。一行人在打虎鎮耽擱了兩天，直到第三天總算放晴，連忙趕路。

五日後的中午，總算到了荊楠碼頭，他們熟門熟路往來時住過的客棧行去。

楠江和荊河都未結冰，所以南來北往的客商依然雲集。荊楠碼頭這裡很熱鬧，很多商人都帶著南方特產、絲綢等物，打算運到北方去。剛好過年前大家都要添置年貨，還能大賺一筆。

這一路馬車坐下來，到了荊楠碼頭的集鎮上，顏烈和顏寧已經受不了，要下車走走。就連孫神醫，這一路顛下來，也跟著他們一起下車，活動活動筋骨。

孫神醫的小徒名叫小松，還是第一次出遠門，這一路和大家混熟了，如今一看到集鎮，跑前跑後地看熱鬧。

大家邊走邊看，走到客棧門口時，卻看到門口圍了一堆人。

「一兩銀子，賣給我了。」一個聲音叫道。

「不，好馬，一百兩。」另一個聲音一字一頓地說。

「什麼好馬？你看看你這馬，渾身都沒塊好皮，還這麼瘦，買回去殺了都沒幾兩肉。」

「不賣，不殺。」那個聲音還是一字一頓，說得很不流利。

周圍的人低聲議論著。

墨陽拉著小松鑽人堆裡打聽了一圈，出來說道：「二公子、姑娘，客棧門口有個人病得快死了，老闆說他們交不出住宿銀子，人若是死在店裡又晦氣，要趕他們走。那個漢子在門口賣馬，要賣一百兩，被這鎮上的一個無賴盯上，死活只出一兩銀子。其他人想買，這無賴就叫人打鬧，從早上鬧到現在。」

「哪有這樣強買強賣的？看看去。」顏烈最恨這種無賴欺人，擠開人群進去看看。幾個顏府的侍衛也連忙幫著隔開人群。

客棧門口的廊下，躺著一個面色泛白的男子，臉頰下陷，雙目緊閉，好像已經人事不知。

那人旁邊，赫然是前幾日路上遇到的那個趕車的北燕人，他一隻手拉著馬韁繩，瞪著站在面前的幾個無賴，一手緊緊握拳，顯然是克制著怒氣，不想打人。那幾個無賴顯然是訛慣人，欺負人家一個外鄉人還帶著個病人，就在那兒嚷嚷不休。

孫神醫看了一眼倒在地上的人。「風寒入體，再不吃藥，真要沒命了。」

「你，大夫？」那大漢倒是眼尖，這麼多聲音裡，居然還聽到孫神醫的這句話，一把推開擋在面前的無賴，跑了過來。「救他，馬，抵錢。」他的意思是讓孫神醫救人，拿這匹馬抵錢。

「這馬是老子的了，你們是誰？」那三個無賴跟過來，氣急敗壞地叫道：「討打嗎？快滾！」

「小子，跟誰說話呢？找死嗎？」孟秀看這幾人如此無禮，上前一聲大喝，幾個侍衛也跟上前，守在顏烈和顏寧面前。

顏寧不理這些，仔細看看這北燕大漢。這人果然很高，孟秀已經算高大了，站到這人面前，還是矮了一個頭。

幾個無賴哪曾被人如此忽視過，喊了一聲「找打」，就衝了過來。

顏烈的手早就癢了，一看幾人衝過來，興奮地叫了一聲「閃開」，推開站在身前的侍衛，直接就是連打帶踹，沒片刻就將幾個無賴打倒在地。

顏栓在客棧裡面安頓好，出來看到自家公子正和無賴打架。他知道這種地頭蛇最麻煩，看顏烈已經把人打倒，連忙拿了名帖，叫過孟秀。「把這三人綁了，送到這裡的官府去。」

那大漢看到無賴被拉走，緊緊盯著孫神醫，生怕他跑了，又道：「救他，求求你。」

顏寧皺了皺眉。大楚境內北燕人不少見，但是這個北燕人的大楚話說得很生疏，顯然在大楚並沒有待很久。

孫神醫聽了那大漢的話，走上前看了看病人。「氣血不足，憂思過度，著了風寒還出來逛，你們是不想活啊？」

那大漢又急又不知該如何說，除了「救他」兩字，什麼也不會說。

「把他帶進去吧。」顏寧在邊上吩咐道。「掌櫃的，這人的住店錢，我們一起給了。」

那大漢聽了這話，高興地直搓手，看著顏寧，嘴唇動了動，跪地就要磕頭。

顏寧一愣，連忙退了一步，退到顏烈邊上，顏烈上前抓住這大漢。「你不用多禮。」

那大漢的力氣卻很猛，咚地一下已經磕下頭去。

顏烈剛才居然抓不住他，第二次用上了力氣，才把這大漢抓住。

那大漢站起來後，驚奇地看了顏烈一眼，顯然顏烈那一抓，他已經知道這人是練武的。

大家也不再廢話，先幫忙把人抬進客棧。掌櫃的看有人付錢，又聽大夫說能治，也就不再阻攔。

住進客棧後，孫神醫也不耽擱，讓小松去給他收拾行李，自己先到那病人處看病診脈。

顏烈和顏寧也關心地等在外間。那大漢在裡面轉來轉去走個不停，腳步聲踩在客棧樓板上，咚咚直響。

「你這漢子，走來走去讓我怎麼看診？出去、出去！」孫神醫嫌他礙事，將人轟出去。

那大漢不敢違拗，委屈地垮著一張臉，走到外間，還是站立不定。

他長相粗獷，滿臉絡腮鬍，看著嚇人，但現在急得手足無措的樣子，倒是憨厚得緊。

「你放心吧，那可是神醫，他肯治就必定沒事，過來坐會兒吧。」顏烈安慰他，又將一盤點心推了推，示意他吃。

那大漢可能餓得緊了，一盤點心，兩三口一掃而空。

顏寧看他吃光，讓人為他又送份飯菜來，問他：「你是北燕人？」

那大漢雙眼立時警惕地看著顏寧，嘴巴緊閉，一言不發。

「你不要怕，我是看你長相樣子，一看就像北燕人。」顏寧安撫地道。「大楚境內，北燕人也不少。」

聽到這話，那大漢放鬆下來，點點頭。

「相逢就是緣分，你不要擔心，裡面那人是你弟弟嗎？你們怎麼會身無分文，流落大楚？」顏寧又和善地問道。

「不是，是主人。」那大漢回道。

這大漢氣勢十足，身手也很好，看他那樣子，倒沒想到居然只是個奴僕？不過北燕人有部落分封，家臣家將稱呼自己的領主，也經常是叫主人的。

顏寧看著大漢坐下時腰背挺直，倒像是從軍之人，又問道：「你們是到大楚經商買賣嗎？」

那大漢猶豫片刻，搖搖頭，猶豫一下，又點點頭。「我們，經商。」他可能覺得騙恩人有愧，說完這話，就低下頭去。

這下連顏烈都笑了，沒見過這麼實誠、連假話都說不出的人。

「你們是不是被搶劫啦？」顏寧又試探地問。

「不，不是，丟了。搶劫，打不過。」那大漢比了比自己的大拳頭，意思是有人搶劫的話，肯定打不過自己，顯然，他覺得要是銀子被搶，他會很沒面子。

這時，飯菜送上來了，顏寧也不再說話，示意他先吃飯。

孫神醫拿著帕子擦手，圓臉帶笑，慢吞吞地走出來。「醒了，給他弄碗參湯喝，等下我開幾帖藥……」

那大漢聽到「醒了」，飯也不吃，嗖地一下站起來，沒等孫神醫說完，就衝進內室。

「這人……真是，急什麼啊。」

「孫神醫，辛苦您啦。您可真神，看著快死的人，居然這麼快就醒了。您老快去客房裡休息休息。」顏寧驚喜地誇獎道，又讓虹霓為孫神醫引路，送他去客房歇息。

孫神醫一邊往外走，一邊回道：「嘿嘿，不神點行嗎？妳一路上對著老夫打量個不停，東打聽、西打聽，老夫很怕妳把我當江湖騙子啊。」

顏寧沒親眼見過孫神醫的醫術，心裡總是有點嘀咕。出了南州後，她幾次旁敲側擊地問孫神醫寒疾治癒之事，又總是不自覺地打量不停，顯然被孫神醫看出來了。

顏寧紅了紅臉，直爽地道歉：「是我失禮了，您老莫怪。」

「不怪、不怪，妳這樣的我見多了。」孫神醫也不是真生氣，玩笑地嘮叨一句，走了。

內室裡，傳出一陣北燕語的低語聲，那人果然醒了。

很快地那大漢又走出來，這次從容有禮多了，對顏烈和顏寧一抱拳。「主人，請。」意思應該是他家主人有請。

顏烈站起來，走了進去，顏寧也緊跟他身後，走進內室。內室裡的大床上，剛才那個倒在客棧外的人，正看著他們，臉色還是蒼白，但是雙眼有神，一張國字臉，眼窩深陷，鼻梁挺直，薄唇，長相比起那大漢可斯文多了。

這人看人時，目光堅定帶著威儡，感覺就像個久居上位之人，他的大楚話說得很流利。

「多謝二位仗義援手，救了在下性命。在下是北燕人，叫燕東軍。」他又指了指那個大漢。

「這是家僕拓跋燾。」

顏寧想了片刻，記憶裡北燕好像沒有燕姓家族，姓拓跋的倒是有個很出名的部族。

「燕先生客氣了，舉手之勞，不足掛齒。」顏烈回禮，謙遜地說道。

「燕先生，你們打算去何處啊？我們要北上回京，若順路倒是可以帶你們一程。」顏寧客氣地問道。

「我們要去兗州。」

「那剛好可以帶你們一段。」

「如此多謝姑娘和公子了。」燕東軍有禮地道謝，也不推辭。這人，倒不拘泥於面子，臉上帶著恰到好處的感激，卻沒有被人施恩的惶恐。

那叫拓跋燾的大漢，聽到他家主人對顏寧叫姑娘，瞪大眼睛看了顏寧幾眼。他剛才坐那麼近，都沒看出這是個女子。

顏烈看拓跋燾那副吃驚得如見鬼的樣子，轉頭看看顏寧，心中無語問蒼天。妹妹啊，這到底是妳的悲哀，還是他的悲哀啊？

到了晚間，顏栓打聽了碼頭客船行情，回來稟告說：「二公子、姑娘，我們要包一條大船的話，得等三日後才行。」

「要這麼久啊？」乾等著最難受，顏烈有點等不及。

「現在客商多，很多商船都被人定了。」顏栓無奈地說。

「沒事，等三天就等三天吧。辛苦啦，先回去歇歇吧。」沒船也無法，來時他們坐的是官船，回去可沒有趙大海和楚謨了。

拿出顏家名帖，倒是能弄到一艘官船，可擅自調坐官船，顏明德要是知道，非罵人不可。顏烈和顏寧知道自家父親的脾氣，當然不敢違背，還是老實地等著租輛商船吧。

到了晚間，拓跋燾過來打聽第二天何時動身，顏烈告知他要三日後，他聽了有點掩不住焦急之色，匆匆忙忙回客房稟告燕東軍。

第二天，孫神醫又去為燕東軍把脈。「你這人身體底子倒不錯，居然兩碗藥下去，精神就好多了。年輕人，心裡還是不要壓太多事。還有啊，你肚子上的傷口，要不要老夫給你看看？」

燕東軍驚訝。「你怎麼知道我肚子上有傷？」

「老夫是行醫的，你身上傷藥味道雖淡，但怎麼瞞得過老夫的鼻子？」孫神醫略得意地摸著自己頷下長鬚。「你那傷藥倒不錯，不過，應該用完了吧？明顯沒新藥的味道了。」

「是，大夫真是神醫啊。」燕東軍讚嘆地誇了一句。「要是先生去北燕，一定會被奉為國醫的。」

「北燕啊，老夫可不去，北燕連點好藥材都難找。」孫神醫呵呵一笑。

「是啊，北燕地處北方，難免貧瘠了些。」燕東軍點頭。

顏烈吃了早飯，拉著封平一起過來探望，聽到燕東軍這句感慨，他說道：「北燕其他時候還好。我看北燕人開春後放牧，牛羊遍地，那日子也不錯。不過只是放牧，糧食是少了點，不打仗的時候，北燕商人還到關內買糧食呢。」

「顏公子在北境待過啊？」

「是啊，我……」

「我們去過玉陽關幾次，在那邊看到過很多北燕人。」封平在邊上說道。

昨夜顏寧跟他和顏烈說起這燕東軍，覺得這人可能是北燕貴族。顏家世代在玉陽關抗擊北燕，若燕東軍真是身分顯赫，還是不要接觸太多，不然，傳出顏家人結交北燕貴族，豈不是落人口實？

燕東軍自己也隱瞞著身分，聽到封平的話，知道他們也不打算表露真實身分，不再追問，一笑置之。

「顏公子，我家中有急事，急著回去，能否幫我打聽一下，有沒有可帶兩個人的商船？」燕東軍半坐起身說道。「至於銀錢，說來慚愧，我們主僕路上丟了，如今只有那匹馬是值錢的。看顏公子應該懂馬，那的確是匹良駒，我拿它抵押，向您借點銀子可行？」

「不用抵押，那匹良駒，當時我是看你們拿來拉車，可惜了。」顏烈回頭叫了墨陽。「你去取五百兩銀子來，給燕先生。」

顏烈說著又爽朗一笑。「你們主僕看樣子身手都不錯，你也別急著今日走，再養一天精神，明天讓孫神醫開些藥，讓你們帶著上路。」

「好，如此多謝了。」燕東軍看顏烈神情爽朗不似作偽，也不推辭，大方接受了。

很快，墨陽取了五百兩銀子過來，又拿了兩盒金瘡藥。「二公子，這是姑娘讓人去買的，給燕先生送過來；還有這兩根人參，姑娘說補氣最好。」

燕東軍看看那兩瓶金瘡藥，瓶子並不出奇，那兩根人參卻是一看就有些年頭的，他猜想墨陽所說的姑娘，應該就是昨日見到的人。他一併接過，放到枕頭邊，又轉向顏烈道：「顏公子代我向令妹道謝吧。」

顏烈也不多留，讓他多睡睡養精神，和封平兩人一起告辭出來了。

第二天清早，燕東軍人去屋空，床邊的桌上，一塊玉珮下壓著一張紙，上面寫著：「臨行匆匆，不及告辭，他日若有緣，憑此玉珮，換取一諾」。

這人，字寫得還不錯，在北燕人裡，這筆書法肯定是上乘。

「這人走得也太急了吧，早飯不吃，竟然也不和我們當面告辭一下。」

「二哥，人家有急事，我們何必拘泥告辭和送行的事？倒是這人說『家中有事』，不如我們回去讓人打聽，北燕國內出什麼事了。」

那塊玉珮上雕刻著魚龍圖案，這是北燕皇室中，親王、皇子才可使用的圖案。前世北燕國內好像發生一次動盪，當時的大皇子蘇力青，鎮壓了對他即位最有威脅的三皇子蘇力紅，穩住了北燕局勢。後來，蘇力青成了北燕國主，跟大楚的征戰不少。

這個燕東軍，難道是北燕的皇室一員嗎？算了，多想無用，她還是先管眼前的事吧。

顏寧拿起那塊玉珮端詳半天後，遞給顏烈，顏烈搖頭說：「這東西妳收著吧，我收著，怕不知什麼時候就被我丟了。」

顏寧只好收起來。

過了兩日，終於有一艘空船，他們連忙租下，坐船回京去了。

這艘空船只是普通商船，沒有來時的官船穩當。李嫂怕顏寧再暈船，上船前準備了一堆藥材。

孫神醫在邊上看得直吹鬍子瞪眼睛，小松叫道：「李嫂，有我師父在，妳買這些現成的破藥幹什麼啊？」

「也對，有神醫在，姑娘肯定沒事的。」李嫂連連點頭，可猶豫半晌，又說：「不過神醫都是治大病的，暈船這種小病，我還是先備些藥材吧。」

小松直接傻眼，不知如何辯駁。

不過，李嫂的藥材沒用上，孫神醫的醫術也無用武之地，這一路上，顏寧居然一點都不暈船嘔吐了。

來時順流而下，如今是逆流而上，所以在荊河航行比來時多花了幾天時間。

終於，十一月初十，一行人才回到京城。

秦氏一早就在家等著，讓人去城門查看。

顏明德下朝後回家，看到秦氏這樣，笑道：「妳看看妳，兩個孩子都不小了，還不知道回家的路？」

秦氏嗔怪地看了他一眼。「是，是妾身太急了。老爺也別在家乾坐著，以往不是都要出門公幹的嗎？」

顏明德嘿嘿傻笑。「我去書房看公文去，要是他們回來，讓人來書房告訴我。」

王嬤嬤代夫人笑著答應。老爺和夫人一樣心急，偏偏老爺還要裝作一副不在意的樣子。

顏明德夫婦兩人用了一頓午膳，終於有人來回報說公子和姑娘下了船，正往家裡趕過來。秦氏喜得一迭連聲吩咐廚下準備顏烈和顏寧愛吃的東西，給他們兩個的屋子再收拾收拾，炭火準備著，以免天冷凍著。

「夫人放心吧，老奴都吩咐人備下炭火了，二公子和姑娘房裡的地龍也燒上，保管暖和。」王嬤嬤笑著回稟。「日長夜短的，您還是去躺下小睡片刻吧。」

「也是，橫豎今兒總會到家。」秦氏到內室躺了沒多久，又待不住，起來了。

「父親、母親，我們回來啦！」院外，傳來顏寧的叫聲。

「回來就好，快過來讓為父看看。聽說妳落水了，有沒有傷到？」顏明德的聲音也從外面傳來。

秦氏連忙走出房外，顏烈一臉無奈地大步走進院中，而顏明德正左右打量著顏寧。

「母親！」顏烈叫了一聲。

「回來就好，快到屋裡去暖和一下。」秦氏答應著，越過顏烈衝到顏寧邊上，拉著她細看。「這都瘦了。妳說妳，怎麼不小心點？」說著說著聲音都心疼得哽咽。「這要出個什麼事，妳讓母親可怎麼辦？」

「父親、母親，我這不是好好的嘛。」顏寧對上顏烈幽怨的眼神。自己也很無奈啊。

「母親，兒子我也剛回家！」顏烈忍不住提醒道。

「臭小子，回家就回家，當自己是客人？快進去。我看你出門一趟，還長高了。」顏明德上前又是一掌招呼，當先走進房門。

敢情妹妹是客人啊，要你們兩個左看右看的。顏烈瞪了顏寧一眼，拉過一張凳子坐下。

「我都餓死了。」

「二公子，別急，這是你愛吃的椒鹽酥餅，先吃幾塊墊墊肚子，晚上有您愛吃的菜，夫人特地吩咐的。」王嬤嬤遞上點心。

「嬤嬤，還是妳好啊。」顏烈感慨著，接過點心。

那邊秦氏終於看完，讓顏寧坐下，一一問起秦老夫人、秦紹祖等人的近況。

顏寧一一說了，當說到秦老夫人作主，有意成全秦婉如和封平時，顏明德看了兩人一眼。秦氏對自己母親的決定卻是毫無異議。

顏寧最後又提起了孫神醫，說鎮南王在他調養下從臥床不起，到如今都能起床理事。顏明德和秦氏都驚喜萬分，連說要謝謝楚世子肯放神醫來京城。

終於，顏烈吃完了一盤點心，顏寧也說完近況，秦氏打發他們兩個快點回房去歇歇。

「等你們收拾好了，跟我到書房一趟。」顏明德吩咐道。

秦氏知道他們估計是要說些政事。她雖然覺得顏寧一個女孩子摻和這種事不好，可想到老爺對顏寧的評價，也不好再阻止。

顏烈和顏寧來到外書房，顏明德早就在等著，看到兩人進來，問道：「寧兒，妳落水的事，真是四皇子下的手？」

「是啊，父親，他派出京辦事的太監，我們都抓住了。不過這事，三皇子也有嫌疑。」

「你們還不知道吧？劉妃懷孕了，她那胎由洪太醫調理。太子殿下前兩日告訴為父，他懷疑洪太醫和三皇子結交。另外，濟安伯的女兒，要做三皇子的側妃了。」顏明德說起京中最近的兩大消息，說到側妃時，還不自覺看了自家女兒一眼。

顏寧對於楚昭業要納側妃並不在意，在意的是劉琴居然要成為三皇子的側妃。楚昭業，好快的手腳啊！

「父親，那您和太子哥哥的意思是？」

「當然是不會放過南安侯和四皇子！居然敢害我顏明德的女兒，真當為父是吃素的啊？

就算是如了三皇子的意，也顧不得了。」顏明德斷然說道。

四皇子暗殺顏寧，楚昭業知道後故意推波助瀾，然後在顏寧拿南安侯府作筏子時，乘機收攏濟安伯府。或許他還在等著顏家報復四皇子時，乘機收攏四皇子手中的勢力。

要知道，四皇子的外祖家雖然不成器，但是如今皇子們離宮開府，各自得了差事。四皇子可領了工部的差事，就算收攏的朝臣不多，那也是一股勢力不是？

「父親，讓姑母少去劉妃那裡，避避嫌吧。」顏寧卻覺得楚昭業的安排不會這麼簡單。

「太子殿下也覺得要避嫌，所以妳姑母去看劉妃時，是陪著聖上一起去的；送過去的東西，也沒吃食等物。」

「嗯，反正萬事先小心些。」

「對了，你們兩個明日進宮去給你們姑母請個安，尤其是寧兒，聽說妳落水，妳姑母急得不知如何是好。」顏明德又交代道。「阿烈，回頭聖上要是召見你，問起南州之事，你打算怎麼說？」

「父親，您放心吧，回來的路上，寧兒和封大哥都幫我想過了。」

顏明德聽說他們已經有準備，放心地點點頭，又對顏寧道：「妳大舅曾寫信給我，提到想讓妳大表姊進京參選。以秦家的名頭，妳大表姊一個皇子側妃肯定能拿到。」

「父親，側妃就是妾室，有什麼好的？再說大表姊性子軟弱，真要進了哪個皇子的後院，可能被人吃得連渣子都不剩，萬一再惹出事端，反而不好。封大哥雖然是白身，但是以後肯定會對大表姊好的。」

「也好，太子殿下也說回頭讓封平去東宮做幕僚。為父也覺得秦家出個皇子側妃，不是什麼好事。」顏明德點頭贊同。

「對了，父親，還有一事，您看這個。」顏寧拿出燕東軍留下的那塊魚龍玉珮。

顏明德久在玉陽關，看到魚龍圖案，也是一驚。「這是哪兒來的？」

顏寧說了回京途中遇上的事，顏明德沈吟半晌，道：「前些日子，接到北燕那邊的密報，說三皇子蘇力紅的外祖部落造反，被鎮壓了。大皇子蘇力青領兵鎮壓有功，已經被封為太子。」

北燕游牧為生，皇庭遠在草原深處，只在集結打仗或有大事時，才會聚集。各個部落劃地而居，北燕皇帝說是皇帝，其實更像個盟主，誰實力強壓得住其他部落誰就是皇帝，所以部落造反的事也不少見。

「父親，對那個三皇子蘇力紅，您知道嗎？」

顏家世代鎮守玉陽關，對抗的就是北燕，對北燕的消息自然知道不少。

「妳懷疑燕東軍就是蘇力紅？」

「嗯，不過燕東軍的大楚話說得很好，沒聽說北燕皇子有來過大楚啊。」

「這個倒是可能。蘇力紅的外祖母，聽說是個大楚女子，不知怎麼流落到草原的？他要真會說大楚話，也不稀奇，可能跟他外祖母學的。」顏明德對這個倒不太關心。北燕國內越亂，大楚才越高興。「不管他北燕出什麼事，妳先說說那個孫神醫。醫術真的很神？」

顏寧知道父親的意思。就算燕東軍真是北燕的三皇子，他活著回北燕去跟蘇力青內鬥，還真算是一件好事。或許，兩個皇子鬥個你死我活，就沒心思來攻打大楚了。她有點惡意地想著，嘴裡回道：「嗯，醫術真的很神。那個燕東軍病得都快死的樣子，荊楠碼頭那邊的大夫都說沒救了，孫神醫扎針之後，馬上就醒過來，第二天就能說話下床啦。」

「好！那就好！哈哈，寧兒，妳這趟南州之行，還真沒白去。孫神醫沒有官職，不能進宮。唔……這事最好先不要聲張，改天為父請太子殿下來府，就讓孫神醫先在我們府中為太子殿下診治。」顏明德撫掌大笑。太子楚昭恒的病體，牽動顏家人的心啊！

「嗯，父親想得周到。」顏寧也覺得沒必要聲張。

「這玉珮還是妳收著，別給外人看見。對了，孫神醫的姓名是……」

這個問題問出來，顏烈和顏寧都是神色古怪，忍笑道：「父親，孫神醫姓孫，名字就叫神醫，聽說是杏林世家。」

「咳咳，這個名字……取得好啊。」

竟然有人這樣取名？真是不得不佩服他爹的先見之明，取名時就知道兒子能成神醫嗎？

「那為父該怎麼稱呼他？」直呼人家名諱，是不是不太禮貌啊？

「父親，就叫孫神醫好了，一路上我們都是這麼稱呼的。」顏烈大剌剌地說道。「我和妹妹急著回家，一路先騎馬回來。他老人家還在路上，料想著要晚間才能到。」

「你們糊塗，怎麼不跟為父說一聲？神醫到府，好歹我得親自去迎接才是啊。」顏明德一聽急了，他可不覺得自己一個大將軍去親迎大夫有失身分，轉頭吩咐道：「來人，備馬，我去城外迎接。」

「父親，您這一出去，京裡還有誰不知道神醫到京啊？」顏寧連忙阻止。「等下二哥去迎接就好。」

大冷天的，自己還得騎馬跑一趟啊！顏烈心裡哀嘆，嘴上可不敢說不去。

到了晚間，顏烈去城外接了孫神醫和顏栓一行人到府。

顏明德站在大門內，親自迎接孫神醫。他看到一個矮胖老頭，圓臉壽眉，雪白長鬚，一身棉布衣袍，看著倒還有點仙風道骨的模樣。

「孫神醫請，我擺了一桌水酒為您接風，未能遠迎，還望海涵啊。」顏明德爽朗地笑著，往正廳引去。

孫神醫對當朝大將軍顏明德自然是聞名已久，如今一看，一個五大三粗的中年將軍，一臉爽朗，毫無架子，讓人一見倒是很有好感。他打量顏明德一眼，仔細看了看臉色，笑道：「將軍聲音爽朗，但是中氣和肺氣不足，是肺部受過傷吧？還是少喝酒，多休養為好。」

顏明德可不就是肺部受傷後，一直未能完全復原才回京休養的嗎？這件事顏家人都知道，外人，尤其是民間，可沒人知道。

孫神醫一語中的，露了這一手，大家對他的醫術立時讚嘆不已。

「神醫真是神醫啊，竟然這麼看兩眼，就知道我的病了。」顏明德一愣之下，大喜道。

「神醫醫術，佩服佩服！」

孫神醫笑著點頭，一點也沒自謙的意思。小松拎著醫箱，抬頭挺胸地走在前面，與有榮焉的得意樣。

墨陽在後面看他那尾巴上天的樣子，恨得牙癢癢。這個小屁孩，你師父醫術厲害又不是你厲害，你得意個什麼勁啊。

孫神醫既然說顏明德不能喝酒，秦氏和顏寧連忙不許他喝，讓他喝茶陪客。

於是，顏明德和顏烈兩人作陪，陪孫神醫吃了一頓接風酒。

第二十五章

翌日，顏皇后召顏烈和顏寧進宮。

兩人拜見顏皇后後，正在閒話家常，康保來傳了元帝的旨意，宣顏烈去勤政閣覲見。

顏烈和顏寧對視一眼，知道必定是要詢問南州之事。

「二公子，聖上還等著呢。」康保對顏烈倒是很客氣地提醒。

「好的，煩勞康總管帶路。」顏烈說著，又回身向顏皇后行禮告退。「姑母，等下我就不再進宮向您面辭啦。」

「好，快去吧，別讓聖上等你。」顏皇后點頭催促道。

顏烈跟著康保來到勤政閣，發現幾位大臣、太子和幾位皇子都在，他連忙上前行禮。「草民見過聖上！」說完老老實實地磕了幾個響頭。

元帝點點頭，稍微露了一絲微笑，說：「起來吧，一段日子沒見，倒是長壯實了。」

因顏皇后的緣故，顏烈見到楚元帝的次數還是比較多的，所以倒也沒什麼惶恐之情。他左右看了一下，顏明德居然也在，又老實叫了一聲「父親」，退到邊上去了。

「顏烈，聽說南安侯府裡發現南詔密探時，你也在他們府上？」楚元帝拿起陳侍郎的奏摺慢慢問道。

楚昭鈺聽了，略微不滿，只是，在楚元帝面前，他也不能多言。

「是啊，當日南安侯府千金劉姑娘，在街上和舍妹起了衝突，要打舍妹，後來南安侯又出來拉偏架，草民不服，要和南安侯講理，他就跑了……」

顏烈和人說理？在列的都忍笑忍得很辛苦，還有視線落到楚昭暉身上。

楚昭暉聽到顏烈說「講理」，就肉痛、頭痛，氣得心口痛。

楚昭鈺忍不住插嘴問道：「顏烈，你確定是要和南安侯講理？」

「對啊，父親回京後，一直跟我說以理服人才是王道，所以，草民是想跟南安侯好好講理，告訴他女孩子吵架，大人不要摻和，沒想到他一看到草民，就跑了。草民急了，就追到侯府。」顏烈可不管別人反應，義正詞嚴地繼續道：「後來，就在南安侯府發現一個南詔人，那南詔人見到大家，居然咬舌自盡了。」

「你擅自跑進南安侯府？」楚昭鈺將話題拉回顏烈如何進侯府這點上。

「不是擅自啊，我讓人通報的。」顏烈心道，只不過門房都被我打趴下了。

「父皇，南安侯府發現南詔密探一事，兒臣覺得還須細查。近日兒臣聽到的消息，是說顏烈和顏寧帶人大鬧侯府，哪會這麼巧，他們到了侯府，侯府裡就發現密探了？」楚昭鈺又向元帝說道。

「聖上，草民冤枉啊！四殿下，南安侯是您外祖父，可您也不能冤枉草民啊！當日在侯府外的百姓都可為我作證，我們去侯府拜訪時，可沒帶著南詔人進去。」顏烈急得叫道。

「咳咳，放肆，御前怎能失儀，大聲吵嚷？」顏明德在邊上訓斥一聲，又出列說道：「聖上，犬子雖然失儀，但是臣相信犬子不會陷害南安侯。四殿下，犬子和小女只是到南州作客，和南安侯往日無冤，近日無仇，沒理由陷害他，您說是不？」他重重地說了近日無仇四字，那眼神卻如釘子般釘在四皇子身上。

「怎麼會無仇？剛才顏烈不是說，侯府姑娘和顏寧在街頭起了衝突？」楚昭鈺心中驚疑，面上還是不露聲色，笑道：「大將軍也不能太偏頗。」

「聖上，當日侯府劉姑娘要推舍妹摔下樓梯，還好丫鬟擋了。若說衝突，草民原本是想問問劉侯爺，為何對舍妹下此毒手？哪知侯爺就是不肯說啊。若說陷害，聖上，您是知道草民和舍妹性子的。」

這話一出來，楚元帝也忍不住笑了。的確，顏烈和顏寧揍人是常事，陷害？那還真是聞所未聞。這兩人就沒長這根筋吧？

楚昭鈺知道，父皇是信了顏烈的話，相信他們兩人不會陷害南安侯。其實，剛接到外祖父的信時，他也納悶，那麼，這主意會不會是顏明德，甚至是太子出的？自己讓人暗算顏寧，被他們發現了，他們就想殺了南安侯洩憤？

若真是這樣……再看顏明德那眼神，他覺得後背有冷汗滲出。

楚元帝也不信是顏家兄妹陷害南安侯，可陳侍郎的奏摺裡，也提到了顏家兄妹當日闖入南安侯府，才湊巧發現南詔密探。他轉頭，看著站在下首的四皇子楚昭鈺，問道：「昭鈺，你還懷疑是顏烈陷害你外祖父？」

「兒臣只是不信南安侯會與南詔密探勾結，倒不是懷疑顏烈陷害。」

「街上百姓都說，那個密探是以前一個南詔美人密探舉薦給南安侯的，在南安侯府下面的店鋪做了好幾年掌櫃。哦，那個女密探，前幾年被當街處斬了。」顏烈又給南安侯補了幾刀。

「這事，朕也知道了。」楚元帝拍著那奏摺，點頭道。「南安侯身為侯爵，不思謹言慎行、報效朝廷，理應重罰。不過，劉妃有孕，不宜受刺激，朕也想為幼子積福，就先將南安侯降為伯爵，革除世襲吧。昭鈺，你看這處罰如何？」

他不問別人，單問楚昭鈺，自然知道南安侯若真勾結了南詔，必定跟自己這第四子有關。若是深查下去，他擔心最後會是楚昭鈺勾結南詔，到時，難道要自己殺子嗎？虎毒尚且不食子，楚元帝對自己的親生兒子還下不了這手。何況，劉妃又懷上身孕，在後宮苦苦請求，太醫說都動了胎氣。楚元帝只好做一次糊塗人，對南安侯之事，高高舉起，輕輕放下。

楚昭鈺看到元帝那幽深的目光，知道父皇心中的懷疑。的確，若南安侯坐實通敵之罪，無論誰都會懷疑是和他有關，他連忙點頭道：「父皇英明，自有聖斷，兒臣聽父皇的。不過，顏烈擅闖侯爵府，藐視朝廷命官，應該嚴懲。」

這種時候，退縮也不能退得太多，他越是一副理直氣壯要為外祖父討個說法的樣子，越說明他問心無愧。

「四弟，要不是顏烈去了一趟侯府，那南詔密探也不會被發現，說起來顏烈還有功呢。」楚昭業說道。

南安侯降爵，聽起來罰得重，卻沒傷什麼筋骨，真要按通敵罪論處，就算滿門抄斬也不為過。看來，在父皇心裡，對他們這幾個兒子都還在觀望，所以，捨不得打壓哪一個啊！既然父皇要做個慈父，那他們這幾個兒子也只能到此為止，不再多提了。

楚昭恒和楚昭暉自然也看出楚元帝的意思。南安侯府發現南詔密探一事，就到此為止，也不再多話。

「三哥，若照這麼說，以後都可以仗著勇武擅闖朝廷命官府邸了？太子殿下，您說呢？」楚昭鈺不服氣地辯駁，又直接問站在上首的楚昭恒。

楚昭恒說道：「顏烈是不是擅闖侯府，我們在這兒說也不算。不過，若他真的擅闖侯府，自然是有錯的，但他發現南詔密探又有大功。父皇，兒臣覺得，不如就功過相抵，不獎不罰？」

「楊宏文，你看呢？」楚元帝不置可否，轉向右邊問道。

幾個尚書站在右側，楊宏文這個御史中丞也赫然在列。

顏烈剛才就看到楊宏文了，一看到他那張不苟言笑的臉就暗暗頭痛，現在聽到楚元帝問他意見，頭更痛了。

「聖上，臣認為無心之功不為功，所以顏烈就算有功也不當賞！至於說擅闖，臣看南安侯和顏烈的說詞，也無法判斷何人的話可信。」

這話，看過南州來的奏摺的幾人，都點頭認可。畢竟陳侍郎的奏摺裡提到，他查訪過當日親見的百姓，都說沒看到顏二公子闖門，又暗示顏烈有功，幸好他們在侯府發現了南詔密探云云。

顏烈聽了，暗自欣喜。今日這楊二本是打算大發慈悲，放自己一馬了？

哪知道楊宏文看了他一眼，話鋒一轉，繼續道：「不過，就算顏烈此次未曾擅闖，但是防患於未然還是可行的。聖上若先賜他法典一部，讓他細細研讀，臣相信，有了御賜法典，顏烈必能成為知法守禮之人。」

顏烈一聽楊二本這建議，苦了臉。《大楚法典》開國時沿用前朝法典，經過太祖那代召集名儒和刑官一一推論，重新編撰謄寫，如今一共二十卷，堆起來厚厚一摞，能砸死人的。

大家一聽楊宏文這建議，倒是新奇，關鍵是不偏不倚，也不能說錯啊。

顏烈一聽，苦著臉叫道：「聖上，草民真的冤枉啊！南安侯府的門房可以作證，草民真的讓他們去稟告過啊！」

楚昭鈺哼了一聲。「難道南安侯冤枉你了？他說被你當街毆打，闖入府邸，侯府體面蕩然無存。」

「四殿下，您不能因為那是您外祖父，就逼草民認下這錯啊。他說草民毆打他，草民還說他毆打我呢！要不，請劉侯爺進京，讓太醫驗驗傷？」

楚昭鈺氣得仰倒。等外祖父進京，那傷還能驗出來？就算打斷的是骨頭，估計都要長好一半了吧？

顏烈看他不作聲，又對楚元帝求道：「聖上，草民真的冤枉啊，好歹我還抓到個南詔密探，這要在兩軍陣前，抓到密探可是一等功啊，您看那法典……」

楚元帝聽了他和楚昭鈺兩人的話，已是笑著搖頭，如今再聽他這話，笑著對顏明德說：

「明德啊，我記得阿煦當年可是文武全才，你可不能讓阿烈荒廢了。」

皇后顏明心是顏煦和顏烈的親姑姑，論起親戚來，楚元帝是他們的姑父，所以他有時也跟著皇后叫顏家幾個孩子的小名。

顏明德躬身道：「是臣教子無方，待回府去，一定督促他好好讀書。」

憑著抓密探的功勞，顏烈就算真闖了南安侯府，也沒法重罰，所以楚元帝樂得聽從楊宏文的建議。「楊宏文這建議好，朕准了！顏烈，朕賜你大楚法典一部，好好研讀，成為知法守法之人。」

「是！草民謝過聖上，一定不負聖上厚望，回府好好研讀。」顏烈不敢放肆，只能領旨謝恩。可臉上那苦意，每個人都能看出來。

早聽說顏大將軍的次子不喜讀書，果然如此啊。

「今日就議到這裡，你們都下去吧。」楚元帝看顏烈轉身要走，他倒想起一事。「明德，阿烈今年十四了吧？明年你打算讓他去玉陽關？」

顏家的男孩，從小等於是在戰場上長大的，到了十五歲，肯定要到軍中歷練。

聽到是問顏烈這事，這也算是顏家家事，幾個尚書、大臣紛紛告退。

其他人走後，顏明德回道：「回聖上，打算過完年，開春就送他去玉陽關，跟他哥哥一起歷練歷練。」

楚昭業插嘴說：「顏烈還年輕，大將軍真是忍心啊！何不讓他在禁衛軍中歷練，再到邊關呢？」

禁衛軍是天子親衛，也算天子近臣了。

楚昭業這提議，聽起來倒是好意，楚昭暉覺得他是向顏家示好，忍不住嗤笑一聲。「三弟，你為顏烈考慮得還真周到。」

楚昭鈺也覺得他是示好，暗自可惜，怎麼就沒把顏寧殺死呢？若是她死了，楚昭業再示好，也沒有指望了啊。

顏明德回稟道：「多謝三殿下好意。只是犬子無狀，還是讓他去邊關吃點苦頭，或許能長進些。」

看到楚元帝未再說話，顏明德拉著顏烈告退，幾個皇子也跟著告退離開，各自去辦差。走出勤政閣，顏明德走在前面，顏烈跟在父親邊上，老實地低頭，顯然在聽他父親訓斥。

楚元帝失笑地搖頭。撇開顏烈顏家人的身分不談，他倒是挺喜歡他的赤子之心。他的目光又轉向自己那幾個兒子們的背影，幾人離開勤政閣後，各自有禮地告辭分開，分道而行。

兄友弟恭？對皇家子弟來說，只是個美夢而已。

他漸漸老了，兒子們卻已經成年。太子楚昭恒身後有顏家，三皇子楚昭業身後有林家，楚昭暉和楚昭鈺背後的勢力單薄了點，也不會甘心罷手。

他當初是怎麼登上皇位的，還記憶猶新，自己的兒子們，也要開始廝殺了？

接到南州的奏摺後，他也曾懷疑，是不是一向膽小的秦紹祖也站隊了？

楚昭恒這個太子聲望漸起，其他幾個皇子們不甘心。太子趁著顏烈南下的機會，收拾一個無關輕重的南安侯，給楚昭鈺一個下馬威，順便也警告其他皇子不要覬覦太子之位？

南安侯府中死掉的南詔人，是真如南安侯自辯，糊塗任用了，還是他明知故犯、故意包庇呢？

看顏烈那樣子，他想顏烈發現這南詔人可能真是湊巧了。顏烈和顏寧，也算是他看著長大的，那性子還是有幾分瞭解。再說，那個南詔密探在南州隱匿多年，秦紹祖若知道早就抓了，哪可能等顏烈和顏寧到了再下手？諒秦紹祖還沒這個膽子。

劉瑩和顏寧鬧的兩齣也瞞不過人。南安侯那女兒不知天高地厚，偏偏遇上了更霸道魯莽的顏寧，顏寧本就是不肯吃虧的性子，顏烈一看到寶貝妹妹被欺負，當年連楚昭暉都敢揍，脾氣上來，哪管南安侯是什麼侯爺啊！

康保看楚元帝心情很好，換上一杯茶水後，湊趣地問道：「聖上，奴才等下就給顏二公子把大楚法典送去？」

「嗯，越早送過去越好。」楚元帝想到顏烈那張苦著的臉，難得有點惡作劇的心情。「就說朕說的，讓他好好看書，下次朕還要考他呢。」

「哎喲，那顏二公子非愁得白頭髮不可，估計他下次再也不敢魯莽了。」康保誇張地叫道。

「江山易改，本性難移，下次再有人挑釁，他還會照打不誤。顏烈啊，就是匹野馬，還護短；顏寧那不肯吃虧的莽撞性子，一半是顏明德寵的，還有一半就是她這兩個哥哥寵出來的。」

「什麼都瞞不過聖上的眼睛，南安侯，喔，不，南安伯，現在可能後悔死了。」

「哼！這麼多年，他們在南州坐井觀天，鎮南王府又沒人主事，南州就數他南安侯爵位高，以為天大地大，他南安侯府最大呢，劉喚不成材啊。」

說起顏寧，楚元帝想起陳侍郎奏摺所提到的，在迎接南詔使臣的接風宴上，瓊玉公主對大楚的誥命們無禮，還是顏寧綁了那女官，大大滅了南詔人的威風。當時陳侍郎以為是秦紹祖夫人王氏下令的，後來才知道原來是顏寧下的手，奏摺裡連著一起提了。

楚元帝覺得，顏烈也好，顏寧也好，在小事上胡鬧，但在大是大非上，還是明白人，就是性子野了點。

拍了拍有關南安侯的那份奏摺。陳侍郎還提到南安侯女兒劉瑩結交瓊玉公主，肆意逢迎，有失體統。

「劉喚自己不成材，也不知好好教教子女。」楚元帝說這話時，沒想過劉妃也是南安侯的女兒。

康保可不敢忘記，所以這話他不敢亂接，只笑道：「聖上英明，有了這次教誨，南安伯肯定受教了。」

楚元帝點點頭，想到顏寧在南州長了大楚威風，問道：「顏寧還在皇后那兒嗎？」

「在呢，今兒顏姑娘進宮請安，聽說帶了不少南州的土產給皇后娘娘。皇后娘娘長久沒見，肯定想念得緊。」

楚元帝當然知道，皇后對娘家這姪女很疼愛。「你去，把前幾日進貢來的那把玉劍給顏寧送去，就說她在南州做得好，這是朕這個姑父送她玩的。還有，她也不小了，像南安侯那個女兒的事，就該少搭理。玉器和石器碰，碰贏了不算有面子，萬一有個損傷，不是平白傷了玉質？」

「是，奴才這就送過去，皇后娘娘見了，也一定高興。」康保奉承地道，叫過一個小太監在邊上伺候，自己去送東西。

楚元帝這話要是傳出去，劉瑩可就不用做人了。顏寧既然是金玉之質，那劉瑩不就是瓦礫石塊？

顏寧在顏皇后那裡，收到了元帝的賞賜。她當著康保的面，打開匣子，拿起那把玉劍，那劍大概半尺多長，兩指寬度，玉質溫潤細膩，顯然是把玩之物，她嘟了嘟嘴。「皇姑父要賞我寶劍，也不給我一把削鐵如泥的，這把玉劍，只能擺著看看。」

顏皇后看她失望的樣子，笑道：「女孩子家，妳多少也文靜點。妳喜歡好劍，回頭讓恒兒去給妳找幾把。」

康保笑道：「聖上知道姑娘在南州的事，說姑娘雖然年幼，大是大非上很明白，聖上很高興呢。還特意交代奴才，說姑娘好比這玉劍，不要沒事去和石頭碰。」

顏皇后也聽顏寧說了瓊玉公主和劉瑩的事，知道楚元帝是褒獎顏寧，順便安撫她不要和劉瑩一般見識。

顏寧聽了顏皇后和康保的話，點頭稱是。楚元帝居然賞她，看來陳侍郎為她說了不少好話啊！

她一副慶幸的口氣。「我還以為綁了那南詔女官，回來皇姑父要罰我呢。早知道有賞，我把那人揍幾頓。」

「我的好姑娘，這種事哪要您動手呢？揍人這種事，您吩咐下面奴才去做就是了。」康保笑著叫道。

幾人說了幾句閒話，顏寧又從堆在顏皇后桌上的一堆盒子裡，拿出幾個盒子。「康公公，這兩盒是我二哥和我特意帶回來孝敬皇姑父的。」又拿了一個稍小的盒子。「這盒是給康公公的禮物。」

「奴才也有啊？謝謝姑娘記掛奴才。」

康保沒想到顏寧還送自己東西。這顏姑娘雖然沒架子，但是也不通世故，給奴才送禮的事，好像他這兒是頭一份？

他身為御前總管，當然不缺人送禮，但是，當著皇后娘娘的面，說有一盒是特意送他的禮，這份體面就難得了。

康保讓兩個小太監捧著幾個盒子，笑咪咪地走了。

顏寧看看天色近午，告辭離去。

顏皇后如今管著宮務，也沒以前閒了，囑咐顏寧沒事就多進宮來請安，便讓人送她離宮了。

回到家中，她聽說楊宏文提議，楚元帝賜了顏烈一部大楚法典，忍不住笑得打跌。

秦氏看她笑的，嗔怪地問：「是不是妳又攛掇妳二哥闖禍？」

「母親就冤枉我，怎麼是我攛掇的？」顏寧不服氣地說。「二哥拿了這賞賜，可以閉門讀書，將來進大理寺去做個推官算了。」

「什麼推官？我要是做了推官，就把妳嫁到蠻夷去，眼不見為淨。」顏烈聽到她幸災樂禍的話，叫了起來。

「哼！嫁哪裡，父親、母親會管的，你說了才不算呢。」顏寧撇撇嘴。

每次她這動作一出來，顏烈就被她氣得火冒三丈。

兩人鬧起來，王嬤嬤在後邊一會兒叫著「二公子小心」，一會兒叫著「姑娘別絆著」，秦氏也放下手裡的針線，滿屋子丫鬟婆子不知該站哪兒才不會被波及。

兄妹兩人正吵著，顏明德引著楚昭恒走進暖閣，大聲咳嗽一下，兩人才停下來。

太子楚昭恒進到暖閣，一屋子的丫鬟婆子連忙行禮。

「太子殿下來了！」秦氏連忙迎接。

「舅母，這裡又沒有外人，何必客氣。」楚昭恒虛扶，不讓秦氏行禮。

「太子哥哥，你終於來啦！」顏寧卻高興地叫著，丟開顏烈，跑過來。

「咳咳，像什麼樣子！還不給殿下行禮！」顏明德在邊上提醒。「君臣之禮不可廢，妳要是在外面也這個樣子，被人參個大不敬之罪怎麼辦？」

顏寧吐吐舌頭。「大不了我也抱一部法典回家。」又轉頭向楚昭恒行福禮。

一屋子人看她那福禮，都搖頭失笑，秦氏恨恨地數落。「明兒我就進宮，請皇后娘娘賜個管教嬤嬤來，好好教導一下妳的禮儀。」

這話秦氏經常掛在嘴邊，這麼多年也沒見來過一個管教嬤嬤，顏寧早不當回事了。

「太子殿下，要不就在此處看診吧？」幾人不再說笑，顏明德正色問道。

秦氏看楚昭恒點頭，轉頭叫過王嬤嬤，讓她親自去請孫神醫，自己帶著其他丫鬟退下。她臨行前猶豫了一下，看顏寧正興致勃勃地拉著她父親和太子，說她上午得到賞賜的事，也就不再叫她離開。

顏寧說到南州的事，就想起在珍寶閣買的那塊扇墜來，轉頭吩咐：「綠衣，妳快去把我在南州買的扇墜拿過來，就放在紅色盒子裡的那塊。」

綠衣一向是管顏寧大大小小物件的人，自然知道是哪塊，連忙去取來。

顏寧拿著那紅盒子，遞給楚昭恒。「太子哥哥，我特意幫你挑的禮物。你看這扇墜，上面這花紋特像荊河風景。這次去南州，我可見識到荊河、楠江是什麼樣了，等你身子好了，可以去玩，風景很好呢。」

楚昭恒打開盒子，裡面是一塊白底墨紋的玉扇墜，玉質普通，但是花紋的確像顏寧說的，就像一幅水墨山水畫，高興地收起來。「等回去我就換上。」

「大冬天的送扇墜，妳傻啊？」顏烈鄙視了一句。

看著兩人又要吵起來，顏明德瞪了眼睛。「你閉嘴！太子面前像什麼樣子！光看你說嘴，怎麼沒見你帶點禮物回來？」

顏烈聽到顏明德的話，要不是打不過，真想跟自己老子幹一架啊。難道他和顏寧一起帶回來的那幾車東西，都沒他什麼事？

楚昭恒做和事佬。「這個好看，夏天做扇墜，冬天我讓人打上瓔珞，又可以做玉珮，都能用。」

幸好王嬤嬤這時帶著孫神醫到了，在暖閣門口稟告道：「老爺，孫神醫到了。」

「好，快請進來。」

孫神醫穿著一身厚實的棉襖，外面又披了一件大毛披風，頭上還戴著護耳棉襖，整個像個圓球，鼻子還凍得紅紅的，一走進暖閣，被炭火暖風一熏，連打了幾個噴嚏。

有顏明德在這裡，顏烈和顏寧都不敢坐著，站到了顏明德身後，楚昭恒坐到客座上座。

顏明德請孫神醫坐下，知道他久在南邊，一定不慣北邊的嚴寒，連忙要吩咐人再加炭盆。

「不用了、不用了，炭火熏多了也不好。」孫神醫連連擺手。

顏明德才作罷，指著楚昭恒道：「神醫，這是我外甥，自小有寒疾，想麻煩神醫給調理一二。」

孫神醫進門時，就看到一個年輕人一身銀色錦袍，腰纏玉帶，頭上一支白玉髮簪。他坐在客座上首，臉上帶著平和微笑，一看就是氣度不凡。做大夫的，望聞問切慣了，都有一雙利眼。

楚昭恒雖然未穿宮中服飾，但是那身錦緞就非凡品，再加上進京之前，楚謨早告知孫神醫，顏家請他進京，就是為了給太子楚昭恒看診寒疾的，所以他知道這個年輕人必是當今太子楚昭恒。這太子爺聽說也病了多年，看著精神倒還好，尤其是臉上神色淡然平和，顯然是心胸開闊之人。

既然顏明德不說明楚昭恒的身分，孫神醫也不說破。「待老夫先把把脈。這位公子，請把手伸出來。」

楚昭恒伸出右手，孫神醫把脈片刻，卻是咦了一聲。「請換左手。」

待他把完左手脈搏，眼神驚疑不定地看了楚昭恒半晌。

「神醫，可是小可的病有何不妥？」楚昭恒笑問道。

「這位公子，你的寒疾深入臟腑，要排出得費些功夫，但要康復還是不難的。只是……」孫神醫沈吟片刻。「只是，我看你好像有中毒跡象，不知能否放點血，讓我拿回去細細研究一下？」

屋中已沒有其他人，顏明德、顏烈和顏寧聽說要放血驗毒，都是臉色凝重。

楚昭恒點點頭。「自然可以。」他以眼神示意顏烈。

顏烈讓王嬤嬤去準備一把乾淨的匕首，又備好金瘡藥、杯子等物，拿了進來。

孫神醫毫不手軟，拿起匕首在楚昭恒胳膊上劃了一刀，在空杯裡放了半盅血。看看王嬤嬤拿來的金瘡藥，很嫌棄地放在一邊，從自己的藥箱裡拿出一個藥瓶，給楚昭恒的傷口上倒了一些。他的藥止血效果真不錯，須臾之間，傷口的血就止住了。

楚昭恒看看自己的傷口，讚嘆地說：「神醫這藥止血有奇效，為何不多配點？要是邊關將士能作為軍中常備之藥，大楚將士或許能減少陣亡之人。」

的確，戰場上陣亡的將士，尤其是士兵，很多不是因為傷勢過重，而是因為失血過多而死。軍中的金瘡藥，止血沒有這樣快，傷口過大時，就算撒一把上去，可能血還是止不住。

孫神醫聽到楚昭恒的話，肅然起敬。「公子是個悲憫之人！不是老朽吝嗇這藥方，只是這方子裡有些配藥過於貴重，不是日常常備可用的。」

「孫神醫，」楚昭恒站起，長揖一拜。「神醫醫術過人，不知能否拜託您一事？」

「公子的病不用擔心，這毒待老朽……」

「不是為了小可的病。小可想拜託神醫，改進軍中金瘡藥的配方，增強止血療效，這是利國利民的好事！若是能成，那就是我大楚將士之福了。」楚昭恒抱拳鄭重拜託。

孫神醫一愣，沒想到楚昭恒聽說自己寒疾可治沒有狂喜，聽說自己中毒沒有憂心，反而心心念念邊關將士，也站起來鄭重地應道：「老朽必當效力！」

「如此就拜託孫神醫了。」楚昭恒聽了，高興地說道。

顏明德聽到楚昭恒的拜託，暗暗點頭。太子有此仁心，是邊關將士之福。但是想到楚昭恒除了寒疾沈痾，竟然還可能中毒，那心又重重提起。「孫神醫，我外甥身上的毒，您看……」

「這毒少見，老朽還不能確認，得拿這些血回去看看才知道。不過公子所中之毒不深，老朽斗膽猜測，下毒之人應該不是貼身伺候公子的，只能伺機下毒，毒量無法把握，所以公子還能活動如常啊。」

孫神醫這話其實有些僭越，畢竟他一個大夫，猜測下毒之人的身分總是不妥。只是聽了剛才楚昭恒的話，這樣的太子登基，才是百姓之福吧？他希望太子爺能不被人毒害，僭越也就僭越了吧。

孫神醫研究病理有為醫者的狂熱，將那半盅血小心放進藥箱，收好東西，告辭回客院去了。

暖閣中，除了炭盆中偶爾發出的噼啪聲，一時大家都無聲了。

還是楚昭恒最先回神。「我出來有些時候了，舅父，我先回宮去了。」

「好，殿下如今跟著聖上學朝政，務必萬事小心。」顏明德囑咐一句，又叫過總管，吩咐一隊家將護送殿下回宮。

顏寧沒想到，前世的楚昭恒難道是中毒而亡的？她想到汪福順提到華沐苑有楚昭業的人，只是不知這人是誰？

「太子哥哥，若是華沐苑的人可能信不過，搬到東宮時，不知底細的人都換了吧。」

「好，我知道了。」楚昭恒心裡也是這樣打算，想到明福的消息，他回身又道：「舅父，你們也要小心為上。」

顏寧看著楚昭恒走遠。剛才就聽顏烈說過南安侯被降為南安伯之事，他們還在感慨女兒懷孕就是不一樣，連帶南安侯都被從輕發落。此時再聽到楚昭恒的提醒，想到洪太醫之事，楚昭業想要幹什麼？唉，當務之急，還是先解了太子哥哥的毒，到底是什麼毒吧。

另一廂，孫神醫匆匆忙忙回到客院，門一關，就開始閉門研究，一連三日，連吃食都是小松送到房門口，他未出房門一步。

顏寧天天讓虹霓過來詢問，聽說孫神醫三天不見人。難道這是什麼奇毒嗎？

這日，顏寧又帶著虹霓和綠衣來到客院。

虹霓大聲叫道：「小松，你師父今日出來了嗎？我們姑娘來啦。」

「虹霓姊姊，妳又來啦！」小松抬頭看到她們，也叫起來。

「怎麼，嫌棄我來？昨兒吃我的糖果時，你可沒這麼說。」虹霓笑著戳了戳小松的額頭，手裡又拿出一把糖果來。小松喜得歡呼一聲，扔了藥材就衝過來拿。

孫神醫在屋內可能聽到顏寧來了，打開房門。原本精神矍鑠的老者，因為幾日辛勞，看著都沒那麼精神了。

顏寧上前問好。「孫神醫，聽說您幾日未出房門，又不休息，雖然為著我……我表哥的病，但是一張一弛，才是長久之道呢。」

「呵呵，妳可別說好聽的哄我，妳來還不是急著想知道到底是什麼病啊？」孫神醫和顏寧熟了，加上心裡又認定這可是自家世子將來的媳婦，說起話來，和旁人相比，少了幾分客套，多了點親暱。

顏寧也是爽朗性子，被說破了，也沒見不好意思。「您老知道還拆穿我啊？」

孫神醫心裡也有疑惑，招手道：「老朽剛好有些不解之處，姑娘也來看看吧。」

屋子裡，那半盅血被分裝到幾個杯子裡，也不知孫神醫放了什麼藥材，竟然有黑絲流轉。

「孫神醫，這些黑色的……」顏寧只覺有些驚懼。

「這就是毒藥。這種毒藥應該就是曾經很有名的『纏綿』，是遼東柳家家傳秘製之毒。

此毒不致死，但是若中毒深了，人就會全身無力、纏綿病榻，傳聞因為前朝一個寵妃就是中了纏綿抑鬱而死，柳家還遭了滅門之禍。老朽也是在前朝筆記上看到過紀錄，未能親眼見過。」孫神醫一口氣說到這裡，又說道：「此毒老朽已經研究很久，鎮南王爺也是中了這種毒。」

孫神醫見她對鎮南王爺中毒一事並不吃驚，猜想世子肯定告訴過她了。

顏寧斂眉細思。「鎮南王爺的毒，是不是王妃……」這個猜測有點離譜，但是王府裡人口簡單，鎮南王又纏綿病榻多年，顯然是中毒不輕，自然只有身邊人才能下手。

「世子也如此懷疑，但是沒法證實。其實老朽進京，還有一件事就是想找到纏綿的解藥，或者毒藥也行。只要拿到纏綿這種藥，老朽就能試試解藥配方。」

遼東柳家？難道與柳貴妃有關？

當年太子哥哥寒疾凶險，姑母急得病倒，當時，就是柳貴妃管理宮務，照顧湯藥的。

顏寧雙眼微瞇，一絲陰霾閃過。「孫神醫，您先看著，這毒我會告訴父親，請他查查的。」

「好！老朽也要再查查醫書。對了，妳家表哥的寒疾，若要斷根，也得費些功夫。」

顏寧點點頭。寒疾要斷根不容易，但是這種無形之毒，才是最要命。

若太子哥哥的毒是柳貴妃安排的，鎮南王爺的毒是韓王妃下的，那麼這兩人為何都有纏綿的毒藥？楚元帝是知道鎮南王中毒的情況，那麼太子哥哥的毒呢？他知道嗎？

顏寧想到要是楚元帝知情，只覺得後背一身冷汗。不會，他應該不知道，若是他默許，那麼現今太子哥哥身體康健了，他就不該高興！

顏寧安慰自己。從南安侯一事來看，楚元帝應該還想做慈父吧？算了，先不管他，還是得先打聽韓王妃和柳貴妃兩人之間，到底有何聯繫？

離開客院後，顏寧到了秦氏的主院。昔日她對達官貴人的後院一向不關心，只好來秦氏這裡打探。

秦氏正忙著選衣料，打算給家人做新衣裳，聽到顏寧的話，她頭也不抬地說：「鎮南王妃？現在的王妃韓氏是原來的側妃，王妃死了才扶正的。她是柳貴妃的遠親，好像韓氏的祖母就是柳家女，每年都會給宮裡柳貴妃送節禮。其實她也是多想，她生的二公子天生癡傻，世子之位再怎樣也輪不到一個傻子啊。」

秦氏在京中待了這幾年，交好的夫人不少，又時常到宮裡走動，聽到不少後院秘辛。

「妳今日怎麼會問起這閒話？往日不是最不願聽後院的家長裡短嗎？」

「在南州時聽到了些影兒，沒想到母親您都知道啊。」

「妳這孩子，不想說就不說好了，給我灌什麼迷魂湯。妳坐開點，別遮了光！」秦氏嗔怪地說著，趕她坐遠些。

第二十六章

在顏寧忙著打聽時，楚昭業正邀楚昭鈺一起喝酒。

楚昭鈺坐在三皇子府的花廳，看著面前一桌美酒佳餚，不知自己的三哥打著什麼主意？他們兄弟離宮建府後，只在各自入住府邸時相互拜訪過，這還是他第一次和楚昭業一起喝酒，以往飲酒，可少不了其他人作陪。

摸不清楚昭業的想法，楚昭鈺端著酒杯也不下肚，看著手中的玲瓏白瓷酒杯半晌，他笑道：「三哥，我們兄弟還真沒像今日一樣單獨喝過酒，你今兒有什麼喜事，要請我喝酒啊？」

「怎麼，沒有喜事就不能請四弟喝酒？」楚昭業臉上笑容不多，但是臉色看著挺溫和，還有一抹深切關懷。「我是想著喝酒的機會不多了，所以找四弟聚聚。」

「怎會不多？三哥要喝酒，隨時來我府上找我就好了。」

「四弟，有個消息不知你知不知道啊？」楚昭業也放下酒杯，傾身低聲道：「我昨夜接到消息，南安伯一家被滅門了！」

啪嗒一聲，楚昭鈺手中的酒杯掉到桌上，在桌沿骨碌碌轉了半圈，才「啪」的一聲，摔落在地，四分五裂。杯中的酒慢慢地流出，滲入花廳的地磚中。

「四弟，節哀啊！這消息你應該很快也會聽到。三哥覺得，與其聽別人說，不如由三哥告訴你，你說是不？」楚昭業關切地拍了拍楚昭鈺的手。

「是……」楚昭鈺想問是誰下的手，抬頭看到楚昭業那張臉，又將餘下的話嚥回去。「是，多謝三哥告訴我，我先告辭。若真是我外祖一家遭遇不幸，我也得為他們準備身後事。」

「四弟說得是，唉……南安伯一家兩百多口人，竟然無一人倖存，如今這世上，也只有四弟是他們的至親，能為他們料理身後事了。四弟，你可千萬保重啊。」

「謝謝三哥關心，弟弟我不敢不保重。」

「那就好，我送四弟出府吧。也不知南安伯得罪了什麼人，遭此大難？」這最後一句，楚昭業說得很感慨。

楚昭鈺看他一眼，急著離開。

南安伯劉喚雖然是他的外祖父，但是他從未見過，自然也沒什麼骨肉親情可言。但是，這幾年，外祖父在邊境走私所得，卻是他四皇子府最大的財源啊。

是誰，竟然要滅南安伯滿門？

腦中想起楚昭業說的那句「也不知南安伯得罪了什麼人」，南安伯囂張的性子，得罪的人自然不會少，但是，誰能在南州城內下手？

——顏家！難道是顏家知道南安伯派人對顏寧下手，鬧了一齣侯府抓密探的事，眼見父皇還不肯重罰，所以直接下手了？

三哥還說喝酒的機會不多了，難道顏家還敢對他下手嗎？自己乃堂堂皇子，就算他們知道是他指使南安伯，也只能認下才對。

不對，楚昭業為何要這麼好心提醒自己？

楚昭鈺性格最多疑，心裡拿不定主意，他索性入宮求見劉妃。

楚昭業目送楚昭鈺翻身上馬離開，連背影都看不到了，才笑著走回花廳。

看著花廳那一桌酒菜，楚昭業端起酒杯，慢慢喝了一口。「把這些撤下去吧。」

李貴應了一聲，叫了幾個人進來，把滿桌酒菜都端下去。

「爺，南州的人都撤回來了，全都布置好了，您放心吧。」李貴又輕聲回稟。

「嗯，還有汪福順，還沒消息嗎？」

「沒有消息，四殿下也在派人找他。」

「嗯，派人繼續找，不要驚動人。另外，顏府裡也派人去看看，也許落到顏家手裡了。」

李貴應是，心裡有點為難。顏府如今守得跟鐵桶似的，就算有三皇子府的人，也都是些外院打雜的，要打探消息可不容易。

楚昭業知道自己這四弟是個多疑的人，他聽了自己的話懷疑顏家，肯定也會懷疑自己的用心。

李貴這時又走進來回稟道：「爺，舅老爺來了。」

林文裕匆匆走進花廳，和以前相比，身形有些佝僂，臉上皺紋也多了幾道，頭髮更是有點花白。連喪兩子，白髮人送黑髮人，這種打擊還是讓他消沈了一陣子。

現在，他臉上帶著一絲掩不住的笑意。「三殿下！」

「舅舅，快坐。看舅舅這神情，是有好消息了？」

「三殿下，今兒濟安伯來找老臣，又提起想讓他家嫡女入三皇子府的事。」

楚昭業點點頭。濟安伯家的嫡女，好像叫劉琴吧？他不記得長相如何，不過，應該不會太差。

濟安伯聽到劉喚私通南詔的消息後，就日夜不安。他與劉喚合作，在南邊邊境撈了不少錢，如今劉喚一家沒了，四皇子未必靠得住，便想投到三皇子門下。

「三殿下，濟安伯在朝中還是有些故舊門生，這門親事落空就可惜了。」

濟安伯竟然不惜臉面，暗示女兒不求三皇子正妃之位，看來，他也知道南安伯被滅門的消息了。

「那就答應他吧。」楚昭業說出這句話時，只覺得說不出的意氣消沈。

當日，聽說顏寧和楚謨落入荊河時，他是既高興又失落，又大醉了一場，過了幾日，聽到顏寧無事的消息，竟是鬆了一口氣。

聽到她從南州回京後，他還在等待。她會不會只是前一陣子鬧脾氣，回京後，又和以前一樣來找自己？可是，這幾日在府中，她，依然沒有來。

三皇子正妃之位，看來要另外給人了！

劉琴其實從家世來說，做正妃也夠格，在京中千金中，她的口碑不錯。只是，聽到林文裕說濟安伯有意嫁女時，他莫名有些不甘心，就這麼拖著了。

幸好，濟安伯鬆口了，那就讓劉琴做側妃吧。

楚昭鈺離開三皇子府後，匆匆進宮，遞了牌子要見劉妃請安。

劉妃挺著大肚子，走進殿中。「鈺兒，今兒怎麼進宮來啦？」

劉妃繼承了家族的好相貌，又帶著江南柔弱之美，雙瞳翦水，兩彎籠煙眉，宜嗔宜喜。別看已經三十多了，容貌上絲毫不見老態，只平添了些少婦風情，如今她雖然挺著大肚子，可那身量還是窈窕。

「母妃，妳最近有接到外祖家來信嗎？」

「我待在宮裡，上次那信，不還是你帶給我的？」劉妃扶著腰走到主座坐下，微蹙了眉頭。「可是有什麼消息？」

「今日三哥找我喝酒，說……你們先下去！」楚昭鈺想張口，看到滿地的奴才，又急著趕人。那些宮女內侍自然都是有眼色的，慢慢退下。

劉妃的親信走到殿外，為他們母子守門。

「母妃，三哥說外祖家被人滅門了！」

「什麼？」劉妃驚得手中的巾帕落地，疾聲問道：「消息確實嗎？怎麼我們一點風聲都沒聽到？你快派人去打聽打聽啊！」

劉嗅雖然不成材，但他到底是自己的親生父親。父女親情，劉妃還是關心南安伯的。

一驚一乍，劉妃的肚子就有些不適了，只感到腹中隱隱作痛，她扶著肚子，不敢再動。

「母妃，可是不舒服？要不要傳洪太醫來？」楚昭鈺看劉妃摸著肚子，也擔心了。

劉妃緩過那口氣，感覺好一點了。「不要，你剛進宮來請安，後腳我就請洪太醫來，這不是招人閒話嗎？」

「你派人去打聽打聽，你外祖家的事……是不是真的。」劉妃還是關心這個，想起什麼又問道：「你說，會不會是你派人殺顏寧的事，被顏家知道了？他們不敢殺你這皇子，就殺你外祖一家？對了，汪福順有消息了嗎？」

楚昭鈺聽到汪福順三字突然一頓。莫非汪福順已經落入顏家手中？從這奴才嘴裡，他們知道自己安排暗殺之事？

「母妃，您先安心養胎，我命人去查查。我先出宮去了。」他不敢再和劉妃多說。

劉妃這胎，開頭還好好的，如今過了三月，照理說應該坐穩胎了，反而不安穩起來。

「您在宮裡也要小心些。」

「嗯，放心吧，母妃哪還要你教。你先去給你父皇請安再走。自己在外頭要處處小心，多帶些侍衛在身邊。」劉妃點點頭，囑咐道。

楚昭鈺離開皇宮時，天色已晚。今夜天色不錯，滿天星光照路，前幾日下的雪也化了，幾天太陽一照，地上也已乾燥。侍衛們打著燈籠，將楚昭鈺圍在中間。

北風寒冷，從領口直往脖子裡鑽，楚昭鈺暗暗後悔，早知道要這麼晚才回去，應該乘馬車出門才對，現在只得迎著寒風了。

馬蹄聲噠噠作響，在無人的夜裡傳出老遠。

四皇子府位於皇城周邊，皇城外面不許百姓閒逛，所以入夜後，這邊就沒多少行人。他帶著八個侍衛，心裡想著今日之事，一路打馬飛奔。

終於看到四皇子府的圍牆，沿牆再行片刻，就到府了。楚昭鈺呼出一口氣，手拉著馬韁，都有點凍僵了。

「殿下，小心！」楚昭鈺的侍衛長忽然叫了一聲，縱馬上前揮刀就砍。

「叮」的一聲，顯然是什麼飛鏢暗器被擊落。

其餘七個侍衛將楚昭鈺護到身後，手握刀柄一臉警戒。

楚昭鈺一人一馬貼在圍牆上，藉著燈籠的光看去，只見幾個角落裡，悄無聲息地冒出五個黑衣蒙面人。

那五個蒙面人只露出一雙眼睛，為首的黑衣人抬手，壓低嗓門喝道「上」。其餘四人一言不發，各自拔刀就砍上來。

「什麼人？這是當今四皇子，你們膽敢行刺！」楚昭鈺的一個侍衛呵斥道。

「殺的就是四皇子！」一個蒙面人回答。

另一個侍衛發出哨聲，顯然是跟皇子府中其他侍衛求援。但是，四皇子府占地不小，這裡雖然是皇子府的外牆，離皇子府大門還有一段路。兩邊都是高牆，無法翻越，估計府中大門那裡的侍衛，也聽不到求援的哨聲。

這五個黑衣人招式凶狠，完全是一副不要命的架勢。他們的刀法看著沒什麼門派招式，但是每次出刀乾淨俐落，招招都是取人性命的招數，好像是慣於搏命的。

四皇子府的侍衛們交上手後，只能慶幸這幾個人來勢雖凶，可貌似武藝一般。身手上，比起皇子府的侍衛，差了不止一截。

可是，四皇子的幾個侍衛，武功雖然都不差，但都是正統招數，講究一招一式，師出有名。他們架不住對方完全不要命、同歸於盡的架勢，所以雖然人數占優，武功也占優，還是很快就倒下三個，被砍落馬下，也不知是死是活？

領頭的侍衛長一邊對敵，一邊觀察敵人招數。看著看著便有些驚奇，這些人使的好像是軍中士兵的刀法啊。

這個侍衛長是見過禁軍操練的，記得當時他看到的招式，就是這幾人這樣，乾淨俐落，一擊致命。

「你們是禁軍？」侍衛長喝問。

「小子，你話太多了。」領頭的黑衣人不回他的話。「知道太多，死得快！」

黑衣人話雖囂張，但是他們也受了傷，那圍攻的架勢明顯就弱了不少。

「殿下，走！」侍衛長忽然叫了一聲。

原來是黑衣人的包圍圈忽然被撕開了缺口。

其中一個黑衣人被一侍衛踢翻在地，眼看侍衛在馬上就要揮刀砍下，另外四人上前相救。倒地的黑衣人還挺靈活，就地一滾，離開了危險之處。

原本五個蒙面人是前後各兩人，中間一人，行成圍堵的架勢。這一受傷，堵在前面的黑衣人衝向侍衛們的包圍圈，倒是將他們自己的包圍圈開出了一個缺口。

「殿下，您先走，小的們斷後。」侍衛長看到黑衣人包圍圈的缺口，機不可失，抽了楚昭鈺的馬兒一鞭，讓他快跑，自己則轉身攔住一個作勢要追的黑衣人。

黑衣人看楚昭鈺要跑，也叫道：「公子吩咐過，別讓他跑了。」

其他幾個黑衣人應聲，可追的動作慢了些。

侍衛長看到楚昭鈺已經騎穩，而且往前衝出一個馬身，鬆了口氣。

只要馬兒跑起來，四殿下就沒事了，畢竟這些黑衣人難道跑得過馬？

眼看著楚昭鈺已經打馬，也不知四皇子是今日注定倒楣還是怎麼了，那馬兒不知發生何事，一聲嘶叫，前馬蹄忽然跪地，猝不及防之下，楚昭鈺直接從馬上滾下來。

「殿下！」離楚昭鈺最近的侍衛連忙下馬扶起，其餘四個侍衛也只好翻身下馬，擋在楚昭鈺身前。

侍衛長暗暗叫苦。這幾個黑衣人明顯是長於平地對戰的，侍衛們騎在馬上，他們還能從下往上攻打，算是占了點地利。這一下馬，就只能繼續近身肉搏了。

那五個黑衣人互相對視一眼，眼神中也有著驚奇，動作有了片刻遲疑。

好端端的騎馬都能摔？這是不被殺都不行了。

「你們跑不了了！」為首的黑衣人向其他人打了個眼色，嘴裡吼著，舉刀衝上前。

他揮刀之間，懷中滾落一物。

這人身材較其他人魁梧，刀法倒也強悍。有他帶頭，其他四個蒙面人也衝上來。

五個侍衛對上五個蒙面人，又打作一團。

混亂之中，楚昭鈺「哎喲」一聲慘叫，手臂上被砍了一刀。

這時，巷子前面，隱隱有火光和人聲傳來。

領頭的蒙面人看了看前面，叫了一聲「回府」，其餘幾個立時不再糾纏，回身往巷後跑去。

剛才打鬥中，燈籠火把都滅了。

這時，四皇子府外這條巷子裡，左右兩邊都是高牆，藉著天上星光，能隱隱看清前面幾步遠的路。

眼見那五個黑衣人往巷後跑去，四皇子府的侍衛們都鬆了口氣，沒人起身去追。他們暗自直呼僥倖，那五個黑衣人武藝不行，可耐力好，要是還不要命地打殺過來，自己幾個可擋不住。

「咦？什麼人？」沒想到蒙面人跑的那方向，竟然有一夥人過來，好像正好和黑衣人迎面相遇。

「穿著一身烏漆墨黑的，還蒙面，肯定不是好人！」那人看到這五個黑衣蒙面人，叫了一聲。「拿下這些刺客！」

侍衛們只見剛才那幾個黑衣人又退了回來，連忙提刀警惕。

剛才喊有刺客的人，從後面騎馬趕上來，離黑衣人還有丈把遠時，竟然棄馬，縱身從馬上撲下來。他顯然不是一個人來的，隨著他這一聲叫，後面又傳來幾個腳步聲。

「快上啊！抓住這五個蒙面人！」

「看住了，別讓他們跑了！」

「左右注意，不要讓他們上牆！」

那幾個隨從嘴裡叫著，各自站位，手裡拿著燈籠、火把，將黑衣人團團圍住。這些人訓練有素，一下就堵住幾個出口。

五個黑衣蒙面人看毫無逃跑空隙，喊了一聲：「找死！少管閒事，知道我們是誰嗎？」

「拿下了，不就知道了？」剛才從馬上撲下的人笑道，聽聲音，只是個少年。

楚昭鈺此時聽到來人的聲音，感覺耳熟，定睛一看，這不是顏家的顏烈嗎？

顏烈也看到了楚昭鈺，驚訝地問：「四殿下，怎麼是您啊？您遇刺了？」

他嘴裡問著，手上是一點也沒閒著。只見他一個劈手，將一個黑衣人的刀給奪過來。

看那樣子，他是出門閒逛的，看他帶來的下人，也都沒帶刀槍兵器。有人撿了地上的兵器用，有人索性赤手空拳與黑衣人對打起來。

顏家人的身手，都是沙場上搏命的招式，簡單、俐落，也致命。

孟良和孟秀也在其中，一手提著燈籠，一手對敵。

剛才還擺出拚命架勢的五個黑衣蒙面人，此時已經無心應戰，只想趕緊離開，可是顏府的人將他們的退路都堵死了。

「嘿，還敢冒用軍中的刀法！」孟良叫了一聲。「給你看看正宗的。」

他單手拿刀對敵，幾個劈砍，硬是把雙手和自己對敵的黑衣人給砍退幾步。

「手軟得跟軟腳蝦似的，沒吃奶啊？」孟秀也取笑對陣的人。

其他顏家人都哈哈笑起來。「看這慫樣，還冒充軍人？」

「是不是本來的招式更差啊？」

「哪兒偷學的花架子，出來丟人現眼？」

聽他們這麼說，餘下的皇子府侍衛們也看出不同了。

不怕不識貨，就怕貨比貨。顏家這幾個隨從，用的招式，粗看和黑衣人的一樣，都是軍中士兵慣用的刀法，但是顏家人使出來的招式，明顯力大、手穩、刀準，出刀必是見紅才退，搏命架勢比黑衣人的氣勢強多了。

四皇子的侍衛長，顧不上慚愧自己剛剛看走眼。他看顏家人擋住了黑衣人，再看看四皇子手臂上的傷，連忙拿出金瘡藥，又撕下一塊布條先綁著。「四殿下，我們走，屬下先送您回府！」

「哎呀，小心！」背後，顏烈發出一聲大叫。

侍衛長轉身一看，顏烈和一個黑衣人竟然打到他身後。也不知顏烈是腳下打滑還是怎地，一個踉蹌，竟然沒架住一個黑衣人的刀，那刀子直向著楚昭鈺而來。

侍衛長連忙想要舉刀挌開，顏烈的刀好死不死居然撞上他的刀鋒，硬是將他的刀撞開半寸。

「啊！」楚昭鈺發出一聲慘叫，黑衣人的刀就這麼落在楚昭鈺的大腿上。

要不是這時顏烈的刀往上一挑，將黑衣人的刀又挑開，估計他這條腿就得廢了。

楚昭鈺身為鳳子龍孫，平日哪曾直面過生死，更何況是這種刀傷？這一刀下去，痛得慘叫不斷。「我的腿！」

「四殿下放心，只是皮肉傷，腿沒斷！」顏烈看了一眼，又對還愣著的侍衛長說：「還愣著！快幫你們四殿下包紮啊，沒看到我們在抓刺客，還不扶著你家殿下躲遠點！」

你奶奶的，我就是想扶著殿下躲遠點啊！侍衛長的心裡一陣亂罵，可嘴上卻不敢說出一個字。不說顏烈是顏大將軍之子的身分，就是眼前，萬一顏烈被他氣走，四殿下的安全誰來管？

他忍氣低頭，查看四殿下大腿上的刀傷，幸好真的只是皮肉傷。

其餘幾個侍衛看這場廝殺，沒自己這些人的用武之地，眼看自家殿下又受傷，連忙過來照顧。

「小心！小心，快閃開！」孟良的聲音響起，一個燈籠向一個侍衛飛去。

那個侍衛看到一個紅彤彤的圓球向自己飛過來，本能地一偏頭，那燈籠掉在楚昭鈺邊上，火苗嗖地一下竄起，將楚昭鈺的衣裳燒著了。

「火！火！」楚昭鈺又是一通慘叫。

侍衛們手忙腳亂地拿手撲滅火，也顧不上會不會拍到殿下的傷口。等楚昭鈺身上的火撲滅，胳膊上、腿上包紮的傷口又裂了。

那五個黑衣人看走不脫，為首的黑衣人叫道「拚了」。他挽了個刀花，刀勢明顯與剛才不同，哪還是剛才與四皇子府侍衛們對陣時的身手？

連顏烈都顧不上其他，繃緊臉，嚴陣以對，專心對敵了。

四皇府的侍衛看到黑衣人這樣子，面面相覷。要是早露出這武功，剛才他們幾人都得被砍死，敢情剛才人家對他們這幾個是手下留情？

他們不知黑衣人什麼意思，也不敢掉以輕心，只能將楚昭鈺團團圍住。

不過，也不知是黑衣人武功太高，顏家幾人一時拿不下，還是顏家的下人一直這麼粗心大意，饒是五個侍衛小心護衛，戰火還是不時會波及到自己這邊，進而波及到楚昭鈺身上。

可憐的楚昭鈺，真是避無可避啊！

這時，前面亮起的火光終於飄近。

「靜思，是不是你們啊？」一個大嗓門喊道。

來的這群人，為首的是兩個年紀和顏烈相仿的少年。原來是武德將軍府上的公子，大公子周玉昆，二公子周玉侖，他們兩人和顏烈一向是同進同出的兄弟。

「這是怎麼了？這些人是誰？」他們看見倒在地上的楚昭鈺，又看看正和黑衣人對敵的顏烈，問道。

「這五個黑衣人是刺殺四殿下的刺客！」四皇子的侍衛長大聲答道。

周玉昆和周玉侖一聽是刺殺皇子的刺客，就要上前幫忙。

顏烈叫道：「你們別幫忙，我要拿下這些刺客！」

侍衛長很想說「快點去幫忙，快去」，可是，沒人聽他的啊。

周玉昆和周玉侖看顏烈跟黑衣人對陣還遊刃有餘，也就堵住巷口後，看著顏家眾人和黑衣人較量。

那五個黑衣人看到又來一群人，向巷尾方向全力突圍。

誤傷終於沒了，楚昭鈺已經痛暈過去兩次。第三次幽幽轉醒，終於看到黑衣人被打翻在地，不禁鬆了口氣。

周家兄弟看了一會兒，怪叫道：「靜思，去南邊一趟，人也變文弱啦？居然還拿不下這種貨色。」

另一個叫道：「要是不行，不如你閃開，我幫你拿下？」

「誰說的！」顏烈被這話一激將，手下也是刀法一變，狠戾非常。「快，你們都加把勁，別讓人看扁了！」他一邊打，還一邊對其他顏府的人叫道。

為首的黑衣人眼看逃生無望，張嘴叫了一聲：「我……」話沒說完就被顏烈一刀拍在臉頰上。

顏烈順勢刀往下抹，直接割了喉嚨，一道血柱噴出，黑衣人倒在地上，直接斃命。

五個黑衣人死了一個，其餘四個都留了活口。

「都綁起來，綁起來！」顏烈下令道。「等會兒送官府去！反了他們，京城裡直接殺人！」

孟良和孟秀應聲，讓人拿繩子將他們一一綁了。

顏烈和武德將軍家的兩個公子打過招呼，三人一起走到楚昭鈺身邊，上下打量一眼，兩位周公子關切地問道：「四殿下，您還好吧？」

楚昭鈺心裡疾呼：還好？你們不會看嗎？我一點都不好！

顏烈還好心提醒道：「刀劍無眼，君子不立危牆之下，下次碰上打鬥，四殿下一定要離遠點啊。您現在能動嗎？要不先抬您回府？」

楚昭鈺聽到顏烈的話，更是氣得哆嗦。躲了啊，我躲了啊！可是，你放我躲了嗎？剛才只有四皇子府的侍衛和黑衣人對打時，他也就滾下馬受了點擦傷，混戰中手臂被劃拉一刀。自從顏烈帶人和黑衣人對打後，他大腿、背上、胳膊上全是傷，還被火給燒傷一塊。可是顏烈到底是救了他的命，他只好忍氣道：「還好，顏烈，多謝你帶人救我一命。」

「嘿嘿，殿下沒事就好。」顏烈嘿嘿一笑，又問道：「四殿下，這幾個人怎麼辦？」

楚昭鈺看了幾個黑衣人一眼。「送到大理寺去！讓他們嚴加審問，到底是什麼來路。」

「好！孟秀，你帶幾個人把這幾個兔崽子送到大理寺去！對了，四殿下，您這裡也去個人吧？」

「好，你跟著去吧。」楚昭鈺看了看自己的幾個侍衛，指了個受傷最輕的侍衛吩咐道。

孟良這時撿起地上的燈籠，一不小心撲通一聲，燈籠竟然掉地，他連忙彎腰撿起來。

「孟良，就打這麼會兒工夫，你就手軟啦？連個燈籠都拿不住。」周玉昆嘲笑道。

顏烈可看不得自己人被嘲笑。「人有失手，馬有失蹄，你上次不還從馬上摔下來過？」

「我那是被你暗算下來的！」周玉昆一聽這丟臉的事，叫了起來，讓人以為自己好好騎馬都能摔下來，那自己這武將之子的臉往哪兒放啊？

「咳咳。」楚昭鈺的侍衛長咳嗽兩聲。兩位，四殿下還受傷躺在這兒呢！

顏烈轉頭看他。「你喉嚨傷了？」

還是周玉侖有眼色，跟他哥和顏烈道：「四殿下的傷得快點看太醫。」顏烈才一副剛想到的樣子，對楚昭鈺說：「四殿下，您怎麼樣？我們送您回府？」雖然不見得還有刺客，但是安全為上，多些人護送，總還是好的。

那個侍衛長看顏烈終於回過神，知道問起殿下的情況，看他們那架勢，他還以為顏烈打算和武德將軍家的公子鬥上半天嘴呢。

「好，有勞了！」楚昭鈺也和侍衛長一樣的心思，畢竟若是顏烈一行人走了，再竄出幾個刺客來，自己可不一定還有命在。

「靜思，你怎會如此湊巧經過這地方啊？」楚昭鈺被兩個侍衛拿擔架抬著，問道。

「我要去周府，就想穿個近路，沒想到就撞上了。」四皇子府外的這條巷子，的確是到武德將軍家的近路。

只是一般人哪敢在這權貴雲集的巷道亂竄，也就只有顏烈、周玉昆這樣的世家子弟。

周玉侖在邊上解釋道：「我們兩個在家等你半天不來，怕你路上摔了，就來接你。沒想到湊巧，看到四殿下您了。」

楚昭鈺也笑了。「幸好有這巧合，不然我可沒命了。」說話間不小心拉到腿上的傷口，痛得嘶了一聲。

顏烈和武德將軍家兩個公子，將四皇子送到他府上的大門口，四皇子府的奴才侍衛一看自家主子受傷，連忙抬了進去。

顏烈婉拒了楚昭鈺的邀請。「今日就不打擾了，等四殿下您康復，哪天請我們喝酒好了。」

「好！今晚多謝了，下次一定擺宴謝你。」楚昭鈺也只是客氣一聲，他哪還有餘力陪客，這一路忍痛，就花了他大半的力氣。

看著楚昭鈺被抬進門，周玉昆走到顏烈身邊。「這是怎麼回事？」

他弟弟沒說假話，今日原本就與顏烈約好要一起去郊外跑馬，結果他們兄弟兩個苦等到下午，顏烈派人來說「家裡有事，不去了」，兩人也不在意。

剛才卻是墨陽匆匆忙忙趕到他們府上，說自家公子遇上麻煩，請他們兩個去幫個忙。

在京城，顏烈能遇上什麼麻煩？不對，應該說，在京城，顏烈本身就是麻煩！

他們兩個以為顏烈是要和人打架呢，連忙點起幾個下人，就匆匆趕過來。

結果，打架倒是打架，卻是在幫人抓刺客！

「就是碰上了，沒事。晚了，我先回家去，明天再去騎馬啊！」顏烈擺擺手，直接帶著人，往來時的路上走了。

周玉昆和周玉侖對視一眼。這讓自己兄弟倆跑這一趟，到底幹麼啊？

兩人拿顏烈沒辦法，總不能揍他一頓。要說揍，以前也揍過，可他們兄弟兩個打一個，還是輸了啊，想起來就丟臉。

兩人只好自認倒楣，帶人回家了。

四皇子府的人將楚昭鈺抬進房裡，連忙著人去請太醫。

楚昭鈺躺在床上，心中轉了幾個猜測。

作為皇子，在宮中成長不易，誰沒遇上過生死攸關的意外？但是，真刀真槍的刺殺還是第一次。

剛知道南安伯被滅門，現在又來殺他，難道是顏家的報復？不會，若是顏家，顏烈就不會救自己。不是的話，那就是那幾個兄弟安排的了？是楚昭暉還是楚昭業？

楚昭恒被他排除在外。因為他已經是太子，自己壓根兒還沒什麼威脅。

還有自己的侍衛長說那幾個人冒用軍中的刀法，這是想幹什麼？為了隱藏身分？

這時跟著去大理石的侍衛，神色有些緊張地回來了。

「怎麼樣？人交到大理寺了嗎？」楚昭鈺吃了這麼大苦頭，要不是爬不起來，真想親自去看審問。

「殿下，人剛到大理寺門口，就……就全都死了。」那侍衛越說聲音就越低。

「什麼？全死了？一個字都沒說？」

「是的。」那個侍衛低頭。

楚昭鈺恨恨拍了一下床板，牽動傷口，又發出了痛呼。

這時，宮中兩個太醫趕到，兩人解下四皇子身上包紮好的傷口，抽了口冷氣。

四殿下這是受了酷刑嗎？刀傷、棍傷，竟然還有燒傷。

顏烈心情很好地回到家中，剛走進家門，墨陽就等在那裡了。

「二公子，您可回來了，姑娘在您院子裡等您哪。」

「孟良、孟秀，走，你們兩個跟我進去，其他人先回去歇著吧。」顏烈一聽顏寧等著，便叫上兩人，到自己的松風院去。

果然，顏寧已經等得有點不耐煩，看到他們回來，直接問道：「二哥，怎麼樣？救下了嗎？」

「寧兒，妳可真神，救下了。他們果然不想殺人，還好我們去得及時，不然楚昭鈺就要跑了。」

他這話說得矛盾，顏寧卻是明白了。今日，他們也收到消息說南安伯府被滅門，又聽說楚昭鈺從三皇子府離開後就進宮去。

顏寧就說楚昭業可能要殺楚昭鈺，讓人盯著皇宮，一聽說楚昭鈺從宮裡出來，就讓顏烈帶人去四皇子府附近待著，還特意囑咐，若是刺客要殺人，保四皇子活命。若是刺客無心取楚昭鈺性命，那就造成要取他性命的假象。總之，務必要讓四皇子親眼目睹，他欠了顏烈救命之恩。

顏烈聽說刺客可能放水不殺楚昭鈺，還覺得不可能，現在卻是大呼慶幸，他到的時候，黑衣人已經放水，楚昭鈺已經上馬要跑了。

這要是讓他跑了，自己這群人不是白忙活？所以他掏出兩個銅板，把那馬的馬腿給打了。

「寧兒，妳怎麼知道楚昭鈺會遇刺？」

「因為有人想嫁禍於人，讓我們替他揹黑鍋呢。」顏寧撇撇嘴。

楚昭業最喜歡這種嫁禍於人、禍水東引的事了。

「難怪妳要孟良他們說那些話。還別說，那五個人學的軍中招式，挺像那麼回事的。」

孟良掏出地上撿到的東西，遞了上來。「姑娘，那些黑衣人還在地上留下這個。小的拿回來了，四皇子府的侍衛們沒注意到。」

顏烈和顏寧一看，孟良手上拿的是顏家家將的腰牌。

顏家的腰牌，用烏木打造，一面寫著顏府，另一面則是人名，這塊腰牌上赫然寫著「孟秀」的名字。

「什麼！竟然敢冒充我！」孟秀一見，哇哇大叫。

顏烈仔細想了一下，被自己砍死的那個黑衣人，身形還真和孟秀有幾分相似。「幸好抓住了，不然真說不清了。」

顏寧拿著烏木腰牌，在手中掂了掂，對孟良和孟秀說：「你們現在就去知會管家一聲，讓他將府中的對牌、每個人的腰牌都查看一下，若是有遺失的都趕緊記錄。若是我父親詢問，就說是我的吩咐。」

孟良和孟秀領命退下去了。

顏烈想想，覺得很不甘心。「寧兒，這事就這樣啦？」

「當然不會，二哥，你等著吧。」顏寧肯定地道。「這次，我要楚昭業搬起石頭砸自己的腳。」

第二十七章

第二日，元帝大為震怒，在早朝上發了好大一通火。

大理寺稟告四皇子楚昭鈺在府外遇刺，刺客們卻都毒發身亡，一點口供都沒留下。

「你們大理寺是幹什麼吃的？歹徒在京城行刺殺人，竟然不知捉拿？」楚元帝將奏摺扔到大理寺卿面前，怒聲喝問。

大理寺卿不敢辯駁。其實，京城裡有歹人，不止他們一個衙門的事啊！可是，楚元帝盛怒之下，誰敢亂說話？大理寺卿只好俯首先認罪。

然後，南州的奏摺一上來——南安伯府被人滅門！

火上澆油，楚元帝更加發火，把南州的官員罵了一通，秦紹祖他們幸好沒站在金鑾殿上，不然又是一通磕頭認罪。

朝臣們覺得南安伯這一家子真是倒了大楣，先是從侯爵降為伯爵，現在乾脆被滅門，也不知劉喚攤上了什麼事，讓人無法容他。

楚昭業聽到南安伯府被人滅門、無一活口時，卻驚異地看了楚昭恒和顏明德一眼。

怎麼會沒有活口？明明吩咐了啊。

楚昭恒和顏明德自然面色如常，看不出什麼。

楚元帝發完火，吩咐陳侍郎作為欽差，繼續同南州州牧秦紹祖一起查南安伯府滅門之事。至於大理寺這邊，則讓他們全力追查黑衣刺客的身分。

等安排完後，楚元帝又大大褒獎顏烈一番，誇他武藝精湛、少年英勇，若不是他，昨夜自己的四子可要沒命了。聞言，顏明德自然謙遜了一番。

「父皇，顏烈英勇有為，應該獎賞才是啊。前次您不是提到顏烈從軍之事，不如就讓顏烈做禁軍校尉？」楚昭業提議道。

「三殿下過譽了。犬子生性魯莽，臣還打算讓他去軍中從普通士兵做起呢。」顏明德連忙辭謝道。

「做普通士兵，那也太屈才了。回頭讓顏烈來見朕。」楚元帝總算露了點笑容。

顏明德只能答應。

楚昭業含笑看了顏明德一眼。對顏家人來說，當然不願在京中任職，但是，父皇應該會願意的。

這一個早朝，就在楚元帝的怒火高壓下過去了。

下朝後，楚元帝將楚昭恒等三個皇子召進勤政閣，明裡暗裡話語敲打。他和楚昭鈺一樣，覺得有可能是其他幾個皇子們派人下的手。

楚昭業提議道：「父皇，刺客雖然死了，但是人過留影，仔細查找總能找出蛛絲馬跡。」

「嗯，朕已經讓大理寺好好盤查了，你們也該去探望一下昭鈺才是。」

見楚昭恒帶頭答應，楚元帝揮揮手，讓他們退下。

這三個兒子，提起楚昭鈺的傷勢時，都是一臉真誠，可誰知道這種真誠是真是假呢？皇家人，本就是善於戴面具說話的。他按了按額角，感覺有些頭痛。

康保看楚元帝精神有些不濟，讓人送上一碗安神茶。

「聖上，劉妃娘娘聽說南安伯府被滅門，四皇子受傷，一時傷心過度，暈過去了。」內宮中一個奴才匆匆進來稟告。

「是誰將消息告訴劉妃的？」楚元帝氣得一拍桌子，深吸了一口氣。「吩咐太醫，要幫劉妃好好調養。」

康保連忙讓那個奴才退下，讓人去叫洪太醫給劉妃看診去。

顏明德回到家中，就將顏烈和顏寧叫過來詢問。待看到顏寧拿出在刺客打鬥現場撿到的顏府腰牌時，他倒抽了一口冷氣。

「寧兒，妳昨晚讓管家查腰牌，就是因為這個？」

「是的，父親。管家已經查過，府裡就孟秀的腰牌不見，正是孟良撿到的這一塊。」

顏明德暗自慶幸，要不是昨夜顏烈帶著人抓到刺客，這可真是跳進黃河洗不清了。楚元帝雖不至於就此殺了顏家上下，但是，他要是疑心太子，疑心顏家……

帝王的疑心，最是可怕。

顏烈看父親一臉慶幸又欣慰地看著自己，說楚元帝今日當著滿朝文武盛讚他，不好意思地低下頭。

聖上要是知道，自己昨夜抓賊時，還讓四皇子多次被誤傷，不知會不會捶自己啊？還有老爹，會不會將他禁足？算了，老人家們年紀不小，不刺激他們了。

顏明德又問顏寧。「寧兒，這事妳看是何人要陷害我們顏家？」

「父親，肯定是三皇子。寧兒說了，就他最有嫌疑。」顏烈脫口而出。

顏寧也點點頭。

「三皇子是容不下我們顏家了？」顏明德喃喃自語。

「父親，只要太子哥哥還是太子，顏家又不能為他所用，三皇子肯定容不下我們顏家的。」顏寧冷聲道。

「那南安伯被滅門之事，妳看……」

「必定也是他的手筆。」顏寧肯定地道。

好狠的心啊，那可是幾百條人命哪！而且，楚昭業竟然私下豢養殺手？

顏明德看女兒如此肯定，點點頭。「此事不能瞞著太子殿下，我這就將此事告知殿下。」

顏寧點頭，目送父親離去。

顏烈興高采烈地拉著她說話，看她神情快快的，以為她昨夜睡不好，連忙趕她回去歇息。

顏寧慢慢離開書房，低頭，看著自己的一雙手。

這雙手上，又添上了兩條人命。南安伯府被滅門時，其實還有阮氏和劉瑩兩個活口。她們兩人都受了傷，但是還不致死。

秦紹祖和陳侍郎詢問時，兩人閉口不答，只叫著要進京鳴冤告御狀。

楚謨留在南州的人，火速將這消息送進京城。她接到消息後，立即回信，讓他們將阮氏和劉瑩都殺了。

也只能說楚昭業謹慎過了頭，若是不玩故弄玄虛這一手，直接讓阮氏和劉瑩攀咬顏家，那倒麻煩了。

幸好，楚謨的人及時動手。

若是讓她們兩人進京，御前說是顏府挾私報復，再提到汪福順，然後，又有四皇子在府外遇刺，現場撿到顏府的腰牌，那個刺客的身形又和孟秀相似……那麼，顏家才真的是跳進黃河都洗不清了。

阮氏和劉瑩雖然可惡，但是罪不至死，可是不殺了她們，倒楣的就是顏家。

陳侍郎和秦紹祖看人已死，只當是刺客回頭再次下手，最多也就認個保護不力之罪。

顏寧慢慢地走回薔薇院，坐回書桌旁，抽出桌上的信看了起來。

這信是今早楚謨派人送來的，在信裡，他居然花了一頁多紙，細細寫了阮氏和劉瑩如何打殺府中無辜丫鬟、如何欺軟怕硬。

看著看著，顏寧失笑了。

這人是覺得她會內疚，所以寫信安慰她，告訴她，阮氏和劉瑩死有餘辜嗎？剛才心中的那種負罪感，好像真的減輕了。她忍不住笑了笑。

第二頁、第三頁紙上，楚謨寫了軍營中如何辛苦、如何無趣。這人真是，打仗就該好好打仗，還無趣？

從南州傳來戰報，楚謨帶著大楚軍隊，與南詔作戰節節勝利。楚謨雖然第一次帶兵，但用兵詭譎，讓敵軍防不勝防。

南詔國內天災人禍，軍心又不穩，南邊的戰事，很快就要結束了吧？

想到南州，想到楚謨，顏寧又想到了鎮南王的毒——纏綿！

孫神醫這些時日日夜翻書，但是沒有醫書提到此毒解法。等她拿到纏綿之毒，孫神醫調出解藥後，就當是還楚謨的人情吧！

顏寧高興的事，就是楚昭業憤怒的事。

楚昭業回到府中，召過南州回來報信的人，一一詢問，確定阮氏和劉瑩是活著的。他的人以救命之姿將她們帶出，又傳了他的話，說南安伯一家是因為暗殺顏寧，被太子和顏家懷恨，才被滅門的，證據就是汪福順在他們手裡，還承諾若是她們進京告御狀後，楚元帝必定憐惜，或許會讓劉瑩成為哪個皇子側妃也不無可能。若是不進京御前告狀，在南州有秦紹祖在，她們就是死路一條。

這母女倆自然相信，為了活命，連忙答應要進京告狀。隨後，那幾人安排她們被陳侍郎和秦紹祖的人發現搭救。

一切水到渠成，就等進京後，大戲開場。

沒想到，這母女倆居然死了！理由竟然是傷重不治！壓根兒就是些皮肉傷，怎麼可能傷重不治？到底是哪裡出了岔子？

太子楚昭恒和顏明德，他自問還是有些瞭解的，這兩人都不笨，但是不夠心狠手辣。

昨夜刺殺楚昭鈺的刺客又被擒獲，他特地派人去大理寺打聽過，刺殺現場除了一些兵器血跡，別無他物。

他去四皇子府探望時，太醫正在診治。

經過昨夜那一場，楚昭鈺相信顏家不知道他曾安排人暗殺過顏寧。他親口證實，顏烈帶著孟良、孟秀還有顏府中幾個護衛，將他救下來。

救個鬼啊，那五個黑衣人壓根兒就不會取你性命！他培養的死士，竟然就這麼白死了！

想到楚元帝今日在勤政閣那番言詞敲打，他接下來就不能再對這幾人動手了。父皇已經疑心，萬一留下證據，那楚昭鈺這齣，自己就是首當其衝的嫌疑人。

楚昭業讓人退下，他只覺得心中悶了一口血，吐不出來，又吞不下去。

大理寺卿游天方，在早朝上被楚元帝罵了一通，回到大理寺繼續查案。

只是，刺殺四皇子這事本就是個無頭公案啊，凶手還全都死了。

他不敢抱怨，只能按照常理，將當日的幾人分別問話。四皇子楚昭鈺躺在床上養傷，是不能找了；於是，他找了四皇子的侍衛長和幾個侍衛核實當時情形，又找了顏烈和周家兄弟倆問話。

四皇子府的侍衛和顏烈都提到，在打鬥時，五個黑衣蒙面人用軍中刀法對敵，掩蓋身分，到後來生死關頭，才用了真功夫。

游天方覺得很可疑，軍中刀法可不是隨便阿貓阿狗都會的。他一一核對黑衣人身分，這一細查，還真找到一個，其中竟然有一個是顏府的棄奴。

當初顏寧發現顏忠之事後，讓顏明德和秦氏將家中奴僕清理了一下。顏明德在戰場上殺人不眨眼，下了沙場卻是心慈不過，要是換到林文裕或楚昭業手裡，這種形跡可疑的奴僕，必定是一殺了事，可顏明德只將他們驅逐出府。

顏寧不能說父親做錯，也顧慮多殺會讓府中人心不安，就讓父親將這些人送遠些，沒想到這些棄奴還是被利用了。

現在，在五個黑衣人裡發現這人，游天方判定是有人買凶殺人，而這人懷恨在心意圖嫁禍顏家。至於是誰買凶卻毫無頭緒，而其他幾位皇子自然是嫌疑最大的。

可游天方不敢把這嫌疑提出來啊，這一說，就把皇子們都得罪光了，於是只好將所查之事寫入奏摺，上報給楚元帝。

楚元帝拿著奏摺細看後，倒是沒再發火，只讓游天方繼續查查其餘四個黑衣人的身分，就讓他退下。

顏府棄奴的身分核實，倒是將楚昭恒摘出來了。

楚元帝在勤政閣中沈思片刻，讓康保傳旨，顏烈少年英勇，臨危不退，特封為御林軍六品校尉。

御林軍是天子近衛，負責守護皇宮安全，在大家看來，楚元帝這是讓顏烈免了刀頭舔血去立軍功，而是直接賜官。等顏烈在御林軍中待個一年半載，再到玉陽關時，就不用從頭做起，少說也能在軍中幹個校尉。

這一聖旨傳下，楚昭業一笑，父皇倒是採納他的提議了；楚昭暉和楚昭鈺卻都不太高興，顏烈是太子的表弟，他守衛皇宮，不就等於太子把手伸進御林軍了？

其中，楚昭鈺的心情最複雜。顏烈是救了他的命沒錯，可是他這一身傷，也是拜他所賜，偏偏他還不能跟人說，在府裡也不知發了幾次火。

養了大半個月的傷，進了臘月，楚昭鈺可以起身慢慢行走了。

宮裡劉妃擔心得不行，幾乎天天派人來探望。楚元帝為了免愛妃憂心，將楚昭鈺召進宮，讓他們母子見見，也好讓劉妃安心養胎。

楚昭鈺奉召，連忙讓人備了馬車，進宮去。

臘月的京城，銀裝素裹，這段日子幾乎隔天就一場雪，馬車行在路上，發出咯吱咯吱的響聲。

四皇子府外就是京城的西大街，這裡逛街的百姓不多，所以楚昭鈺的馬車行得挺快。馬車走了一段路，坐在馬車前面、伺候四皇子的太監倒是看到熟人了。

「殿下，您看，那不是三皇子府的李祥嗎？旁邊那個，好像是洪太醫？」

楚昭鈺對於一個奴才自然沒興趣，但是「洪太醫」三個字，讓他有興趣了。他挑起車簾，順著那個太監說的方向看去，果然，看到三皇子府的一個小太監李祥，正和洪太醫在那兒說話。

兩人站在街角一家藥鋪門前的柱子後面，若不細看，並不會被看到。

這個李祥是楚昭業親信李貴的徒弟，年紀雖小，在三皇子府可不比一般的小太監。

楚昭鈺望了片刻，看洪太醫與李祥那樣子很熟絡。他本就是多疑的性子，便召過侍衛長，讓他安排人跟著洪太醫和李祥身後，才進入皇宮。

楚元帝看楚昭鈺走路還有些歪斜，讓人抬了躺椅，送他去齊芳宮。

劉妃已經近五個月的身孕，和楚昭鈺上次見她相比，她肚子倒是沒顯大，臉色很好，紅潤細嫩。

她看到楚昭鈺坐著躺椅進來，心疼地直抹眼淚；再提到南安伯全家被滅門，自然更是傷心。只不過在宮裡，就算父親去世，也不能戴孝，更不要說送葬了。

楚昭鈺派人去南州為南安伯一家料理喪事，順便留在那裡看審案經過。看到自己母妃這麼傷心，連忙安慰，又說父皇已經下旨，一定要緝拿凶手為外祖一家報仇。

「母妃，您肚子裡可還有我的小皇弟，一定要保重身體啊。」楚昭鈺勸道。

「放心吧，今早洪太醫才來幫我請過平安脈，說一切都好呢。不過你這皇弟可真懶，你五個月的時候，就會在肚子裡踢人了。都說女孩子動得晚，可能懷的是個公主。」提起肚子裡的孩子，劉妃露出慈愛的笑。

就算真是個公主，她也不嫌棄，反正已經有一個兒子了啊。

楚昭鈺也是這麼想的，玩笑道：「是個皇妹，父皇肯定也喜歡，母妃妳也不用老抱怨兒子不貼心了。」

他又勸慰劉妃半晌，看她心情好些了，不經意地問道：「母妃，您覺得洪太醫信得過？」

「洪太醫是宮裡老人了，我當年懷你的時候，就是他看診保胎的。」

洪太醫在這宮裡，一向中立，從不摻和內宮爭鬥。他擅長內科、婦科，宮妃們有孕時，都會找他看診，若能得他保胎，那就等於有保障了。

楚昭鈺也是知道這些事，只是，今日在宮外見到的一幕，還是讓他心裡有些不安。

楚昭鈺也不好久待，跟劉妃又說了一會兒話，告辭出來。他走到御花園，看到楚昭恒正帶著招福和招壽賞花。

自從楚昭恒跟在楚元帝身邊學習理政後，倒是很少看他獨自待著。

楚昭鈺讓兩個太監將他抬過去。「太子殿下，今日倒是有空賞花啊？」

「四弟，我可不是賞花，而是專程來看四弟。」楚昭恒笑道。「自從四弟受傷後，一直掛念著，今日看著，倒是好多了。」

「是啊，幸好只是皮肉傷。」

「四弟以後可要小心，出門多帶些侍衛。今日是進宮跟劉妃娘娘請安的？」

楚昭鈺不欲多說，只客氣地道謝。「多謝太子殿下關心。」

「四弟，劉妃娘娘還好吧？自從洪太醫照顧劉妃娘娘這胎後，聽說安穩多了？」

「是啊，幸好洪太醫醫術過人。」

「這倒是，以前林妃娘娘生病時，也是得洪太醫妙手。我出來有些時候，得回去了。四弟，你好好保重，回頭再來探望你。」楚昭恒說著，恍如不經意地丟下一句話，慢慢從楚昭鈺身邊走過。

楚昭鈺本就看了早上一幕後，心中生疑，聽到楚昭恒這話，只覺疑慮更盛。

他離宮回府後，叫來侍衛長。

「早上派去的人，有沒有看到什麼？」

「殿下，那個李祥和洪太醫說完，就回三皇子府去了。那個洪太醫倒是沒回府，去了一處宅院，待了快一個時辰，才又回太醫院去。」

聽起來沒有異常，越是如此，楚昭鈺卻越是不安。他思索半天，招來管家，吩咐了幾句。

翌日一早，他又遞牌子要進宮向劉妃請安。

「你昨兒不是剛去請安過嗎？」楚元帝問道。

「父皇，兒臣看母妃昨日有些神情懨懨，特意找了兩盆臘梅盆栽給母妃閒時觀賞，解解悶。」

「好，倒難為你一片孝心，快送去吧。」楚元帝點頭首肯了。

楚昭恒在邊上笑道：「四弟一片孝心，快親手送給劉妃娘娘吧。」

楚昭鈺還是坐著躺椅，讓兩個侍女捧著花，來到齊芳宮。

劉妃納悶，楚昭鈺昨日才進宮過，怎麼今日又來了？待聽說是給自己送盆景，便滿臉笑容，讓人給帶路的小太監拿了賞錢，接楚昭鈺進了暖閣。

楚昭鈺讓閒雜人等退下，叫過一個捧花的侍女。「妳給娘娘搭脈診治一下，看看娘娘這胎如何？」

那個侍女上前看了滿臉驚疑的劉妃一眼，又連忙垂眼，給劉妃搭了脈，跪下回稟道：「殿下，娘娘，奴婢看娘娘這胎……這胎不好，求娘娘讓奴婢摸一摸肚子。」

這話讓劉妃白了臉色，連忙說：「好，妳快查看。」

那侍女扶著劉妃到暖閣後面，片刻後出來。「娘娘這胎，是……是死胎。」

「什麼?!」楚昭鈺一把抓過這侍女，低聲喝問：「妳敢肯定？」

「一般婦人懷胎，因為要滋養胎兒，臉色都容易晦暗，可娘娘臉色紅潤，氣色很好，應該、應該是喝的藥中有大量的益母草，母體不僅未滋養胎兒，反而讓胎兒來滋養母體了。」

「是誰？是誰敢害我孩兒！」劉妃對這一胎滿懷喜悅，乍一聽到這話，又是傷心又是憤怒。

她知道楚昭鈺既然會冒險帶這侍女進宮，必然醫術可靠，人也信得過。

楚昭鈺讓那侍女退下。

「昭鈺，是誰？是誰敢害我們？」劉妃說著，想起自己這胎是洪太醫看診的。「洪太醫？是不是他？昨日他還說我們母子平安，是他害我們嗎？他為何害我？」

「母妃，您先坐！」最壞的情況發生了，楚昭鈺反而有種果然如此的感覺，他將昨日街頭一幕告訴了劉妃，又提到自己遇刺時的種種。

「母妃，洪太醫是楚昭業的人。兒臣覺得，是楚昭業想要殺了孩兒後，嫁禍給顏家，這樣母妃傷心之下失了胎兒，或者還能讓母妃去和皇后娘娘鬧一場？」

楚昭鈺越說越覺得有理。只要自己被殺，或者只要自己信了那場刺殺是顏家安排的，那自己這家跟太子就結仇了，他楚昭業不就能漁翁得利？

劉妃捏緊了手，尖利的護甲刺痛掌心。她那張紅潤的臉上，此時已是蒼白一片，辛苦懷上的孩子還未出生，就被人害了。

她在宮中多年，自然知道生產有多不易，時時處處小心，萬萬沒想到，自己信任的太醫竟然是別人殺人的利器。「洪清遠，他竟敢……竟敢害死我孩兒，我這就去聖上面前，讓聖上為我們作主！」

「母妃！」楚昭鈺拉住劉妃。「母妃，您這麼跟父皇去說，有什麼證據？」

「肚子裡的孩兒，就是證據啊！」

「洪清遠可以說是母妃本身有不足，或者胎兒先天不足！」

「但他……他昨日才說母子皆好的。」

「母妃，昨日到今日，已經過了一天。」就算洪清遠真拿下了，也不能證實是楚昭業指使的，他還是有很多辦法置身事外。

劉妃癱坐在榻上，看到榻上那些針線，只覺刺痛了眼睛。

楚昭鈺對未出生的孩子，沒有劉妃那麼深的感情，當務之急，是把孩子打下來，免得時日久了，最後劉妃不能生產，一屍兩命。

「不，不能便宜了他們！」劉妃冷靜下來後，收斂悲傷，寒聲說道：「我的孩兒，難道是這麼容易害的嗎？楚昭業，他休想好過。」
「母妃，您打算……」
「這事你不用管了。」劉妃不願楚昭鈺知道。萬一計畫不成，他不知道，也不會獲罪，只是想到楚昭業在朝中的聲望，她嘆了口氣，對楚昭鈺說：「昭鈺，你不如求太子庇護吧。」

楚昭鈺沒有應聲，只是一言不發地坐在邊上。
在這宮裡，每個皇子都想坐上那把至高無上的椅子，每個宮妃都想要生下兒子，然後讓兒子去爭那把椅子。
劉妃自然知道，比起其他幾位皇子，她的母族太弱。可是，她還是不甘心，楚昭鈺也不甘心，母子倆也曾作著一朝成龍的夢。
現在，摸著鼓鼓的肚子，劉妃害怕了。南安伯府被滅，他們母子更沒依仗，楚昭鈺是她唯一的兒子，也是她唯一的骨肉親人。
「昭鈺，你現在想想，顏烈救你，或許不是湊巧呢？現在，太子殿下已經跟在聖上身邊學習理政，三皇子有林家，在朝臣中又有聲望，就連二皇子，柳家雖然不是顯貴，可也不是沒人。母妃不求別的，只求你能平安。」劉妃這話說得很喪氣，卻句句屬實。
楚昭鈺只覺得被一記耳光甩過來一樣。從小到大，他也樣樣爭強，可總是比不過上面的幾個哥哥，現在連爭一爭的念頭都不能有了嗎？
「母妃，您盡快安排，我……我先離宮了，您讓我想一想。」楚昭鈺幾乎像逃跑一樣離開齊芳宮。

剛才母妃的話，讓他難堪，只覺再多待片刻，都是煎熬。所以，他顧不得去聽劉妃的計畫，狼狽地離開了。

楚昭鈺走出宮門，碰到正進宮謝恩的顏烈。

顏烈看到他，還一本正經地行禮問安。「四殿下，看您神色還是不好，莫不是傷還沒好？」心裡點評著，一點皮肉傷，養了半個多月還這死人臉色，太嬌弱了。

「靜思，你今兒怎麼進宮了？」楚昭鈺點點頭，隨口問道。

「聖上賞了我做御林軍校尉，今日進宮來謝恩，過幾日就要任職了。」

這還得多謝您了，要不是您遇刺，我也不用進御林軍啊。

楚昭鈺點點頭，不再多言。

顏烈看他那臉色，神秘兮兮地湊近問道：「四殿下，天涯何處無芳草，何必單戀一枝花呢？」

這話說得沒頭沒腦，楚昭鈺奇怪地挑眉看他。「靜思，這是什麼意思？」

「咦？我以為……那個濟安伯嫡女給三殿下做側妃，今兒日子都定下了，我以為您臉色不好，是因為……」顏烈的話沒說完，楚昭鈺便明白了。

之前濟安伯嫡女劉琴要嫁給四皇子楚昭鈺做皇子妃，這個流言在京中傳了不少時候。當然，是不是流言，那只有濟安伯和楚昭鈺自己知道了。

現在，劉琴卻要給楚昭業做側妃？

楚昭鈺倒真是第一次聽聞，這消息，濟安伯和楚昭業都未露過口風。昨日，林妃求見楚元帝，提到楚昭業見到劉琴後，雙方互有好感云云。楚元帝為示開明，今日召見了濟安伯，問問他的意思。濟安伯自然願意。楚元帝看雙方都願意，濟安伯家也不算有兵權的實權人家，樂得成全自己的兒子，索性拍板，為三兒子定下了這個側妃。

這事是剛剛才發生的，顏烈進宮謝恩時遇上，現在看到楚昭鈺，他連忙傳了這喜訊。

楚昭鈺聽了顏烈的話，只覺又是一記耳光打在自己臉上，但是他只能強撐著，若無其事地笑道：「靜思，你胡說什麼呢？兒女婚嫁，都是父母之命、媒妁之言。我雖然是皇子，可婚嫁之事，也是要父皇作主的啊。」

「呵呵，不是就好，那個……我先走了啊，四殿下，您慢走。」顏烈摸摸頭，訕笑著走了。

楚昭鈺看他離開，平靜地坐進馬車中，車簾放下，終於再忍耐不住，他恨恨地幾拳捶在馬車車壁上。

饒是車壁上釘了厚厚的毛氈，他含憤打出的幾拳，還是讓車壁傳出聲響。

「殿下，可是有事？」馬車外的太監和侍衛聽到車廂內有悶響，擔心地問道。

「無事，走，回府！」楚昭鈺怒聲道。

其他人不敢再多問，連忙護在馬車周圍，回四皇子府去了。

楚昭鈺砸了幾拳，才覺得出了口惡氣。他許給劉琴的是四皇子正妃之位，濟安伯寧願女兒去做三皇子側妃，也看不上他的正妃之位嗎？

顏烈走出一段路，回身看到四皇子進了馬車後，車廂裡還傳出幾聲悶響，心中暗爽。哼！讓你敢暗殺寧兒！偏不讓你好過！

給別人刀口上撒鹽這種事，顏烈還是第一次做。做完之後，他發現這感覺是渾身舒坦，尤其看到別人明明氣憤還不得不壓抑時，那個臉色，嘖嘖，他得快點回家去和寧兒分享一下。

顏烈回到家中時，顏寧聽他說了宮門遇到楚昭鈺的一幕，倒沒太大意外。

「寧兒，你說四殿下會不會去和三殿下拚了？這奪人妻室……」最好兩個狗咬狗，一嘴毛。

「二哥，你胡說什麼？劉琴和四殿下又沒訂親，京中流言麼，傳傳也就過去了。倒是四殿下，你說他特意給劉妃娘娘送花？」

「是啊，昨日剛進宮請安過，今日一早又特意給劉妃娘娘送花。對了，太子殿下還讓我告訴妳，四殿下帶了兩個侍女去送花。這話是什麼意思？」

「沒什麼意思啊，就是帶人送禮的意思吧。」顏寧敷衍著，又岔開話題問道：「你說四殿下聽了你的話，臉色不好看？」

「本來臉色就不好看，跟鬼一樣，聽了我的話，更不好看了，還撐得跟沒事人一樣。」

顏烈立時來了興致，細細說了一遍在宮門見到楚昭鈺的臉色如何，上了馬車又如何。

顏寧知道，劉妃娘娘那胎應是不好了，而楚昭鈺已經知道這消息。接下來，這對母子會怎麼做呢？

顏烈說了半天，看顏寧都沒啥回應，有些失望。

顏寧倒是問起他今日進宮謝恩遇到些什麼？聽說楚昭業提議讓他盡快上任，而楚元帝也首肯了。

楚昭業的提議，肯定不會是為顏烈好吧？但顏烈也只是個六品校尉，在御林軍中官職不高，能有什麼事？

倒是顏烈大手一揮。「管他什麼打算，我反正好好當我的差，不管閒事，盡忠職守，就不怕他。」

顏明德回家聽了顏烈的話，也是點頭贊同。

顏寧看父兄這信心，又摸不準楚昭業到底想做什麼，也只能先放著。

很快地，楚昭恒倒是遞了消息過來，說劉妃娘娘特意要去給皇后娘娘請安，但顏皇后體諒她還在孕中，讓她先免了。

劉妃自從懷上龍子後，可有段時間沒去顏皇后那裡請安了，這是示好嗎？

顏寧對劉妃倒不再擔心，只是吩咐封平，再去找李祥幾次。

楚昭業肯定想不到，他的皇子府裡，也不是鐵板一塊。說到李祥，顏寧覺得實在要感謝前世的楚昭暉，不知他從何處得到消息，知道這李祥雖然無父無母，但是小時在京城城外長大，受過一個村婦的照顧。

李祥自幼寄人籬下，跟著叔叔嬸嬸過活，有一次他發高燒，他叔叔嬸嬸竟然連大夫都沒給他請，就將他扔到後山去。村裡一個婦人看他可憐，撿回家去照顧，總算讓他撿回一條命。

到了九歲，宮裡到外面買人，他叔叔嬸嬸硬是將李祥拖了賣進宮裡。李祥進宮後做事勤快嘴巴嚴，李貴看他機靈，就收了做徒弟。

那個村婦也是坎坷，幾年後竟然丈夫兒子都死了，無依無靠，被夫家趕出來，流落到京城。李祥知道後，知恩圖報，悄悄安頓了她。

前世楚昭暉獲知此事後，讓人將那婦人抓了，逼李祥給楚昭業下毒。李祥事敗後，那個老婦人也被楚昭暉殺了。

人，只要有牽掛，就會被人拿捏。在李祥心中，他是視那村婦如母吧？

顏寧讓封平找到李祥，讓他去找洪太醫說話。

楚昭鈺知道三皇子府的人，在宮外多次與洪太醫見面，洪太醫又是專為他母妃安胎的，自然會生疑。

果然，劉妃已經知道自己的胎不妥了吧？

事情發展得比顏寧想得還快。

幾日後，林妃見了濟安伯夫人和劉琴，到御花園時遇上劉妃。兩人走過花徑時，互不相讓，劉妃一不小心竟然摔倒了。

按品級，劉妃比林妃低了半階，理應讓路，可她肚中有小皇子啊，林妃就是有理也變成了沒理。等小太監到宮外找到洪太醫，再將他請回宮時，劉妃已經落紅滑胎，據說是個男胎。

楚元帝怒不可遏，將林妃再次禁足。

等楚昭業獲知消息時，一切木已成舟。楚元帝一時急火攻心，躺在顏皇后這裡歇息。

楚昭業跪在鳳禧宮外，想要面見楚元帝，楚昭恒出來勸他：「三弟，父皇有些頭痛，剛才躺下睡了。你先去看看林妃娘娘，待父皇醒了，我再讓人叫你吧？」

楚昭業不信林妃這麼蠢，會當眾讓劉妃摔倒，再一想到劉妃向皇后請安被婉拒之事，拿自己母妃作筏子，這算是劉妃母子的投名狀？

「多謝太子殿下。劉妃娘娘滑胎之事，實在意外，那胎兒……」

「也是可惜，聽說剛見紅時胎兒還會動呢，沒想到還是保不住，沒了。」楚昭恒一臉沈痛。「本來，我們又能添個皇弟了。」

「是啊，這真是出人意料，沒想到這事讓我母妃遇上了。」

「林妃娘娘可能只是一時意氣，這事，誰能料到呢？」

「我就不打擾父皇了，等父皇醒後，太子殿下代我請罪吧。」楚昭業知道，他再見楚元帝也沒用了。

這事，皇后母子已經幫劉妃安排妥當。

楚元帝聽到活生生的胎兒就這麼落了，怎能不怒？他原來的期望有多大，此時的失落和怒火就有多大。

自己的安排，是哪裡出了差錯？

他不再糾纏見楚元帝，也不再為林妃求情。這種節骨眼，求情只是火上澆油。

楚昭恒看著他走遠，對於楚昭業這麼沈得住氣，不由人不佩服。

母子天性，明知不可為，但是眼睜睜看母親受辱受罪，於心何忍呢？若是顏皇后被人冤枉再被禁足，自己還真不一定能做到他這樣。

楚元帝睡了半個多時辰才醒過來，感覺頭痛減輕了些，他召了康保入內。

康保低聲稟告楚昭業求見等事。

顏皇后送上一盞藥茶，勸道：「聖上，林妃也知錯了，眼看著三殿下就要納側妃，這禁足……還是再想想吧？」

「妳不用幫她求情！朕看她得清靜著好好想想，昭業就是納個側妃，有妳這個母后在，她有什麼相干？」

顏皇后還想再勸，楚元帝已經不想聽了。「好了，回頭朕就告訴昭業，納側妃的事由妳作主。朕回去看摺子了。」

顏皇后也不敢再說，只好喚人進來伺候。

楚元帝看到楚昭恒，又對顏皇后說：「太子是老大，太子妃的人選，妳可得上心，挑個好的。」

「父皇，兒臣還不急，等兒臣身子好了，再說吧。」楚昭恒連忙道。

「你也不小，該娶妻了。朕去看摺子，等下你去傳旨禮部，選秀的事也該準備起來，我皇家明年可要挑兒媳了。」

楚元帝今日這一暈，想起至今還沒個皇孫承歡膝下，四個成年皇子都還沒正妃，有些急了。

隨著楚元帝讓禮部所擬的聖旨頒布，各地都忙碌起來。

普通人家對皇子正妃是不指望了，但是皇子側妃、妾室等等，都還有機會。

這其中最尷尬、最難受的應該是濟安伯嫡女劉琴。她也是名動京城的才女，幾番閨閣聚會拔過頭籌，濟安伯堂堂伯爵，家世也不差，有才有貌有家世，她也曾想過做哪個皇子正妃的。現在選皇子妃的聖旨頒下，她卻是名分已定，做了三皇子側妃。父親早先覲見楚元帝時，還提議讓她儘早嫁入三皇子府。

作為側妃來說，自然是早入府才好，這樣，三皇子府沒有女主人時，內院就是她這個側妃作主，當家側妃和不當家側妃，還是有區別。但是，皇子正妃要選了，若是正妃婚期早，可能明年就入府，到時她在三皇子府也是根基未穩，名分又差了一頭，若正妃還是不容人的，那日子就難過了。

為了這件事，她私底下委屈地和母親哭了好幾次，濟安伯夫人也是心疼，母女倆怨怪起濟安伯來。

「唉，我難道願意女兒受這種委屈嗎？我難道不想琴兒做正室嗎？但是……」濟安伯也無奈，南安伯在南邊邊境的生意，他也參了一股，這事三皇子已經知道了。

若是不投入三皇子門下，這事萬一抖出來，楚元帝可不嫌國庫錢多。

濟安伯府聽著是伯爵爵位，但是除了軍中故舊，沒什麼實權，朝中又沒同氣連枝的，或許就成了第二個封家。

所以，當林文裕拿著南安伯府發現南詔密探的消息來找他時，他已別無選擇。本來他還想，楚昭業若看重自己在軍中還有些故舊，顏家又鐵了心保太子，或許能讓女兒做他的正妃，可這念頭被掐滅了。

如今濟安伯一家只希望三皇子正妃要能容人，家世最好也和自己差不多的才好，最好，三皇子能成事。

還指望楚昭業能成事的，當然就是林家了。原本有顏寧擋著，林意柔只能認命地做表哥的側妃，如今顏寧不可能嫁給表哥，那她豈不是有機會做正妃了？

劉琴的婚期定為年前，雖然林妃被禁足，可楚元帝已經說過三皇子納側妃之事，由顏皇后決定，所以林妃的禁足並未影響什麼。

第二十八章

臘月二十七，劉琴過門。雖然是側妃，到底是皇家的第一個媳婦，顏皇后還是讓人預先送了聘禮入府，迎親當日，又允許劉琴穿著桃紅嫁衣出嫁。

送嫁就只能從簡。濟安伯府的嫁妝卻不少，滿滿當當二十四抬，一路也是吹吹打打。

顏寧站在送親要經過的一家酒樓樓上雅座，聽著外面嗩吶聲過街，沿街看熱鬧的百姓也不少，只是沒有新郎迎親，沒有漫天喜錢撒下的熱鬧，這嗩吶聲總是有些單薄。

她倒是真心為劉琴可惜了一下。原本自己重生後，李錦娘和劉琴是最先與自己交好的，可從今以後，劉琴就是楚昭業的人了。

她的身後立著虹霓和綠衣，還有一個丫鬟，是林意柔的貼身丫鬟——如意。

「顏姑娘，奴婢……奴婢不能出來太久的。」如意有些焦躁又有些不安地輕聲道。

顏寧抬頭，慢慢打量著如意。故人模樣未變，但站在自己面前，再沒有那種輕慢之色了。

「如意，妳家姑娘是不是想做三皇子正妃？」

「這……這事，奴婢不知道啊。」

「嗯，那妳去幫我打聽一下吧。」顏寧說著，端起茶，慢慢抿了一口。

如意卻是臉色慘白。她是林家的家生子，父親在林府一家店鋪任職掌櫃，她則做了林府嫡女的貼身大丫鬟，一家人在府中也算有頭有臉了。

可她爹竟然迷上賭錢，輸紅了眼，竟然拿店鋪的錢出來翻本，結果自然是越輸越多。更沒想到的，這些欠條、抵押字據都落在顏寧手中。

前幾日她爹回到府中，求她救命時，她才知道這些事。

偷了主家的銀子，還欠下上萬兩的債，這事要是暴露出來，他們一家就被她爹害死了。若將他們一家發賣出去，她這樣的姿色，最後必落到不堪的境地，所以她不敢怠慢，今日趁林意柔讓她出門來看劉琴家裡送親的熱鬧時，便與顏寧見面。

她還想做個忠心的奴婢，心裡對顏寧又有著輕視，自然不肯輕易就範。

顏寧也不多說，放下茶碗，看著如意藏不住的不安，輕聲說：「如意，林意柔對妳很好，難怪妳要做個忠心護主的奴才了，就是不知道，若林尚書知道妳爹做的事，要處置你們一家時，林意柔會不會護妳？到時，我要是讓債主說錢不要，拿你們一家抵債，你說林尚書會答應嗎？」

自己一家要是落到顏寧手中，那肯定是生不如死。

如意不敢再冒險。「顏姑娘，您也知道，我家姑娘不會什麼話都跟奴婢說的，只是，聽到劉姑娘做側妃後，她是很高興的。林妃娘娘被禁足前，還特意讓老夫人和夫人進宮去探話過，林妃娘娘也說只要三殿下答應，她很想讓我家姑娘做她的兒媳婦。」

「嗯，好吧。今日沒什麼事了，等有事時，我再找妳吧。」

「顏姑娘，我爹他欠下的債……」

「這些欠條我會先收著，我不拿出來，妳爹不就沒事了嗎？」顏寧並不急著要如意做什麼。

如意咬了咬嘴唇，無法可想。她不知道顏寧知道這消息到底有什麼用意，也不知道以後顏寧會讓她做什麼？

「妳這麼機靈，放心吧，我難道還會害妳家姑娘嗎？我只會讓她心想事成而已。好了，妳走吧，有什麼妳覺得我會感興趣的消息，記得送信過來。虹霓，送如意出去吧。」

「是。」虹霓應聲，笑著對如意說：「如意姊姊，我送妳下樓吧。這裡人多嘴雜，妳可得快點走。」

如意只得行禮，跟著虹霓離開這間雅座。

按照大楚規矩，臘月二十九，除夕前一日，君臣同慶，宮中歡宴。

楚元帝帶著一干臣子歡宴，顏皇后則領著內外命婦們擺酒。為了更熱鬧些，顏皇后提議，今年讓各位命婦帶著家中嫡女赴宴。

往年席間，皇子們會來向皇后娘娘敬酒，所以大家猜想，這應該是顏皇后想讓皇子們和他們的母妃有機會見見各家千金，為明年選皇子妃籌謀，因此眾人都讚皇后娘娘想得周到。

有想得多些的，自然也會想太子今年十七，太子妃未定，後院空虛，過了新年，太子就要遷入東宮，莫非皇后娘娘想選兒媳婦？

不論是何原因，有意與皇家結親的人家，都將女兒盛裝打扮，帶入宮去。

秦氏本不欲帶顏寧進宮的，可是顏明德和她都表示要進宮。顏烈到御林軍當值，顏寧一人守歲豈不冷清？加上顏寧軟磨硬泡要跟著赴宴，秦氏只好帶著她。

到了宮宴這日，紛紛揚揚下起雪來。申時，女眷們都坐上馬車，由自家老爺兒子們護送著進宮去了。

秦氏和顏寧到宮門外下了馬車，顏明德往前殿去了，秦氏母女倆則跟著宮中內侍進了宮門。

皇后宮中的惠萍姑姑已經在內宮門等著，說顏皇后特地吩咐為秦氏和顏寧準備軟轎。秦氏和顏寧都覺得這樣太引人矚目，連忙推辭。

惠萍連忙說：「皇后娘娘看今日大雪，怕大家濕了衣裙，晉陽大長公主、安國公夫人她們都是坐著軟轎入宮的。」

顏皇后怕只有自家嫂子和姪女坐轎落人口實，索性給先到的那幾家都賜了轎子。

顏寧聽到是這樣，就讓秦氏坐軟轎，自己則跟在轎子後走著。惠萍看她執意如此，也就不再勉強。

到了鳳禧宮時，有幾家已經先到了，如安國公夫人帶著李錦娘、世安侯夫人帶著兩個女兒、武德將軍家周老夫人和將軍夫人等人，正在鳳禧宮中陪顏皇后閒談。

秦氏攙著顏寧進入正殿，請安行禮，又告罪說來遲了。顏皇后自然不會怪罪，給秦氏賜座，又叫過顏寧到身邊說話。

顏寧看到顏皇后身邊，站著一個身穿緋紅宮裙、滿面含春的女子，仔細一看，原來是劉琴。

皇子側妃原本是輪不到來皇后娘娘身邊立規矩伺候的，但如今沒其他皇子正妃，劉琴作為兒媳婦，就侍立在皇后身邊了。

看劉琴的神色，看來與楚昭業琴瑟和諧，嬌羞的新婦模樣，引人矚目。

李錦娘原本與劉琴還算交好，如今身分有別，也不能交談，看到顏寧在自己對面坐下，友好地一笑。

顏寧看到周圍神色，此時若是到姑母身邊去，豈不引人遐想？她在顏皇后這裡本就熟悉，也不拘束，走到顏皇后身邊行禮後，輕聲說：「姑母，您和夫人們說話，我去找別家姊姊們聊聊。」

顏皇后自然應允，顏寧走過去與李錦娘攀談了幾句。

周夫人笑道：「皇后娘娘允許各家千金們來赴宮宴，是莫大的恩典，就是苦了我們這些沒女兒的，只好眼熱看著人家母女熱鬧了。」

周夫人只養了周玉昆、周玉侖兩個兒子。

顏家和周家是世交，顏皇后未嫁時，與周夫人也相熟，聽她這話，笑道：「寧兒，周夫人眼熱了，妳快去給她上點眼藥清清火。」

顏寧站起來，走到周夫人面前，湊趣說：「伯母，您別愁，您要擔心初一的攢頭紅包沒人要，我後日一早就來。」

大楚風俗，年初一早上，家有女兒的早起給長輩拜年，還要幫母親攢頭伺候梳洗，意味孝道要從頭做起。而母親在梳洗好後，得給女兒一個壓歲紅包，俗稱為攢頭紅包。

顏寧這一說，秦氏點頭贊同。「說得很是。」

周老夫人也湊趣，嗔怪周夫人。「讓妳多嘴，後日等著給出一個大紅包去。」

「母親別心疼，明兒我從私房裡給。」周夫人笑著拉過顏寧，湊趣玩笑道。

一時間，滿室笑語。

一會兒，宮中以柳貴妃為首的妃嬪們也都到齊了。

柳貴妃如今協理宮務，手中權力少了，楚昭暉與楚昭業相鬥又吃了幾次虧，倒把往年的高傲收斂幾分。

只是，劉琴上前請安時，柳貴妃看她那副嬌柔樣，就有些氣不忿，抬眼看了看她的頭飾，笑道：「妳是皇家第一個進門的側妃，也該做好規矩，給後來的作為表率。皇后娘娘是個寬厚人，但是妳頭上這支金簪，可有點僭越了。」

柳貴妃說著，又轉頭對自己的女官吩咐說：「去，把我梳妝盒裡那支白玉簪拿過來。」

劉琴頭上戴了一支如意金簪。她算是新婦，今夜又是小年夜，戴著討個如意吉祥不算大錯，但是柳貴妃這樣一說，等於譏諷她不知身分。

片刻後，侍女送上白玉簪，柳貴妃笑著對劉琴說：「妳快去後面戴上吧，要開席了，可不能晚了。」

林妃不在，劉琴求助般地看向濟安伯夫人，又看向顏皇后。

濟安伯夫人看了，暗暗心疼，紅了眼睛，只能低頭悄悄拭淚。

顏皇后無意為她遮擋，拉著秦氏說話，未曾分神。

所謂長者賜，不敢辭，劉琴心裡再不願意，還是只能含笑換上這支白玉簪。只是，白玉簪偏白，過年的喜慶日子，誰會往頭上戴白的？她只好拿珠花掩飾一二。

這一番忍辱負重，倒讓在座的夫人們同情幾分。

林意柔看到劉琴那一臉好氣色，卻忍不住沈了臉色。她咬了咬嘴唇，直盯著劉琴的背影，眼中嫉恨交加。

從南州回來後，顏寧還是第一次見到林意柔。林意柔又是一身粉紅衣裙，宛如枝頭的一朵桃花，含苞待放。對林家人來說，林意柔等於是板上釘釘的三皇子妃，所以，林意柔今日也算女為悅己者容，等下皇子們來敬酒時，她還可讓表哥看到自己的打扮呢。

林意柔看到顏寧向自己這邊看來。在宮裡她不敢踰矩隨意走動，一臉甜笑地向顏寧點頭示意。

顏寧懶得作戲，只一笑點頭，並不過去說話。她的視線恍如不經意般，滑過如意。如意察覺到顏寧的目光，微微點頭，又不停地看向宮門外角落。

顏寧今日是帶著虹霓進宮的。她轉頭向虹霓挑了挑眉，虹霓領會，假裝要幫顏寧要個手爐，跟身邊一個小宮女說了一聲。

聽到是顏寧要手爐，那宮女不敢怠慢，連忙帶著虹霓往外走。那邊如意不知找了個什麼藉口，也到外面去了，一個小宮女幫她帶路。

略過了一會兒，如意先回來，隨後虹霓拿著一只漂亮的手爐回來了。

顏皇后見了，倒是稀奇。「往年讓妳拿個手爐，妳都嫌累贅，今兒倒是肯拿著取暖啦？這冬日寒冷，是該拿個手爐取暖才是。」

顏寧只好笑著稱是，把那個手爐捧到手裡。虹霓將剛才如意所說的話，附耳悄聲告訴顏寧。

顏寧聽完，驚訝地挑起眉頭。這林意柔還真是好膽量啊，又算計到自己身上了？

此時宮人來稟告說，在梅園已經擺好宴席，顏皇后邀請大家入席。她讓晉陽大長公主當先，劉琴在顏皇后邊上扶著伺候，柳貴妃等宮妃隨後；周老夫人等年長的一品誥命再後，然後就是安國公夫人、秦氏等人。

過了一會兒，聽到前面傳來一聲輕呼，原來是劉琴那支簪子鬆動滑落了。劉琴一副心疼又手足無措的樣子，連連向柳貴妃告罪。

這時宴會即將開始，柳貴妃不好多說，明知劉琴必定是故意摔碎，但是也抓不到把柄。楚昭業是個奸猾的人，他的側妃竟然也有這樣的心機。

顏寧看到這一幕，倒很佩服劉琴的膽量和心機。

今年宮宴設在梅園。梅園是宮中閒置的一處宮院，園子裡栽了各種梅樹。為了賞景，沿著這園子造了環形的迴廊，迴廊剛好是連著梅園正殿的。迴廊兩側有幾處軒閣，燒好地龍後倒是暖和。

顏皇后又讓人在迴廊兩側透風處都掛了毛氈，迴廊裡燒上炭爐。大家沿著迴廊走到梅園正殿時，都感覺暖洋洋的，恍如春日。

來到梅園正殿，按個人品級，席位早就排好了。

顏皇后當先坐下。「往年都是在正殿裡吃頓飯，今年我看到這邊梅花開得正好，如此美景，倒不能辜負了。等會兒我們在這裡吃著，年輕姑娘們若是有興致，還能去迴廊那邊賞賞梅，也是雅事。」

「皇后娘娘真是心思靈巧又體貼。」

「是啊，這梅花開得這樣好，坐屋裡都能聞到香味了。」

一些夫人們都連聲稱讚起來。

顏寧、李錦娘和楊中丞家的女兒等人坐了一桌，林意柔坐在顏寧她們隔壁，和世安侯家的姑娘們坐在一處。

世安侯家的王貞、王貽姊妹，拉著林意柔談笑奉承，不停地誇著。林意柔溫柔回應，一桌子倒是熱鬧得緊。

酒過三巡，顏皇后讓人傳了歌舞上來，讓大家邊吃邊看，又笑著讓姑娘們隨意，不要拘束。

林意柔來到顏寧這桌，端了兩杯酒過來，親暱地攬著顏寧肩頭。「寧兒，自從妳去南州一趟，我們姊妹都好久沒見了。妳回來了，本來想去找妳，偏偏幾次妳都沒空。今兒妳可得罰一杯。」

李錦娘等人都看著顏寧，猜測她今兒會不會給林意柔這個面子？

林意柔將酒杯放到顏寧面前。「明日就是除夕了，往日我要是有不對的地方，藉著這杯酒賠罪，寧兒，妳可不會駁我面子吧？」

顏寧這桌靠近夫人們的位置，林意柔這聲音並未放低，她說得楚楚可憐，聽到的幾個夫人們都抬頭看過來。

顏寧拿起桌上的酒杯，笑了笑。林意柔真是太不瞭解她了，她若不想給面子，別說當著這些夫人們的面，就算當著楚元帝的面，自己也敢照樣不理。不過，今日這麼特殊的日子，還是如她所願吧！

林意柔看顏寧只拿著酒杯不飲，又想說話，但顏寧已經轉身站起來。她年紀比林意柔小，個子卻高，這一站起來，足足高了半個頭。

虹霓看顏寧端著酒杯，急得輕輕拉了拉顏寧的衣服。「姑娘，夫人交代，不許妳多喝酒。」

「沒事，今日可是高興日子，我喝少一點。」顏寧說著，對林意柔舉起酒杯。「林姊姊，新年新歲，我祝妳新年心想事成。」

顏寧端起酒杯，拿巾帕托著杯底，一飲而盡。她對林意柔亮了亮杯底。「林姊姊，我可喝完啦。」

林意柔看到顏寧將酒喝盡，高興地說：「寧兒，我們還是和以前一樣吧。」

「那是當然，我對林姊姊，會比以前更好的。」

顏寧這話聽著親密，林意柔卻覺得有點怪，一時不知該怎麼接話才好？

這時殿中的更漏已經快到酉時。按照往年，皇子殿下們會在酉時初來向皇后娘娘敬酒，然後到了酉時三刻左右，內宮的宮宴就會散了，外命婦們就可離宮回家。有些知道這慣例的姑娘們，都忍不住悄悄向殿門外打量，不知皇子殿下們什麼時候進來？

顏寧看林意柔也頻頻張望，一副心不在焉的樣子。

殿門外傳來響動，大家抬頭望去，卻是康保帶著幾個小太監走進來。「奴才叩見皇后娘娘！」

顏皇后看到是他，笑著問：「你怎麼過來了？可是聖上有什麼話？」

「稟娘娘，聖上說今日良辰，特命奴才送來兩罈西昌進貢的蜜酒，給娘娘們和各位夫人助興。」康保說著，親自從小太監的手裡接了酒罈，呈到皇后娘娘的桌上，又低頭恭聲道：「皇子殿下們等下要來給娘娘磕頭拜年，聖上說讓娘娘安排著呢。」

往年內宮宮宴，內外命婦們分坐正殿內外，今年大家都在梅園正殿中，還有各府的姑娘們，楚元帝是怕貿然讓皇子殿下們過來，有些唐突。

顏皇后點頭，叫來惠萍交代幾句，讓她跟著康保過去。

顏皇后又轉身道：「現在梅花開得正好，外面迴廊的地龍也燒熱了，不如讓姑娘們去賞梅？」

這就是暗示姑娘們暫且迴避了。大家不敢耽擱，都裝出很有興致的樣子，呼朋引伴地走入正殿外的迴廊中。

不過年輕姑娘們有些沒見過皇子殿下的，還是想要看一眼，迴廊處幾個窗戶邊站滿了各府千金。

林意柔挽著顏寧說：「寧兒，我們去那邊賞雪吧？」

這座迴廊，從梅園正殿繞著梅林，一共有四處賞雪的軒亭，從正殿過去依次命名為聽雪、觀梅、聞香和醉景。而林意柔指的是梅園深處的第四個軒亭——醉景亭。醉景亭是在梅園最深處，遠離正殿，沒什麼人過去。

顏寧點點頭，兩人帶著各自的丫鬟向那裡走去，走到第三個軒亭時，顏寧扶著頭說：「我怎麼覺得有些頭暈？林姊姊，我要在這裡歇息一下。」

虹霓聽到顏寧說頭暈，連忙上前扶住自家姑娘。

「寧兒，妳沒事吧？還是那邊清靜，我扶妳過去吧。如意，妳快來幫著虹霓一起扶。」

「不行了，我要在這裡坐會兒。」顏寧說著，一手扶著虹霓，一手扶著迴廊牆壁，就往聞香亭裡走進去。

林意柔力氣比不過顏寧，根本拉不動她，對如意使了個眼色，連忙跟進去。

聞香亭兩面圍著簾帳，有兩扇門，一扇通向迴廊，另一扇門被一塊緞面毛氈蓋住，那門打開，外面就是梅林。

外面風也吹不進來，林意柔走進亭中，看到顏寧已經趴在亭中的圓桌上，虹霓一臉著急地看著。「姑娘，這裡可不能睡，要不奴婢扶您回殿裡去吧。」

「寧兒可能酒喝得太急了。虹霓，妳去找人送碗醒酒湯來，我來看著寧兒。」

「好的，那就麻煩林姑娘了。」虹霓道謝。

「我和妳家姑娘之間哪需這麼見外，妳快去吧。」

虹霓再次道謝後，連忙走了出去。

林意柔走到顏寧旁邊，輕輕伸手推了推。「寧兒、寧兒。」看顏寧沒有應聲，她掀開簾子，叫過如意。「如意，妳去說一聲，地方改成聞香亭了。」

見如意點頭答應，她又補充道：「妳等在殿門外，等殿下們進去請安後，再告訴李貴吧。」

「是，姑娘，奴婢記得了。」如意的聲音有些僵硬。

林意柔不以為意，放下簾子後，端起桌上的茶喝了一口，居然是上好的佳茗。皇后娘娘為了辦好這次宮宴，真是什麼都用好的啊！要是她知道自己主持的宮宴，害了她最寵的姪女，會是什麼心態？

想到這兒，又想起林妃的交代，她怨恨地瞪了顏寧一眼。就因為出身比自己好些，自己就得巴結著、奉承著，還得為她忙碌，要不是她乃顏家的姑娘，這樣的性子、這樣的長相，誰看得上她？

想到顏寧今年還幾次給她難堪、擠對她，她輕蔑地笑了一聲。「原以為聰明了，沒想到還是一樣蠢啊。」

「林姊姊，我不蠢，妳怎麼會進來呢？」

「啊！妳……」林意柔嚇了一跳，驚叫一聲，就被顏寧給摀住嘴巴。

「我怎麼沒中招，是不是？只怪妳的招式太老套，妳倒是用些新鮮招式啊。」顏寧也不放下摀著她嘴巴的手，還是不緊不慢地說：「對了，跟酒裡下藥相比，是新鮮了，知道要抹在酒杯上，還是上等迷藥呢。妳說，要是我拿迷藥抹在妳嘴裡，妳會不會暈倒啊？」

顏寧抖了抖自己的巾帕。不管是酒，還是酒杯，她都沒碰過。如意告訴虹霓，林意柔的荷包裡藏了藥粉，聽說那藥粉還是宮裡上好的迷藥，出門前還特地交代她，宮宴酉時初要去告訴楚昭業，讓楚昭業到梅園的醉景亭來。

顏寧知道，這是她想把自己拉進三皇子府啊！不過，這麼拙劣的招數，應該是林妃或林意柔想出來的，楚昭業再蠢，也不會用這麼容易出事的招數。

林意柔看到顏寧將那巾帕在自己臉前抖了抖，怕得使勁將頭後仰。

顏寧收起了巾帕。「林姊姊放心，我可不用迷藥，我有上好的藥可用，比妳的迷藥還好。」

林意柔驚懼之下掙扎起來，想拉下她的手叫救命，顏寧一個手刀，將她拍暈。

顏寧懶得找地方，直接將林意柔丟在地上，反手拔下頭上的銀簪。

這還是當初在南州買的呢，沒想到這麼快就用上了。銀簪裡有孫神醫調製的藥，這藥還是她偷的呢！

當初孫神醫幫顏明德調理舊傷，拿了這藥，讓顏大將軍內服外用。他還特地交代，這藥的藥效是好，唯一的禁忌就是不能冬日服用，因為碰到梅花香，藥性會起變化。

顏明德還好奇能起什麼變化，孫神醫委婉地說：「這藥是當年為青樓女子配的，那女子用了這藥走進梅林，被尋芳客急色地拖走了。」

「這藥還是春藥？」顏明德在軍中混久了，張口就叫。

當時孫神醫沒好氣地哼了一聲。「什麼春藥，老朽弄這藥是為了養肺。」

他們當時在顏明德的書房說話，顏寧正在書房的書架後看書。竟然有這麼神奇的藥，這次她一聽宮宴設在梅園，連忙摸到父親那兒偷了一瓶。

說起來她和林意柔還真是心有靈犀，都帶藥來了。只是，林意柔想不到自己什麼事都不瞞著如意，而如意現在可什麼都不敢瞞著她。

顏寧將銀簪的一頭轉開，自己屏住氣，將裡面藥粉撒到林意柔身上，想想不保險，又倒了一點在茶水裡，捏開她的嘴倒了點茶進去。

現在剛好在梅林裡，希望這藥效不要讓自己失望啊。

顏寧惡作劇般一笑，轉頭走出亭子。亭子外，虹霓和如意正站在角落裡，其他姑娘們忙著偷看皇子殿下，沒人看這裡。

「姑娘，殿下們已經進去正殿啦，接下來怎麼辦？」虹霓一看到顏寧就急著問。

如意也有些焦急。「顏姑娘，奴婢是貼身伺候姑娘的，她若有個三長兩短，奴婢也活不了了。」

「妳放心，妳家姑娘好好活著呢，我只是打算助她一臂之力。對了，妳家姑娘不是吩咐妳去找李貴嗎？妳快去吧，這樣萬一妳家姑娘怪罪，妳也有個說詞啊。」

「是，多謝顏姑娘指點，奴婢這就去。」如意福了福身，連忙沿著迴廊跑回正殿門口去。

虹霓看著顏寧，不知姑娘接下來想做什麼？顏寧附耳過去，輕聲交代幾句，隨後大聲說：「虹霓，林姊姊說她醉酒了，妳去給她拿碗醒酒湯來。」虹霓應是，往正殿那邊跑去。

顏寧慢慢走到觀梅亭，看見李錦娘等幾個閨秀正坐在裡面閒聊，劉琴居然也在。

眾人看到顏寧進來，都轉頭看向她。

劉琴看到顏寧，熱情地說：「寧兒，好久未見了。」

顏寧也笑著，作勢要行禮。劉琴雖然是側妃，卻也有品級，如顏寧這樣的姑娘是沒有品級的，按例應該行禮。

劉琴哪會真讓她行禮，快步過來拉住顏寧的手，笑道：「寧兒真是和我生疏了，我們姊妹哪用得著這樣！」

顏寧才笑道：「琴姊姊做了側妃，還是和以前一樣好相處。」

聽到側妃兩字，劉琴的臉色僵了僵，又馬上笑著拉顏寧到自己和李錦娘旁邊坐下。

「寧兒，林姑娘呢？」

「林姊姊說她頭暈，在聞香亭歇著等醒酒湯呢，那邊冷清，我就過來了。」

李錦娘聽到是這樣，也沒再多提。

劉琴更不會多問。林意柔對楚昭業一片癡心，林妃又隱隱流露出讓林意柔做三皇子正妃的意思，她自然是不喜的。而林意柔看著就是面甜心苦，若林意柔做了三皇子妃，她的日子可就難過了。

一想到要將楚昭業讓給林意柔，劉琴心裡就一陣苦。成親前她對三皇子的印象只是一個英俊剛正的皇子而已，成親後楚昭業對自己溫柔體貼，兩人琴瑟和諧。

出嫁前父親告訴過她，是因為劉府有把柄在三皇子手裡，才會讓她做三皇子側妃；成親後，她覺得楚昭業對自己是有情的，不然，怎能對自己這麼好呢？

她這話要是告訴顏寧，顏寧估計會大笑三聲，告訴她：只要妳有用，楚昭業會一直對妳這麼好的。

可惜，劉琴不知道。劉琴只覺得自己是今生有幸才能嫁給楚昭業，就算是側妃的委屈，她也不在意了。

只是，宮宴前柳貴妃的那一招賜簪，還是讓她難堪了。她想，要是她對楚昭業再好點，讓父親幫三殿下拉攏軍中的將領，三殿下會不會請旨讓自己做三皇子妃呢？以前父親不是說過，顏寧就是因為她父親是顏明德，才會被人看重的嗎？

劉琴心思百轉，嘴裡還是和顏寧說著話。

顏寧一邊應付著劉琴的話，一邊聽著外面的動靜。

有幾個姑娘笑著衝進亭子。「殿下們居然進梅園折梅來了，皇后娘娘讓大家到亭子裡來呢。」

「外邊好冷，不過梅園的梅花真好看。」

原來皇子殿下們請安之後，柳貴妃提議說梅花開得正好，可以折幾枝讓殿下們拿到前殿去，君臣共賞。

幾位皇子們就說自己踏雪尋梅，別有樂趣。

顏皇后不欲掃興，說讓園子裡的姑娘們避避，待皇子們離開後再去園裡賞梅。這話吩咐下來，所有姑娘們都知道皇子殿下們要入園，比起剛才遠遠看著皇子們進入正殿，這可是近看的好機會，所以各家姑娘們嘴裡說著迴避，心裡卻雀躍地想好好偷看幾眼，少女情懷總是春。

顏寧看看亭子裡的人，只有劉琴一副端莊的樣子不動如山。反正她已經嫁人，確實也不用看了；而李錦娘是安國公愛女，自小跟著安國公夫人進宮請安，也是見過幾個皇子的，自然不會太雀躍。

其他姑娘們卻低聲說笑著、嬉鬧著，扒著亭子的紗窗，向外張望。

顏寧自然也懶得去張望，坐在那兒喝茶。

虹霓走了進來。「姑娘，您可讓奴婢好找，您讓奴婢去拿的，奴婢拿來了。」

「虹霓，妳可來了，我等得好久，走，我要去更衣。」顏寧說著站起來，跟其他人打了個招呼，走到亭外。

顏寧走到迴廊，看看外面，梅林裡幾處宮燈移動著，應該是皇子殿下們入了梅園，各自分開尋梅去了。

過了片刻，觀梅亭外的梅林裡，一盞宮燈晃了兩圈。虹霓拉了拉顏寧，顏寧也看到了，慢慢走到醉景亭，打開毛氈，走了出去。

一走到外面，就感覺北風撲面，冷得她打了個哆嗦，跳了幾下暖和手腳。等會兒還得動手呢，可不能僵住了。

還好這裡夠偏僻，若是讓人看到她一身羅裙地蹦跳著，又要被議論不端莊了。

虹霓跟在後面，對自家姑娘時不時的意外之舉，已經視而不見。

顏寧跳了幾下，感覺手腳暖和了，將袖子緊了緊，往聞香亭走去。只見前面一個小太監提著一盞宮燈，引著一人慢慢行來，居然是楚昭暉。

楚昭暉剛剛跟其他兄弟們分開，帶著自己的貼身太監到梅林裡選梅，一個小太監攔住他，低聲道：「殿下，娘娘要見您，讓奴才別驚動他人。」

楚昭暉不知柳貴妃有何事急著見自己，也不敢耽擱，跟著這個小太監往梅林深處走去。走了片刻，他忽然想起這小太監從未見過，母妃就算要避人，也該選個自己認識的，於是他站住了。「你過來，爺有話問你。」

小太監轉身，臉上有些慌張。

楚昭暉剛想問話，感覺自己後腦勺一痛，眼前發黑，昏迷前看到的就是對面還有一個人影，對著那小太監也是一劈。是誰要行刺自己？他腦中閃過這句話，然後就倒下了。

顏寧在他身後，對著手掌吹了吹。楚昭暉練過武的，為了砍暈他，自己可用了八成力。不過這人也太弱了，自己一身羅裙都摸到他身後，居然都沒察覺，這要是暗殺，還不是殺一個是一個？

顏寧撇撇嘴。難怪皇子殿下要拚命養高手、養侍衛，回頭太子哥哥住進東宮時，可得讓他選些身手好的。

虹霓站在那小太監身後，沒忍心讓人直接倒在雪地裡，扶住了。

顏寧左右打量一下，沒驚動人，四下也沒人。「好了，妳把手上那個往旁邊放了，我們先把楚昭暉弄去聞香亭。」

虹霓幫顏寧一起合力將人抬到聞香亭邊。

顏寧一個人拖也拖得動，但是楚昭暉等下還要在人前亮相，若明擺著是被人暗算的，那可就不美了。

「進去後閉住氣！」顏寧交代虹霓一聲，兩人極快地打開亭門走進去。顏寧將剩下的藥，如法炮製地給楚昭暉也來了一點。

時間不多，這兩人得快點醒啊！

收拾完這些，看林意柔和楚昭暉都動了動，顏寧一拉虹霓，兩人退了出去，從醉景亭繞回迴廊，慢慢往聞香亭走來。

虹霓有些憋不住了，看看四下無人，輕聲問：「姑娘，您為何吩咐，不管是二皇子或四皇子，就選第一個遇上的人，引過來啊？」

「因為，二殿下和四殿下，我不知道選哪個給林姊姊好啊，只好讓老天爺決定了。」顏寧理直氣壯地說。

虹霓一陣無語。虧她還以為是有什麼玄機呢。

剛才姑娘讓她披個斗篷罩住頭臉，找個這裡伺候的小太監，跟人說自家姑娘戀慕皇子殿下，想見面一訴相思。

人家問她是哪個皇子殿下，她只好說不是太子殿下和三殿下，讓小太監等在那裡，說等下自家姑娘想見的殿下會走過來，讓他只要說「娘娘有請」，殿下就知道是誰了，若是帶過來，記得將宮燈朝聞香亭方向轉兩圈。

那小太監收了一錠金子，連忙照辦，結果楚昭暉倒楣撞上了，被帶過來。

顏寧覺得自己說的是大實話啊。太子哥哥是自己人，不能禍害。

林意柔倒是想禍害楚昭業，她不能給他們兩個機會！剩下的二皇子和四皇子，禍害哪個都行，所以遇上哪個就哪個好了。

虹霓看她理直氣壯的樣子，暗暗決定，回府後要告訴綠衣姊姊，要嫁人一定不能讓姑娘給指婚，萬一姑娘看中幾個都覺得很好，會不會直接讓綠衣姊姊抽籤選一個？這是個亂點鴛鴦譜的主兒啊。

兩人從迴廊末端慢慢走著，走到聞香亭門口時，聽到裡面「啪啦」一聲，好像是茶壺掉地上的聲音。

然後，楚昭暉叫了一聲「誰」。只是可能剛剛醒過來，聲音中氣不足，林意柔顯然也醒了。

兩人只覺得亭內燥熱難耐。

楚昭暉已經知了人事，感覺渾身發熱。兩人都坐在地上，楚昭暉只覺得林意柔格外嬌美可人，白嫩的小臉紅暈閃現，他一把將林意柔拉過來。

林意柔剛剛轉醒，還未回神就被楚昭暉一把抓住，她想掙扎，可哪裡比得過楚昭暉的力氣。

「放開！二殿下，鬆手——」
林意柔剛叫了一聲，就被楚昭暉按倒了。

第二十九章

顏寧聽到林意柔叫的那聲，真怕驚動了人。幸好迴廊上的人都走進亭中，外面梅林空曠，風聲颯颯，也沒人會注意這聲響。

孫神醫的藥還挺有用的啊！她從外面繞回這裡，不過小半炷香的時間，藥效居然起作用了？

想起孫神醫那句「急色的尋芳客」，她深深吸了口外面飄進來的梅花香，真是濃郁好聞。

這時門簾掀開，走來兩個人，是劉琴帶著丫鬟從觀梅亭中出來。

劉琴左右看了一眼，看到顏寧，抬頭理了理雲鬢，對顏寧不好意思地笑了笑，帶著丫鬟往顏寧這方向走來。「寧兒，妳回來啦？是去那邊更衣嗎？」

此時，聞香亭中林意柔還在掙扎，衣裙曳地的聲音，站在門簾外就能聽到。

顏寧往前走兩步。「是啊，就在迴廊末那處宮室裡，那裡有人伺候的。」

兩人在聞香亭前碰到了，亭中傳來林意柔「啊」的一聲痛叫。

劉琴已經嫁為人婦，亭中的聲音她傾耳一聽，就知道是怎麼回事了。再聽到林意柔的那聲叫，臉色都變了，驚疑不定地看著顏寧。

顏寧還是微笑著，面不改色地走過她的身邊，擦身而過時，她吐氣如蘭。「劉姊姊，我先走了。聽說，林妃娘娘很喜歡林姊姊呢。」

劉琴看著顏寧背影挺直，不慌不忙，步子堅定而緩慢地離開。那句「林妃娘娘很喜歡林姊姊呢」，不停在她耳邊迴響，最後，好像有人在她耳邊大聲喊叫一樣。

她當然知道，林妃這個正經婆婆，最喜歡、最看重的就是林意柔，連人在禁足中，都不忘讓楚昭業給林意柔賜東西。

劉琴臉色變幻不定，腳步抬起又停住，最後，臉上閃過一絲陰狠，抬步往前走去。她身邊的丫鬟彩屏是從小跟著她的，從濟安伯府作為陪嫁丫鬟進了三皇子府，看自家姑娘往前走去，也跟著舉步前行。

劉琴剛開始幾步還走得很猶豫，後來越走越快，越走越快，彩屏幾乎是小跑著才能跟上。

劉琴可以忍受暫時做側妃，但是若林意柔做了正妃，家世、容貌樣樣不比她差，既是楚昭業的青梅竹馬，還有林妃這個婆婆的寵愛，那自己在三皇子府可就出不了頭了。

也活該林意柔倒楣，若換了其他人撞上，她可能還能倖免，偏偏是劉琴。

劉琴知道聞香亭裡的男子不是楚昭業，人不為己，天誅地滅啊！

這時，迴廊上傳來如意的一聲驚叫，聲音短促尖利，在迴廊上甚至有回聲了。

「怎麼了？」

「出什麼事了？」

「快去看看！」

各家姑娘們紛紛從亭子裡走出來看，顏寧也跟著大家走出來，看到如意站在聞香亭前，一臉慘白。

世安侯家的兩個姑娘自詡和林意柔親密，此時看到如意一臉驚慌無措地站在門前，王貞一邊問「如意，意柔怎麼啦」，一邊伸手掀開簾子走進去。然後，她也「啊」的一聲驚叫，慌張地退出來，指著亭子裡說：「有……有人，男人，在裡面！」

迴廊處鬧出的動靜不小，梅林裡的幾個皇子都聽到聲響，也顧不上避嫌，過來看看。顏皇后帶著柳貴妃等宮妃們匆匆趕來，看到這一幕，不由臉色鐵青，讓人將林夫人請來。

太子楚昭恒帶了楚昭業、楚昭鈺，從醉景亭走進迴廊，看到一群年輕姑娘們，猶豫片刻。

楚昭恒讓招福叫了個皇后娘娘身邊的太監過來，詢問出了何事？待聽到居然是林府的林意柔和二殿下楚昭暉在聞香亭中，都是滿臉意外。

「三弟，林姑娘是你表妹，你看……」楚昭恒低聲問楚昭業。

楚昭業聽到那太監的話，臉色繃緊，原本剛正的五官更加肅穆。「也許是有意外，我們去看看吧。」

楚昭業急著要去看看到底發生了什麼事？林意柔就算心儀楚昭暉，也不至於荒唐到在這種時候出事，更何況他知道，林意柔心儀的不是楚昭暉。

但是他沒法讓楚昭恒和楚昭鈺不要過去，畢竟，楚昭暉是大家的兄弟不是？他都這麼說了，楚昭恒和楚昭鈺自然不再迴避，三人往聞香亭走去。

這時，有宮人和太監已經拿了幾套衣裙過來，柳貴妃指了自己身後的兩個太監。「你們兩個進去，幫二殿下換上衣裳！」

很快地二殿下楚昭暉穿戴整齊走出來，臉上還有明顯的四條指甲印。

林夫人走過來，剛想行禮，柳貴妃看到她已經氣得無法抑制，也顧不得皇后娘娘在場，怒聲道：「快進去，讓妳好女兒出來！」

林夫人走進聞香亭，看到衣衫凌亂的林意柔，不由哭叫「柔兒，我的柔兒」。林意柔看到林夫人，也嚶嚶地哭起來。

柳貴妃在門外等不及了。「哭什麼，還不快出來回話！」

顏皇后朝兩個宮女示意，兩人連忙送了套衣裙進去。林夫人和如意兩人，幫林意柔穿戴整齊，扶到亭外。

林意柔垂頭跟著林夫人走到外面，拿著手帕拭淚，眼神一瞟，就看到站在門外的一大群人。

柳貴妃氣惱她讓楚昭暉今日出醜，還可能影響楚元帝對自己兒子的看法，真恨不得撕爛了她，看到她出來，冷冷哼了一聲。

林意柔只覺得渾身疼痛，但是比身體疼痛更難堪的卻在心裡。她抬頭，先看到的是楚昭業目光淡漠地看過來，甚至，她能從他眼裡看到自己狼狽的影子。她掉轉頭，就看到了顏寧。

顏寧沒擠在熱鬧的人堆裡，而是站在人群最外面，靠著迴廊右邊一根廊柱站著，看到林意柔出來，她露出甜美的微笑，甚至，還對林意柔點頭示意。

是她！都是她害了自己！

林意柔只覺得怒火、妒火竄上心頭，她尖利地叫了一聲「妳去死」，整個人往顏寧那邊衝去。

柳貴妃和楚昭暉也站在右邊，看到林意柔這麼撞過來，柳貴妃以為她要與楚昭暉拚命，連忙拉著自己兒子往旁邊站，嘴裡叫著「快攔住她」。右邊的姑娘們也紛紛躲開，有兩個躲不及的人被林意柔給撞倒在地。

顏寧驚嘆，平時看林意柔都是柔柔弱弱的，現在看著還是有些力氣的嘛。

圍觀的姑娘們看到現在的林意柔，鬢髮散亂，珠釵都掉了兩支，一臉陰狠，剛才哭了那麼久，眼睛紅腫，此時，眼睛看著甚至是紅色的。

有膽小的姑娘嚇得躲到別人身後，場面一時有些混亂。

林夫人和如意反應過來，連忙上前來拉人。林夫人一手去扶林意柔，一邊道：「柔兒，皇后娘娘在這兒，有事皇后娘娘必定會給妳作主的。」

這是暗示林意柔，顏皇后在這裡，如果是楚昭暉用強，她可以向顏皇后告狀啊。

可是人衝動起來，哪是這麼容易制止的？

林意柔什麼都聽不進去，她只知道自己的夢碎了。自從父親跟她說楚昭業是奪嫡的最佳人選時，她就發誓要嫁給表哥，以後能做皇后。父親也說過，林家會全力支持表哥奪嫡，表哥為了報答林家，也肯定會娶她為妻的，尤其是林天龍死後，連楚昭業都親口答應林文裕會娶她做正妃。

原本還有個顏寧礙了自己的路，她甚至都做好了先做三皇子側妃的準備，顏寧卻當眾說不再癡纏楚昭業了。林意柔一邊惋惜顏家不能成為楚昭業的助力，一邊暗自高興，這下表哥就得更倚重林家。

結果也是如此，表哥很多事情都找父親商議，只是林家手裡沒有兵權。父親說，奪嫡有時到了最後，也就是看誰手裡有兵。

她跟著母親進宮請安時，林妃娘娘惋惜顏家不能為自己所用，她當時想，若是毀了顏寧的清白，她不還是得跟著表哥嗎？最好是當眾被人發現失了清白，這樣，一個沒有閨譽的女子，表哥娶她做個側妃就夠了。而且，若是她幫表哥這個忙，他不是更會感激自己嗎？為了讓姑母高興，她還特意避開自己母親，向姑母獻了這一計。

林妃也覺得是個好主意，提議今年宮宴上可以動手，還暗示事成之後，年後讓顏寧做側妃，接著就可以迎娶她這個正妃了。

沒想到，宮宴前，姑母就被禁足。

沒有林妃在宮內安排，她不敢動手，可是在三皇子府，看到劉琴那一臉嬌羞的樣子，她嫉恨交加。

劉琴算什麼？若是自己為表哥立了大功，以後表哥對自己就不只是喜愛，還有感激和敬重了。

她一心要給楚昭業一個驚喜，決定親自下手。眼看著顏寧喝下那杯酒，她趕緊要把人送到醉景亭，沒想到顏寧竟然進了聞香亭。這也沒事，換個地方而已，她讓如意去找李貴，讓李貴告訴楚昭業到聞香亭來。沒想到，最後顏寧沒有中招，中招的反而是自己。

顏寧看她那副咬牙切齒的樣子，實在好笑。既然大家都想動手，那就願賭服輸嘛！顏家不像其他人家那樣，妻妾爭鬥，嫡庶踩踏，手段無窮，但是，她也是聽過內宅故事的。什麼丫鬟下藥爬上主人的床，妾室或庶女為了害嫡女下藥云云，這種內宅陰私的事，私底下大家當故事聽，說得最多了。

所以，她聽到孫神醫和顏明德的話後，覺得那藥真是神奇。害人必備之物，不拿一瓶都對不起自己啊。

其實，林意柔這計策，拙劣得不值一提，當然，她的也高明不到哪兒去。可是，招式老套怕什麼，誰贏了誰就是英雄啊。

看到林意柔瞪著自己，她還氣死人不償命地比了個口形「我贏了」，林意柔哪再禁得起這種刺激。

自己的清白沒了，還當眾丟醜。

她甩開如意扶著她的手，再次拚命地衝過去，想要掐死顏寧，告訴大家——這一切都是她搞的鬼，都是她害自己的！

顏寧看她還衝過來，往前走了兩步，剛好迎到林意柔面前，悄聲說：「妳荷包裡的藥用完沒？」

林意柔聽到這句話，饒是她被氣瘋，還是完完全全地聽進去了。

趁她一愣神，顏寧大聲勸阻道：「林姊姊，林夫人說得對，這可是宮裡，妳可不要想不開啊！」說著伸手去扶。

眾人眼裡，只看到顏寧滿臉擔心地看著林意柔，伸手想要拉住她。再聽到顏寧那句「不要想不開」，都覺得林意柔是羞憤之下要自盡了。

附近的姑娘們看到林意柔神情猙獰瘋狂，向右邊的廊柱直衝而去，都嚇得閉眼不敢再看。

而林意柔只覺得顏寧的手抓到自己胳膊後，一股勁力拉著她，讓她不由自主地往廊柱上撞去。她再次「啊」地大叫，這次，是驚嚇了。

顏寧難道想讓自己當眾撞死？

眼看廊柱離自己越來越近，林意柔甚至不自覺往後退，可是，她的力氣和顏寧比起來，簡直是蚍蜉撼大樹。

就在她要忍不住大叫「救命」時，手臂上的那股力道終於鬆了，可是前衝的力道沒有完全被抵消，她還是不由自主地「咚」的一聲，撞到了廊柱上。幸好，撞的時候她本能地側頭，若是正面撞到柱子上，她的臉就要毀了。

顏皇后自然不希望宮宴上鬧出人命，連忙讓人去請太醫。

柳貴妃暗暗可惜，怎麼沒撞死呢？一想到這是林家的女兒，她就想到林妃，心裡就惱火。

顏寧蹲下身，將林意柔由靠坐在牆上，拉為面朝大家，一邊伸手看她頭上的傷，一邊又低聲說了一句：「林姊姊，想清楚喔，不要最後落得家廟度日。」

說完，她站起身，對大家點點頭。「還好，只是破皮。」

大家只看到林意柔的額頭上鼓起一個大包，出了點血，但看著應該只是破皮，沒有大礙。幸好顏寧剛才拉住她，若是撞實了，肯定沒命，就連林夫人，也滿臉感激地看著顏寧。

「您快去看看林姊姊吧。」顏寧被那感激的眼神看得怪不好意思的。

林夫人感激地點點頭，又走到林意柔邊上。「妳這孩子，怎麼這麼傻啊！」

林意柔只覺得胸口氣得發痛，但是，她不能再說出是顏寧害自己的話了，因為她荷包裡的迷藥，真的沒有用完！自己怎麼那麼蠢呢？隨便哪裡倒掉就好啊。

當然，她也可以說顏寧下藥，可是，要是搜了顏寧身上卻沒有搜出該怎麼辦？如果她說是顏寧害她，追根究柢，只要顏寧說出是她帶迷藥進宮，妄圖將顏寧迷倒，那接下來，她就要承受皇家的怒火了。而且，若她辯駁說是藥性所致，那楚昭暉自然也是被藥性所迷，到時他完全不認帳，她又失了清白，真的只能被送進家廟了。

京城曾經有家女兒被人下藥，結果，輕薄了她的男子反認為這女子水性楊花，不肯迎娶，這女子最後被家人送進了家廟。

今日這情形，柳貴妃對她是一千一萬個不喜，她只有咬定什麼都不知道，喝醉了在亭中歇息，被楚昭暉輕薄，或許，能讓楚元帝和顏皇后替她作主？

顏寧一點也不怕林意柔說，因為孫神醫的藥是為了養肺療傷用的，太醫就算去查，也只能查出這是良藥。而且，她瞭解林意柔，林意柔可不是什麼敢魚死網破的烈性人，自己說了那兩句話後，估計她多半要將事情推到楚昭暉身上去。

果然，林意柔只埋頭在林夫人懷裡哭泣，再也不說一字了。

顏皇后嘆了口氣，沒想到好好的一場宮宴，鬧出這種事，轉身吩咐惠萍。「叫太醫來，先給林姑娘看傷。去正殿傳諭，其他人先送出宮吧。」壓低了聲音，又說道：「妳親自去前殿，把這事告訴聖上一聲。」

看熱鬧看得起勁的各府姑娘們，聽到顏皇后吩咐送其他人出宮，哪敢逗留，急急忙忙離開，回到正殿找自己的母親去。

李錦娘也站在外面看熱鬧。她從林意柔這事鬧出來，想到顏寧剛才到觀梅亭說的話，自然知道事情不簡單。不過，這世上的事，大家就算心裡明白事情不簡單，事不關己，誰會拆穿呢？林意柔這次可要認栽了。

李錦娘想著，跟著大家回正殿去，怎料站得久了，腿有些發麻，一個踉蹌，差點摔了，還好她的丫鬟眼疾手快，扶住了她。

她只好原地站著，扶著丫鬟的手，先緩一緩，沒承想，她旁邊的姑娘猛地一個轉身，碰到了她。她本就站立有點不穩，丫鬟使勁拉也沒拉住，這下是真要摔倒了。要是當眾倒地……她急得眼睛都要紅了。

眼看她身子已經半斜，旁邊伸過一隻手，抓住她的左手臂，拉了她一把，看她站穩後，又有禮地放下。

那隻手，骨節分明，是一隻男子的手。

李錦娘抬頭看去，原來她剛才居然要倒在太子楚昭恒的身上，要不是他扶了一把，她今日這臉要丟大了。

太子殿下今年才開始頻頻出入朝廷內外，以前很少在人前露面，李錦娘還是從他穿著的淡黃色袍服上，認出來的。她小時候跟著母親進宮請安時，遠遠見過太子一眼，那時他年紀還小，臉色蒼白，瘦瘦弱弱的，和眼前的他判若兩人。

如今再看，李錦娘的腦中只閃過八個字：謙謙君子，溫潤如玉。

她羞紅了臉，輕聲道謝。「多謝太子殿下援手，臣女失禮了。」

「無妨，人多，小心些。」楚昭恒輕聲說了一句，抬了抬手，示意她免禮。隨後，繼續往前走去。

李錦娘只覺羞紅了臉，再抬頭時，卻看到太子殿下已經走遠，只看到一個身姿挺拔的背影。她連忙扶著丫鬟的手，也低頭往正殿方向走去。

顏寧有點捨不得走，興致勃勃地看了看林意柔，又看了看楚昭暉，尤其楚昭暉臉上那抓痕，嘖嘖，都見血了。

楚昭恒看到這一幕，暗暗嘆氣。虧他知道林妃想對顏寧下手後，還準備了幾手應對呢，結果一手都沒用上，這姑娘能依賴家人一點不？難怪顏烈總跟他抱怨，家裡有個太聰明、太能幹的妹妹，讓他英雄無用武之地。

看到顏寧還眼睛發亮地盯著楚昭暉的臉看，他輕咳一聲，走過去，擋住她的視線。「還不快回正殿去，餘下的事，妳別管了。」

顏寧聽到楚昭恒這話，點點頭，又對林意柔和楚昭暉擠擠眼，眼神裡滿是得意。

楚昭恒笑著搖搖頭。「別鬧了，快和舅母回家去吧。」

李錦娘這時走過他們身邊，回頭，看到楚昭恒臉上那抹寵溺的笑，心裡閃過一絲驚訝、一絲羨慕，還有，幾絲說不清道不明的失落。

楚昭業站在聞香亭左邊，看著眼前這些，一聲不吭，好像是個路人。看到楚昭恒與顏寧談笑時，他抿了抿嘴。

楚昭鈺轉頭，對他說：「三哥，林姑娘是你表妹，你不上去看看？」

「有母后和舅母在，相信表妹不會受委屈的，你說是吧？」

「是啊，不過林文裕要是做了二哥的岳丈，那二哥和三哥可就更親近了。」楚昭鈺這話裡，誰都能聽出幸災樂禍。

「我們是兄弟，兄弟不就已經很親近了？」楚昭業不欲多說，淡淡地回了一句。

洪太醫之事被發現後，楚昭鈺如今找到機會就要跟他作對。

楚昭業看著倚靠在廊柱邊的林意柔，心裡只覺得一股無奈之情湧上。

這個蠢貨！當如意跟李貴說了林意柔的打算後，他就覺得不好，讓如意回來，結果還是晚了！

他知道，對顏寧下藥的主意，是林意柔和林妃兩人商議定下的計策。他不能罵自己的母妃，只好在心裡罵了一聲這個表妹。

對林意柔，他實在失望。以往覺得她乖巧聽話、識大體，感覺娶進府也不錯，沒想到，自從顏寧當眾說出不再癡纏自己的話後，這表妹越來越進退失據、躁進。她覺得正妃這位置有望，他也答應了，結果還要幹這些蠢事？到底是女子，眼光放在內宅，想出的主意也全是這種內宅陰私手段。

兩人也不想想，顏寧已非昔日的顏寧，以她如今對林家、對他這個三皇子的敵意，怎麼可能上當？再說，還有顏皇后和楚昭恒在，顏皇后也就罷了，楚昭恒如今在宮裡，消息靈通，耳目眾多，沒有十足把握的事，為何要冒險？

何況，顏寧是什麼性子？就算下藥成功，他真得到了她，以她的性子，她就敢拿刀子和自己同歸於盡，還談什麼輔佐自己？

可是，林意柔已經把事情做下了，他再怒也無濟於事。

他已經看過聞香亭內的東西，一壺茶水打落在地，被地龍蒸乾後，地上毫無痕跡，楚昭暉和林意柔兩人的衣物破碎，剛才換衣後，破碎的衣物被顏皇后命人收了。

就算顏寧下藥，此時，也查不出來了。

臨近新年，父皇應該會和稀泥圖個喜慶，那麼，今晚這事，林意柔或許就嫁入二皇子府了。不對，不能說嫁，柳貴妃怎麼可能答應？看來，他這表妹要做二皇子側妃了。

若是楚昭暉夠聰明……楚昭業捏了捏拳頭，但臉上還是那副冰山不動的表情。

楚昭鈺看了半天，放棄了。自己這個三哥，就算摔得一身泥濘，他的臉上還是不會讓你看出半分不妥，所以他轉頭專心致志地打量起林意柔和楚昭暉來，越看越覺得高興。楚昭暉娶林意柔，這主意太陰毒了，當然，也很有用。

他要是獲悉顏寧安排這計策時，他和楚昭暉各有一半的中招風險，他是會惋惜，還是會大呼幸運？

眾人散得差不多了，太醫也匆匆趕來，給皇后娘娘請安。

「魏太醫免禮，你給林姑娘看看頭上的傷，可會留疤？」顏皇后示意免禮，急著讓魏太醫先給林意柔看傷。如果會留疤，可就不美了。

幸好，魏太醫查看半晌後，道：「稟皇后娘娘，林姑娘的傷是破皮，微臣開兩瓶祛疤藥膏，只要林姑娘按時搽用，微臣有九成把握不會留疤。」

太醫們說話都留有餘地，魏太醫既然敢說九成，那就是不會留疤。

柳貴妃哼了一聲。「既然不想死，何必做出這副樣子？」

「好了，妳少說兩句，這事到底如何，我已經去讓人稟告聖上了。」顏皇后喝止柳貴妃。她不喜歡處置這種事情，這事又牽扯到林家和二皇子，她索性等楚元帝給個主意吧。

片刻之後，康保跟著惠萍一起過來。他傳了楚元帝的聖諭，讓林意柔和楚昭暉等人都到鳳禧宮去。

眾人當然不敢抗旨，林夫人扶起林意柔。林意柔剛破了身，渾身發痛，哪裡走得快，顏皇后看她可憐，賞她坐軟轎去鳳禧宮。

她低聲謝恩，抬眸，撞上了楚昭業的目光，又驚慌地垂下頭。此時，她是真的後悔了。正妃之位已經是她的，為何還要多生事端呢？

楚昭業跟著大家轉身，看到梅園迴廊盡頭，一個腦袋探頭張望一眼又很快縮回去。那人速度雖快，他還是認出了，那是他側妃身邊的丫鬟彩屏。

彩屏的腦袋縮回去後，很快地劉琴帶著彩屏從那裡走出來。

兩人走上迴廊，就看到楚昭業雙眼幽深地看過來。

饒是劉琴心裡早拿定主意，臉上還是閃過一絲心虛。彩屏在楚昭業的眼神下，更是白了臉色。

劉琴強作鎮定地走過來，拜見楚昭業後，問道：「爺，這是……出了什麼事？」

「妳剛才在哪裡？」

「妾身去那邊更衣了。」

「無事了，妳去跟母后告辭一聲，先回府去吧。」楚昭業看了一眼劉琴所指的地方，也不多說。

顏寧知道，有楚昭恒在，事情一定會圓滿解決，所以她很放心地跟著秦氏離宮。

秦氏也從其他人那裡聽到梅園聞香亭的事，看到顏寧走進殿裡，拉住女兒的手，和其他人一起離宮。

此時，已經是戌時初，冬日街道空無一人，宮門口倒是熱鬧，原來前殿的宮宴也散了。

顏明德在宮門處候著，看到秦氏和顏寧攜手走出宮門，吁了口氣，一家人如來時一般，回家去了。

回到家後，顏明德看著顏寧，慢吞吞問道：「聽說，是妳和林家姑娘一起到聞香亭的？」

「是啊。不過林家姊姊喝醉了，要歇息，我和虹霓就跟其他姑娘們一起玩了。」

「好了，沒事了，快去歇息吧。」顏明德點點頭。女兒這麼說，他就放心了。

顏寧帶著虹霓回到薔薇院，走進房門，看到綠衣倚在顏寧的床邊，睡著了。可能是坐那兒等她們回來，時間太久便睏了。

虹霓忙上去把她叫醒，兩人一起伺候顏寧梳洗。

虹霓忍不住悄聲說：「姑娘，看到劉側妃走過來時，奴婢可嚇死了。」

「沒事，就算她叫出來，也沒事。」顏寧當時已經想過，若劉琴毫無私心地要救林意柔，那她就認下是自己動的手。

理由麼，當然是阻止林意柔嫁給楚昭業了。就算楚元帝懷疑，只要顏家還是現在的顏家，他最多對自己小懲大誡一下，少女癡心嘛。

當然，這樣遺留之事就多了，比如若楚昭業趁勢要娶她該怎麼辦？

現在劉琴裝不知道，是大家都省心的辦法。

綠衣聽虹霓說了宮中的事，也是直呼菩薩保佑。

顏寧暗笑。重生一次的人，照理來說會更信鬼神之說，但是，她只是敬畏鬼神，遇事覺得還是求自己更靠得住。

林意柔沒做正妃的命，一想到她將要做二皇子側妃，她就心情舒暢。躺在床上，一下就睡著了。

第二日，宮中傳出消息，二皇子楚昭暉和林尚書嫡女林意柔，在宮宴上一見鍾情。楚昭暉娶林意柔為側妃，年後接進門——這就是皇家對此事的解釋了。

當然沒有傻子會當眾揭穿昨夜聞香亭云云，私底下，那話就要多難聽有多難聽了。有人說是林意柔癡戀二皇子，故意下藥勾引；有人說二皇子楚昭暉看中林家，娶了林意柔做側妃，逼林尚書站到自己這邊。兩種說法，各有支持者。

楚昭業在宮中陪聽了一夜，凌晨才滿身疲憊地回到三皇子府。

劉琴這一夜都沒怎麼休息，聽說殿下回府，連忙帶人迎到二門，站了半天，不見人來。她打發彩屏過去看看，過了片刻，李貴跟著彩屏回來。

「奴才給劉側妃請安，爺在前院歇下，就不過來了。」李貴滿臉恭敬地道。

「那爺一夜未歇息，我讓人準備點燕窩粥送過去？」

「爺讓您自個兒休息，他歇息一下，下午到您院子來。」

「好，多謝李總管，你也辛苦了。」劉琴有些失望，也有些不安，示意了彩屏一眼。

彩屏會意，拿了個荷包塞給李貴。李貴滿臉感激地接了賞賜，感恩的話說了一籮筐，然後告辭回前院伺候。

劉琴想聽到的話，硬是一句都沒留下。

這人是楚昭業的心腹，收了錢不給句準話，劉琴也不敢為難。看他帶著人離去，她只捏緊手中的巾帕，心想，若自己是皇子妃，這奴才還敢如此輕視自己嗎？

「我們回去吧。」她看著李貴的背影轉過二門外，再也看不到了，挺直脊背，轉身對身邊伺候的人說完，當先往內院走去。彩屏連忙上前扶住她，四個婆子也跟在後面回去。

這日，楚昭業用完午膳後，來到劉琴所住的院子。

因為府裡只有她一個側妃，所以劉琴的院子僅次於正院。她嫁進來後，楚昭業將內院交給她打理，她又將這院子收拾一番，此時走進去，雖然是冬日，但是院門處花木扶疏，並不蕭條。

劉琴聽到楚昭業來了，連忙趕到院門迎接。

楚昭業慢慢走進正房，四下看了一眼。「妳們先下去！」

屋中伺候的下人不敢怠慢，彩屏偷看劉琴一眼，看到劉琴點頭示意，也跟著退下。

「妳這奴婢，倒是對妳很忠心啊。」

「爺，彩屏是妾身自小伺候的，難免對妾身親厚些，她對爺也一樣忠心的。」劉琴看楚昭業對彩屏退下前看自己的那一眼，有些不豫，連忙辯解兩句。

楚昭業也不再多說，看眾人都退下後，回頭盯著劉琴。「昨夜的事，妳有什麼要對我說的嗎？」

「爺，昨夜我也沒想到林姑娘會遇到那種事，我回來時就看到大家站在迴廊上……」劉琴說著說著，聲音越來越輕，看著楚昭業越來越冷的眼神，她只覺得說不下去，最後幾句，聲如蚊蚋。

「李貴，把那個彩屏帶下去，問她昨夜聞香亭外有什麼事？要是不說，就在院子裡打死。」楚昭業根本不理劉琴再說什麼，只向門外吩咐道。

門外李貴答應一聲，就聽到彩屏被拖出去的聲音。

劉琴愕然地轉頭，想要阻攔。彩屏是她的貼身大丫鬟，這樣挨打，不是在打她的臉嗎？

「等等！」劉琴叫了一聲，走到門口，卻被兩個太監攔住，再一看，連院門也被看住了。

「爺，彩屏她沒做錯事啊！爺……」劉琴撲到楚昭業面前，想抱住他的腿，哭訴一番。

楚昭業後退一步，劉琴直接撲個空，跪倒在地，然後聽見外面傳來彩屏的驚叫。

殿下不是嚇唬自己？她整個人都不住發冷，不知是氣的，還是怕的。

門外，彩屏被拖到房門外的院子中央，按在地上。

李貴大聲問：「彩屏，殿下問妳，昨夜看到了什麼？」

「奴婢昨夜伺候側妃到後殿更衣，什麼都沒看到啊！」彩屏是劉府家生子，她跟著劉琴陪嫁進三皇子府，父母家人都還在濟安伯府當差，她怕得發抖，卻還是硬撐著回道。

「打！」李貴也不囉嗦，聽了這話就下令道。

院中行刑的人，都是楚昭業帶來的，聽了李貴的命令，掄起板子就打。

板子打在皮肉上的悶響，在院子中，清晰地傳進每個人的耳中。

此時，跟著劉琴陪嫁進來的丫鬟僕婦，都跪在院子外，看著板子一下下落在彩屏身上。

彩屏也只是個十幾歲的姑娘，一直是劉琴的貼身大丫鬟，也是細皮嫩肉嬌養的，何曾吃過這種苦頭？只挨了幾下，已經痛得慘叫起來。饒是痛得很了，她還是不敢多說，只不住叫著：「殿下饒命！側妃救命！」

劉琴跪在屋內，彩屏救命的慘叫不停傳來，她癱坐在地上，淚流滿面，甚至不敢回頭去看一眼。

剛聽到要打彩屏時，她覺得是要給自己沒臉，又羞又氣，現在，只有懼怕。

原本，她覺得自己管著內院，府中的人誰敢不聽自己的？現在，她才明白，這不是尋常府邸，而是皇子府。

在三皇子府裡，府門一關，自己這個側妃的生死，還不是楚昭業一句話？她抬頭，看到楚昭業面無表情地俯視著她，恍如看著腳下一隻螻蟻。

劉琴像木偶一樣，不自覺喃喃地道：「爺，您饒了彩屏吧，都是妾身的錯！昨夜妾身聽到林姑娘呼救了。」

說著，她像清醒一樣，對著屋外大聲說：「別打了！別打了！彩屏說了，說了！」

彩屏聽到這話，也叫著：「奴婢說……說……」

李貴抬手示意停下，走到屋門口，請示道：「殿下，您看……」

「打了幾下？」

「回爺的話，打了四十板子。」

「再打二十板子，要是還活著，就留下。」

「殿下，您饒了彩屏吧，饒了她吧！」劉琴只覺得驚懼交加，打在彩屏身上的板子，好像打在她身上一樣，聽到板子落在皮肉上的聲音，她就不由顫抖一下。

聽到彩屏招了，還要再打二十板子，她知道，楚昭業是決意要了彩屏的命，給自己一個教訓。

麻木地聽著彩屏大聲叫著救命，到後面聲音漸漸低了，低了，她只覺得時間好像過了一輩子那麼長。

「殿下，六十板子打完了，這奴婢，還有口氣。」

「那就讓人帶下去，等下你們聽劉側妃吩咐吧。」

前幾日，聽到三皇子跟人說「聽劉側妃吩咐」，劉琴覺得這是他看重自己的表現，有時會想，或許他其實是喜愛自己的。現在，再聽到這句話，她只覺得一股寒意，地上石磚的寒意透過衣裙滲到骨子裡，然後，她冷得一陣發抖。

「妳是府中的側妃，不要隨便跪在地上。」楚昭業說著，伸手扶起她。「現在，好好告訴我，昨夜發生了什麼事？好好想想，別漏了什麼。」

劉琴不敢隱瞞，從昨夜進宮後見到皇后娘娘開始，到柳貴妃如何給自己難堪，自己如何做的，再到聞香亭前聽到亭中有聲響，一點都不敢隱瞞。

劉琴說得顛來倒去，但是楚昭業一聽，就明白了。

又是一個蠢女人！為了點私心，壞了自己的大計！

「妳知道自己做的蠢事嗎？」

「妾身明白，妾身應該救林姑娘的，應該進去阻止……」

「錯了，妳還不明白！」楚昭業打斷她的話。「人都有私心，聰明人，知道自己該要什麼，能要什麼！妳昨夜受了驚嚇，好好在家養兩個月吧。」

楚昭業說完，將劉琴扶坐在自己身邊的椅子上，他起身，撣了撣袍服，走出房門，李貴等人都跟著走了。

劉琴被抽光了力氣般，癱坐在椅子上。

一個比較親近的婆子走進來。「姑娘，彩屏姑娘……」這婆子被嚇住了，不自覺叫了家中的稱呼。

「快，給她請大夫來！」

「剛才李總管吩咐說……說我們院子裡的人，您身子沒好前，不許隨意出去……」

這，是將她和帶來的人都禁足了啊！

這時，院門處傳來動靜，府中的一個大夫走進來。「草民見過劉側妃，殿下吩咐我來給您請個平安脈。」

「我沒病！不要看診！你快給彩屏看一下啊！」劉琴今日被嚇住了，聽了大夫的話，覺得這大夫會給自己下毒，她大喊道。

那大夫倒不堅持，聽她說不要看診，就領命去給彩屏看了下。

彩屏被打了六十板子，腿骨已經斷了，身上血肉模糊。

大夫看了一眼，開了些傷藥，就走了。

劉琴聽說彩屏腿斷了，更是害怕，當夜竟然發燒說起胡話來。

這下，是真的病了！

楚昭業讓李貴應付府上的人情往來。畢竟要過年了，來送禮的、要回禮的，事情也不少。

劉琴雖然病了，楚昭業給濟安伯府的節禮還是很豐厚，李貴親自送到劉府，也算給足了濟安伯面子。

濟安伯夫人聽說女兒病了，想要去三皇子府探望，被濟安伯勸住。「李總管來送節禮時，說琴兒昨日宮宴上受了驚嚇，當日出事的是林家姑娘，琴兒能驚嚇什麼？只怕是她行事不妥，妳此時去，平白惹三殿下不喜，還是正月去吧。」

濟安伯夫人只得忍下探望的心思。

第三十章

這個新年過得很熱鬧，有得吃、有得玩，還可以聊聊二皇子和林意柔的八卦。

過了正月十五，皇家添了兩樁喜事。一件是正月十九，二皇子納側妃，畢竟楚昭暉和林意柔已經有夫妻之實，就怕萬一懷上，楚元帝下令讓楚昭暉儘早接林意柔入府。第二件喜事，就是太子遷入東宮，欽天監選了正月二十九的黃道吉日。這事從十月開始籌備，東宮宮室本就每年修繕，現在只是按照楚昭恒的喜好做了修整。

顏寧找了如意出來，將那幾張欠條借據還給她。如意驚喜地收好，匆匆回府了。

「姑娘，妳這就把東西還給她啦？當初封先生費了不少功夫才弄到這些借據的。」虹霓有點想不明白，姑娘這就收手了？

「虹霓，妳放心吧，接下來不用我們對林意柔做什麼了。拿著這些借據，萬一如意被人拿捏，把髒水潑過來怎麼辦？」顏寧心情很好，一點也不擔心。「走吧，難得出門，我們去逛逛。」

虹霓和綠衣看不懂自家姑娘是什麼打算，不過，姑娘覺得好就好。兩人也不多說，收拾收拾，跟著顏寧上街閒逛。

顏寧好久沒在京城閒逛，走著走著，居然走到林府門前的街道。看到林府大門打開，林文裕親自送楚昭業出門。

楚昭業上了馬，打算回府，卻在街道上看到一個眼熟的身影，仔細一看，竟然是顏寧！她從南州回來後，楚昭業還未單獨見過她，此時見到，打馬到了她旁邊，勒住轠繩下馬。「寧兒，妳出來逛街啊？」

「是啊，沒想到碰到三殿下您。」顏寧看到楚昭業從林府出來時，就想避開。只是，自己為何要避要躲？她想著，繼續在街道上走著。

「妳是來逛街，還是……」楚昭業轉身看了看林府大門。「還是要去林府啊？」

「我出來閒逛而已，您今日是到林府？」

「是啊，意柔要出嫁了，我這表哥來給她添妝啊。」他說得親切自然，好像一個為妹妹出嫁而高興的哥哥一樣。

「好虧啊，林姊姊這兒您要添妝，回頭二殿下那頭您又要送賀禮。所以，兩頭太親近了，就是麻煩。」顏寧皺了皺鼻子，脆聲說著。「聽說林尚書為了林姊姊出嫁，準備了很多嫁妝呢，這下，二殿下賺大了。」

「妳啊，婚姻大事，哪有什麼賺不賺的說法？」

「都說婚約是結兩姓之好，當然要算算是賺是賠啊。」顏寧笑嘻嘻地說著，側著頭，看著楚昭業。「三殿下，您擔心不？」

「我有什麼好擔心的？」

「我聽說啊，二殿下是為了拉攏林尚書，才急著娶林姊姊的呢。林尚書是您親舅舅，以後又是二殿下的岳丈，您還不擔心啊？」

「沒想到妳居然關心起這些事，以前妳不是最煩這種彎彎繞繞嗎？」楚昭業還是如常微笑著。林意柔為何會與楚昭暉發生那種事，他已經知道，面上卻一副毫不知情的樣子。

顏寧說這些話，是為了讓他難受一下，現在看楚昭業臉色如常，她自己不耐煩了。「三殿下，我還有事，先告辭了，您慢走。」

「最近經常在宮門那兒碰到妳二哥，開春了，下次一起去郊外打獵吧。」楚昭業還是溫和地笑著，好像很容忍她的任性。

顏寧懶得應付，點點頭，走了。

李貴帶著人等在旁邊，看顏寧走遠，才走過來。「殿下，顏姑娘是不是特意來見您的？」

楚昭業看她慢慢走過林府門前，拐入前面的巷子，丟下一句吩咐。「安排些人，守在顏府外面盯著。」說完，他跳上馬，打馬而去。「走吧，回府。」

李貴記下他的話，連忙跟上。

街上人多，又是在林府門前，楚昭業與顏寧說完話，林文裕已經知道兩人在街頭碰面的事了。他知道林意柔此事是顏寧動的手腳，只恨不能當街打殺，居然還敢在自己府前晃悠？

他回到後堂，林夫人擔心地過來問：「老爺，三殿下是不是不高興啊？」

「三殿下是來給意柔添妝的，妳讓人把三殿下送的東西抬到意柔的院子裡去。」林文裕並不回夫人的話，只要她快點讓人來抬東西。

林夫人看林文裕不想說，也不敢再問，只是輕聲道：「母親這幾日不高興，您要有空，去慈寧堂看看她吧。」

林文裕的母親楊氏這幾日天天罵人，林夫人都不敢往她跟前湊。一見到林夫人，就罵她養女不教、敗壞家風，又抱怨好好的皇子妃要飛到別人家了。

林夫人問林意柔時，林意柔說給顏寧下藥是林妃的主意。

聽著老夫人的叫罵，林夫人不敢回嘴，心裡卻滿是委屈。要不是妳好女兒的主意，我的女兒會落到這地步嗎？

由於心裡不痛快，林夫人就藉口忙著要為林意柔準備婚事，儘量少去慈寧堂露面。

林文裕也沒少挨老夫人的罵，他嘆了口氣。「知道了，等會兒我就去給母親請安。」

林夫人看他答應，帶著僕婦，將楚昭業送來添妝的三箱東西抬到林意柔的院子。

林意柔在房裡，眼睛還是腫著，這幾日她幾乎是以淚洗面，聽說這些東西是楚昭業送來添妝的，更是傷心。

「別哭了，柔兒，事情已經這樣了，妳放心，妳父親不會不管妳的。就算到了二皇子府，二皇子看在妳父親的面上，也得擔待妳一二。」林夫人看女兒哭得梨花帶雨，心疼地安慰道。

這倒也是實話，到底是親生女兒，又是自小膝前嬌養的，林文裕當然寵愛。

林意柔聽了林夫人的安慰，還是傷心。

二皇子正妃，聽說是柳貴妃親自選定的韓氏之女。韓家是天下知名的清貴之家，在外為官者眾多，有這樣一個正妃壓在頭上，她的日子怎會好過呢？再加上柳貴妃原本是打算正妃過門後，再納側妃的。如今，楚元帝為了顧全大家的臉面，作主讓自己這個側妃先進門，柳貴妃早就氣得跳腳。她正月進宮拜年，柳貴妃還故意讓她在栩寧宮外，站著等了半個時辰。

「好了，妳看，雖然是側妃，妳的嫁妝比起濟安伯府家的姑娘可多了一倍。到了二皇子府，妳就安心做側妃，男人麼，哄哄就好了。」

林夫人提到劉琴，才讓林意柔覺得好過點。

林夫人哄好了女兒，叫過如意。「妳好好伺候姑娘，一步都不許離開！再有什麼閃失，我就將你們一家人全賣了去！」

「奴婢不敢，奴婢一定好好伺候姑娘。」

如意送林夫人出院子後，她又回到屋裡，守著林意柔。

林意柔一看到她，想起宮宴之事，怒氣就掩不住。「把知意叫進來伺候，妳出去！」

原本，林意柔身邊只有如意一個貼身大丫鬟。年前從宮宴回來後，林夫人張羅著她正月出嫁，又買了幾個丫鬟。其中有兩個長相好又會說話，林夫人特意放到林意柔身邊伺候，打算做陪嫁丫鬟一起嫁過去，以後，林意柔還可將她們提拔做通房丫鬟。

林意柔原本是要打發如意出去的，如意自己苦苦哀求。

林夫人又想著，這丫鬟到底自小伺候的，林意柔的百樣事情和性情都知道，家人又都在林府做事，倉促之間換個貼身的人，哪能找到忠心又可心的？所以也勸林意柔先留下她，等進了二皇子府，若覺得不喜歡再打發，所以如意還是留下來。

但是林意柔遷怒她，如今說打就打、說罵就罵，哪還有大丫鬟的體面？前幾日，她被打發去做事，新買的一個丫鬟湊到林意柔跟前伺候，居然做得不錯。林意柔就改了她名字叫知意，提拔到自己身邊來伺候了。

「姑娘，夫人讓奴婢守著您……」

如意還想說兩句，林意柔已經抓起桌上的茶碗砸過來。「看到妳就晦氣，還不下去！」

在屋外伺候的知意，聽到屋裡的聲響，連忙走進來。「姑娘，您仔細手！這茶碗怕燙手呢！」說著托著林意柔的手，看她手指鬆動，連忙將茶碗拿下來，又對如意說：「如意姊姊，姑娘剛才說要喝燕窩粥，廚房還沒送來，要不麻煩妳去取一下？」

知意這麼說，也算給了如意體面。

如意知道，自己若還留在這兒，免不了還要受打罵，忍淚輕聲說：「姑娘，奴婢去給您取燕窩粥！」說完，走了出去。

知意送如意到房門口，又讓院裡的僕婦將那些箱子放到廂房去，安排完這些事，她又走回林意柔身邊。「姑娘，看您眼都腫了，要不，您躺床上歇歇？」

「我不想躺著。」

「那姑娘坐這裡，奴婢給您梳梳頭吧？您看，您鬢角都有點鬆了。」

林意柔聽她這麼說，往鏡中一看，果然抿好的頭髮都亂了，點點頭。

知意扶著她走進內室，坐到梳妝檯前。「姑娘，您都要嫁給二皇子了，這可是皇家呢！多少人羨慕都羨慕不來，您怎麼還這麼傷心？」

看著她一臉羨慕的樣子，林意柔覺得心裡安慰了點。知道要做二皇子側妃後，她心裡多少有委屈，不敢出門，生怕看到別人輕視的目光。

這知意是個農家丫頭，一聽說是嫁給皇子，就羨慕、崇敬得不得了，說京中那麼多大官的女兒，能嫁給皇子的有幾個啊？她聽了這話，心裡舒坦不少。看她見識不高，說話討喜，就提到身邊伺候了。

此時，聽到她的話，林意柔略帶驕傲地說：「哼，沒見識！皇子側妃，哪有正妃尊貴？」

「側妃、正妃都是皇子妃啊，奴婢覺得都很尊貴。」知意嘴裡說著，手也不停，很快就幫林意柔梳好頭髮。「姑娘，您看，這個髮式您喜歡不？」

「嗯，不錯！」林意柔看看鏡中的自己，點點頭。

知意又拿出胭脂水粉，幫她細細上妝。「姑娘，您看這妝容好不好？」

「在家裡，就不要用胭脂了。」林意柔看了一眼鏡中的自己，雲鬢微斜，膚白若脂，嘴唇紅豔豔的，怎麼看都是個美人兒啊。

「姑娘加點胭脂吧，會顯得氣色更好。眼皮有點腫，沒事，奴婢拿粉給您蓋蓋就好。」知意勸說著，拿出胭脂盒。

林意柔看了半晌，點點頭。她本就是愛美之人，知意上的妝容又很好。

知意花了小半個時辰，才為林意柔梳妝打扮好。「姑娘美得跟仙女一樣，不如換身衣裳，奴婢陪姑娘到花園走走吧？」

「嗯，好。」

「姑娘，這幾件都很好看，您看穿那條裙子好？」知意拿出三套衣裙，有榴花百褶裙、紅底撒金月裙和繡花百蝶裙。

林意柔選了榴花百褶裙換上，知意看了看，點點頭。「姑娘這樣，就很好看了。」

林意柔覺得她的聲音有點奇怪，轉身，覺得眼前一暗，軟了下來。

此時，如意到廚房等了半日，才提著做好的燕窩粥回來。以往這種活兒都是院裡的小丫鬟做的，如今這些打雜的都是她的事了。

她心中暗恨，若不是顏寧要脅自己，她哪會落到這種境地！

回到院中，僕婦們看她回來，臉上早沒了往日她當大丫鬟時的恭敬。

「如意姑娘，您怎麼才回來啊？姑娘都等急了，罵了知意姑娘幾句，讓她去廚房叫妳呢。」有婆子大聲說。

如意不敢回嘴，聽說林意柔等急，連忙提著食盒進房。「姑娘，奴婢帶燕窩粥來了。」叫了一聲卻沒聽到林意柔的聲音，她小心地推開房門。「啊——快來人啊！快來人啊，姑娘上吊了！」

如意站在門口，看到林意柔吊在房中雕花大床的床梁上，一邊叫著，一邊想退，可腿軟了，根本邁不開步子，一屁股就癱坐在門口。

屋外的婆子們聽到上吊，嚇得連忙衝進來。「哎呀，這是沒救了啊！」一個婆子看到林意柔的樣子，不自覺地喊出來。

旁邊一人拍了她一下。「還不快把姑娘放下來！」

有兩個膽子大一點的婆子上前，將林意柔解下，放到繡花大床上。

「柔兒，我的柔兒……」林夫人聽說林意柔上吊，一路哭著跑進來，屋裡屋外的僕婦丫鬟看到夫人來了，連忙讓開。

林夫人衝上前，看到倒在床上的林意柔，嚇了一跳。

林意柔舌頭吐了出來，眼睛大睜，上了口脂的嘴唇格外紅得嚇人。她身上穿著正紅榴花百褶裙，床上還有一件大紅披風。腳上的繡花鞋掉了一隻，穿在腳上的一隻鞋子，是正紅牡丹繡花鞋！

不久前還跟自己說話的女兒，一下變成如此模樣，林夫人只覺得眼前一黑，一陣天旋地轉，倒在了床前。

林文裕也不要下人陪著，親自帶著大夫匆匆趕進來。

那大夫走到林意柔床前，抬頭看了一眼。這一看就是死透了啊，找自己來有什麼用？他也不再上前診脈，拱了拱手。「林老爺，恕在下無能為力。」

林文裕看了一眼，也是胸中一痛。他的女兒啊！

「老爺，夫人暈過去了。」

林夫人剛才暈倒，僕婦們怕她醒來再觸景傷情，連忙將她抬到隔壁，安置在廂房的躺椅上。看到林文裕來了，連忙稟告。

「大夫，麻煩你給內子看看。」林文裕聽到夫人病倒，連忙又帶著大夫來到廂房。

大夫看了片刻。「無妨，只是傷心過度，在下給夫人扎兩針，就能醒過來。」

「有勞大夫了！妳們幾個，好生伺候著。」

林文裕說完，也不等夫人醒來，自己走到院中等候。

閨房裡傳來丫鬟們嗚嗚的哭聲，他想起去年慘死的兒子，也是上吊，又要白髮人送黑髮人！他捏緊拳頭，只覺得又痛又怒，卻不知如何發洩。

管家從外院過來，看到林文裕站在院中發呆，遲疑片刻，還是上前問道：「老爺，姑娘的喪事，您看……」他話還未說完，大夫從廂房中走出來。

林文裕到底宦海沈浮多年，他腦中立刻清醒，忍了悲痛，沈聲道：「有勞大夫了！小女突發急症，麻煩大夫了。」又轉身對管家吩咐：「你送大夫出去，給大夫診金。」

林意柔是要嫁入皇家的人，居然在家中上吊。這要是傳出去，就是對皇家不滿，是大不敬的罪名。

那大夫也是有見識的人，常在這些達官貴人府邸走動，哪會不明白林文裕這話的意思，他連忙點頭道：「是啊，林姑娘疾病發作太快，林老爺節哀啊。」

林文裕讓管家送大夫出去，又包了一個大紅封。

此時，林夫人已經醒了，還要去林意柔房中，被婆子們攔住，在廂房裡哀哀哭泣。「柔兒啊，妳怎麼忍心走啊！柔兒……」

林文裕走到房外的廳中坐下，眼眶也紅起來。

知意從外面走回來，聽到林意柔上吊的消息，嚇得手中端著的茶水摔落在地上，嗚嗚地哭起來。「來人，將這院裡伺候的人都看起來！」

院中屋裡屋外的僕婦丫鬟們正哭著，忽然被人帶到院中看起來，心中都是驚懼。

「姑娘出事前，是誰在伺候的？」管家大聲喝問道。

眾人連忙都說出事前是知意伺候的。

知意被帶到林文裕面前，跪下就哭訴道：「老爺，奴婢什麼都不知道啊，姑娘只是跟奴婢說側妃不如皇子妃尊貴，然後讓奴婢給她梳洗。梳洗好後，姑娘要喝茶，嫌房裡的茶水冷了，打發奴婢去提熱水。當時，院外的人都聽到的。」

管家聽到這裡，去院外問了一聲。

果然，大家都說聽到林意柔打發丫鬟去拿熱水的聲音。再問如意，如意說自己拿了燕窩粥進來，就發現姑娘死了。

當時屋裡雖然沒人，但是院子裡僕婦不少，並沒有外人進來過。難道自己女兒真是自盡嗎？為了不做側妃？

林文裕覺得自己女兒不像會尋死的人，可是人若一時衝動，也是可能的啊。

林夫人聽到林文裕要審問丫鬟，也忍了悲傷來聽，聽到知意說林意柔提起側妃不如正妃尊貴，她又哭起來。女兒一心要嫁入三皇子府做三皇子正妃，這心思她也是知道的。

難道因為嫁不成楚昭業，她就自盡了？

聽到如意說去廚房拿燕窩粥，沒在房裡伺候，她只覺得滿身的悲傷怒火有了原因，怒聲道：「如意，我是怎麼交代妳的？讓妳片刻不離姑娘！妳居然不知道好好伺候姑娘，給我拉下去打！」

如意沒有想到，最後夫人居然遷怒到自己身上，當時自己壓根兒不在房中啊！而且，夫人根本沒說打幾下，這——就是要活活打死自己啊！

「夫人，是姑娘讓我去的，夫人饒命……」如意剛叫兩聲，就被婆子堵了嘴，拖下去了。

林夫人再想到女兒那身大紅衣物，初聽到要進二皇子府時，林意柔哭得柔腸寸斷，跟她說「我還不如死了算了」，現在，果真做了傻事，心裡更是哀痛。

「柔兒啊，柔兒，是母親沒用，母親對不起妳啊！」

「好了！」林文裕聽到林夫人的話，氣得拍了身旁的桌子。「姑娘是得了急症去世的，妳們知道嗎？」

「是，奴婢知道了！」底下的丫鬟僕婦們連忙應道。

林文裕看了這些人一眼。對外既然說林意柔是得急症而死，這些伺候的人，就不能留了！他對管家使了個眼色。「這些人都先帶下去，好好看著！姑娘喪事沒完之前，不許她們再出來伺候！」

跪著的丫鬟僕婦們喘了口氣，只要不是賜死就好。

管家會意，招了招手。「都先關到柴房去吧！」

林夫人不敢大聲哭了，只好小聲啜泣著，林文裕看她悲傷的樣子，嘆了口氣。「妳以為我心裡不難過嗎？可是，柔兒是自盡的話，就是對皇家不滿，以死抗旨！這要傳出去，就是帶著我們全家一起死！妳讓人好好給柔兒收拾一下，我去三殿下府上，請個太醫來給柔兒看病。府裡人的嘴，妳看嚴了。」

林夫人擦擦眼淚，連忙點頭答應。

林文裕到了三皇子府，還好楚昭業在府裡。

楚昭業聽說林意柔上吊自盡，有些不敢置信。「好端端的，怎麼會自盡？」

「唉……」林文裕擺擺手，不想再說。「柔兒這一死，傳出去，若是聖上知道了，就是抗旨的罪名！老臣來，是想求殿下援手。」

「舅舅，林家的事，我自然應該盡力，您且說打算如何做？」

林文裕連忙說了自己的打算，楚昭業沈吟片刻。「舅舅索性就說染了急症吧，怕擔心傳染，將那個院子裡的人都處置了。意柔的屍身……」

「老臣明白了，殿下放心。」

林文裕點點頭。楚昭業說的是最好的辦法了，林意柔染了急症的話，屍身得火化，這樣一來林意柔是怎麼死的就無法查證了，而且，處置那一院子奴才，也有了理由。

「舅舅節哀，先回去安排吧，我送舅舅出門。等會兒我就讓李貴帶太醫到府上，為表妹看診。」楚昭業虛扶了林文裕一把，將他送出門。

到了晚膳時，京城中很多人都知道林意柔染了急症突亡的消息。

顏烈今日在宮門當值，看著李貴急匆匆帶著太醫出去，回來時太醫透出的口風，說是林府姑娘那病可能會傳染，最好快點火化。

身。

楚元帝連夜召見林文裕，林文裕在御前哭得幾欲昏厥，忍痛答應回府後就安排火化屍身。

「寧兒，妳是沒看到，林文裕哭得傷心啊，離宮時連上轎都要攙扶，看著也怪可憐的。」顏烈最後感慨道。「那林意柔也是命不好，都要過門，居然死了。」

「二哥，太醫那些話，是你問的還是他說的啊？」

「他和御林軍裡的孫校尉看著很熟，孫校尉問他給誰看診，他就說了。」

林意柔會自盡？顏寧可不信，原本她以為楚昭業會忍到林意柔嫁入二皇子府之後，沒想到這麼快就動手了。

前世那個一身皇后錦服的宮裝貴婦，站在被關押的顏寧面前，說：「顏寧，妳知道嗎，要不是妳有用，聖上怎麼會娶妳？」

不知道林意柔現在在黃泉路上，是什麼感受？

林意柔之死，對外可以說是急症，但是瞞不過有心人的耳目。自盡而亡，楚昭暉聞訊後，對林家會更加憤恨。

林家只能死心塌地跟著楚昭業，再沒改弦易轍的機會。

太醫回宮後，就將林意柔染病，此病還可能傳染之事，稟告了楚元帝。

楚元帝打量他半晌，臉上無驚無喜，心中不知在想些什麼？

太醫略略抬眼，碰上楚元帝打量他的視線，那雙眼睛如深潭，不知其中含了什麼？看楚元帝沒有說話，他又大著膽子道：「不過，林姑娘到底是疫病而死，若是在家中停靈久了，萬一傳染，那就麻煩了。」
對楚元帝來說，沒有什麼比京城安危更重要的。
楚元帝未馬上說話，沈吟片刻。「來人，去傳三皇子進宮。」
康保看了看天色。這宮門已經落匙，還要傳人？他連忙讓人拿著出宮權杖，去三皇子府通傳。
楚昭業來得很快，約莫不到半個時辰就進宮，跟著御前的人來到勤政閣。
那太醫站了這些時間，只覺心中惴惴不安，看到楚昭業進來，抬眼看了過去。
楚昭業進門掃了一眼，勤政閣中除了這太醫，只有楚元帝和御前伺候的人。他的視線，沒有和那太醫對上，只是旁若無人地上前，向楚元帝請安，問道：「父皇，您傳喚兒臣，是有什麼事嗎？」
楚元帝指指站在下面的太醫。「他說林家的林意柔染了疫症，死了，這事你知道不？」
「兒臣知道。剛剛舅父家有人來兒臣府上，告知兒臣了。沒想到林家表妹年紀輕輕，平素身子又康健，居然說去就去了。」
「這事，你怎麼看？」
這話是何意？難道父皇是懷疑自己？
楚昭業腦中閃過幾個念頭，但還是鎮定地道：「到底是得了疫病，兒臣剛才讓人帶話，勸舅舅在家中停靈七天，然後，選個遠些的墓地安葬。明兒一早，兒臣去林府時，再勸勸舅舅。」

楚元帝看他神色鎮定，搖搖頭。「既然是疫症，怎能停靈？萬一傳染了，京城怎麼辦？你去勸慰一下林尚書，讓他今夜就處置了吧。」

「是，是兒臣思慮不周，兒臣這就去林府，勸舅舅為了京城大局，忍一時悲痛。」

「嗯，康保，你讓人跟著三皇子一起去林府，傳朕的口諭。」

「是，奴才領旨。」康保連忙答應。

「父皇，那兒臣先去林府了？」

「好，你去吧。好好安慰一下林尚書，他到底也一把年紀了。」楚元帝點頭，又對那太醫道：「你也下去吧。」

那太醫擦了擦額頭的汗。大冷天地乾站著，勤政閣裡雖然暖和，他站在御案下，還是覺得兩條腿都要僵直了。

看這些人退下後，楚元帝又拿起面前的奏摺看起來。他看了幾眼，有些看不進去，索性又丟下奏摺，轉頭問康保：「康保，你說林家那個林意柔，真是病死的？」

「聖上，奴才不敢妄自猜測啊。興許那姑娘真是個無福的，眼看要過門卻死了。」

「是啊，是個無福的。算了，死都死了，朕還管她怎麼死的。」楚元帝說著，不想再多談，仰頭靠到龍椅上，只覺頭重千斤。

自從劉妃落胎那次暈倒後，他覺得自己精神差了很多。往日看一天的奏摺，如今看半天就得歇歇。

康保看元帝面容疲憊，上前問道：「聖上，要不先安歇了？」

楚元帝搖搖頭。「這些摺子都是要緊事，你讓人送杯參茶來。」

康保應聲，出去片刻，又有些為難地回來稟告道：「聖上，貴妃娘娘讓奴婢給您送消夜來，您看……」

「是什麼？」

「是燕窩粥。」

「拿進來吧。」楚元帝批了這麼久的奏摺，也有些飢餓了。「對了，將前日南邊進貢的南珠，去取百顆賜給柳氏。」

康保領旨，拿了燕窩粥進來，伺候楚元帝服用。

楚元帝明白，柳貴妃這是想打探，他傳楚昭業進宮是為了何事？

林意柔和楚昭暉在宮宴上鬧出的事，他心裡本就不喜，只是到底是重臣之女，他想著讓林意柔嫁給楚昭暉也不錯。柳貴妃卻哭訴了半晌，說都傳言林意柔心儀三殿下，嫁入二皇子府，萬一鬧出事端，不是給皇家丟臉？柳貴妃早就提過想將韓氏女娶進來做二皇子正妃，自己也應允過了，所以取個折中，讓林意柔做了側妃。

宮宴上的事加上今日的事，他想了想，搖頭一笑。

兒子大了，羽翼已長成，而自己，卻是日漸老了……

——未完，待續，請看文創風608《卿本娘子漢》3

一百種
書式生活

2018 線上

鴻映雪

巾幗本色，萬夫莫敵

▶ 虧她乃將門虎女，先是誤信閨密，後來錯嫁薄情郎，
把人生好局打到爛，真是愚昧得可以！
如今重生後她脱胎換骨了，
還不運用謀略，好好博一把來改寫人生？

文創風 606 610 **《卿本娘子漢》** 全套五冊

想她顏寧前世就是蠢死在身邊人的算計下，
縱然她擁有一身武藝謀略及大好家世背景，
最終卻遭廢后慘死、抄家滅族，
想想自己一手好牌能打成這樣，
無怪乎老天爺也看不下去，給她重生的機會。
而今她洞燭機先了，翻轉顏家命數是勢在必行！
於是，她一方面對昔日閨密和薄情郎還以顏色；
另一方面跟鎮南王世子培養出患難與共的情誼……
在步步為營、處心積慮的算計之下，
顏家最終趨吉避凶，她也一戰成巾幗英雄，
人生至此看似春風得意，感情也有了著落，
無奈再如何封賞，都難以改變男人納妾乃天經地義。
看來要讓未來夫婿與她實踐一生一世一雙人，
只好祭出顏家老祖宗的規矩——打趴他，讓他立誓永不納妾！

2/13陸續出版。原價250元/本，**書展特價188元/本**

雷恩那(含小別冊)**+莫顏+宋雨桐** 三套**簽名書**合售
原價920，**限定價666**(請至過年套組購物車點選)

雷恩那

新年首發，
眾所期待

傳聞「寓清入濁世、秉筆寫江湖」的乘清閣閣主，
馭氣之術蓋世絕倫，有「江湖第一美」稱號。
而她只是一個武林盟大西分舵的小小分舵主。
兩人曾於多年前結下不解之緣，後卻不明不白分別，
如今再次相見，他竟說有求於她?!

橘子說 1256.1257

《求娶嫣然弟弟》上+下

那年天災肆虐，惠羽賢曾瑟縮在少年公子懷裡顫抖，
他明亮似陽，溫柔如月光，令她驚懼的心有了依靠，
她天真以為可以依賴他到底，未料卻遭到他的「棄養」，
多年後再會，名聲顯赫的他已認不出她，她卻一直將他記在心底。
江湖皆傳乘清閣閣主凌淵然孤傲出塵、淡漠冷峻，
怎麼她眼裡所見的他盡是痞氣，耍起無賴比誰都在行！
她隱瞞往昔那段緣分，卻不知他看上她哪一點，硬要與她「義結金蘭」，
他變成她的「愚兄」，而她是他的「賢弟」，她認命地為他所用，
但即使她真把一條命押在他身上，為他兩肋插刀，
他也不能因為頂不住老祖宗的威迫，就把傳宗接代的大任丟給她承擔啊！
儘管如此，他仍是她真心仰望的那人，
只是她都已這般努力，終於相信自己能伴著他昂揚而立，
他又怎能輕易反悔，棄她而去？

2/6出版，上下不分售。原價440元/套，**書展特價330元/套**，還有限量簽名版！
小粉絲專屬 **+30元** 就能擁有**大老爺系列**番外小別冊**〈妻寶大丈夫〉**，只有書展才有唷！

莫顏

創意天后最新力作，
四大護法情有所屬

寒倚天身為丞相之子，為打聽妹妹寒曉昭的下落，
不得不贖回青樓花魁，豈料竟是引狼入室?!
江湖計謀，難辨真假，
誰輸誰贏，就看誰的手段更高明……

橘子說 1258

《戲冤家》【四大護法之一】

巫離是狐媚的女人，但扮起花心男人，連淫賊都自嘆不如。
巫嵐看起來是個君子，但若要誘拐女人，貞潔烈女也能束手就擒。
兩位護法奉命出谷抓人，該以完成任務為主，絕不節外生枝，
可遇上美色當前，不吃好像有點說不過去。
「你別動我的女人。」巫離插腰警告道。
「行，妳也別動我的男人。」巫嵐雙臂橫胸。
巫離很糾結，她想吃寒倚天，偏偏這男人是巫嵐的相公。
巫嵐也很糾結，他想對寒曉昭下手，偏偏這姑娘是巫離的娘子。
「昭兒是好姑娘，不能糟蹋。」巫離義正辭嚴地說。
巫嵐挑眉。「那妳就能糟蹋那個寒倚天？」
巫離笑得沒心沒肺。「這不一樣，那男人可是很願意被我糟蹋。」
巫嵐面上搖頭嘆氣，心下卻在邪笑，
那麼他也想辦法讓寒曉昭願意來「糟蹋」他吧……

2/6出版。原價250元/本，**書展特價188元/本**，還有限量簽名版！
建議搭配《江湖謠言之雙面嬌姑娘》、《江湖謠言之捉拿美人欽犯》一起享用，風味更佳，書展期間只要**六折**喔！

雷恩那(含小別冊)+**莫顏**+**宋雨桐** 三套**簽名書**合售
原價920，**限定價666**(請至過年套組購物車點選)

宋雨桐

教你不能不愛的浪漫女王

一會兒是性感火辣的小妖姬，一會兒是古板無趣的老女人，
不變的是，她走到哪都會招來無數的大小桃花……

橘子說 1259

《那年花開燦爛》

算命的說，她命中帶桃花，走到哪都要招蜂引蝶一番；
果真，從小到大，她身邊總是不乏各式各樣的爛桃花。
別的女人害怕嫁不出去，巴不得求神佛賜予桃花運，
夏葉卻剛好相反，迫不及待想要徹底趕走身邊的大小桃花！
沒想到她都躲在家裡當個離塵而居的文字工作者了，
依然逃不過，還招來她生命裡最美、最燦爛的一朵花……
風晉北，長得比花還美，強大氣場足以驅離其他爛桃花，
他一出場，百花低頭，全員退散，簡直比符咒還有效！
這麼好的東西她應該隨身攜帶才是，怎麼可以輕易放過他？
可，他那又美又邪又清純的模樣常讓她有點神智錯亂，
還有那陰陽怪氣又霸道無比的性子，簡直連天皇都比不上，
她豈能收服得了他？那簡直是不可能的任務……

2/6出版，原價200元/本，**書展特價150元/本**，還有限量簽名版！

二〇一八一路發

抽本好書帶回家！

什麼！買一本就能參加抽獎?! 也太好康了吧！

沒錯～～只要上網訂購並完成付款，系統會發e-mail給您，
附上抽獎專用之流水編號，買一本就送一組，買十本就能抽十次，
不須拆單，買愈多中獎機率愈大！快趁過年試試手氣吧～～

福星高照獎	4名	《丫頭有福了》全四冊
吉祥如意獎	4名	《將軍別鬧》全四冊
締結良緣獎	4名	《龍鳳無雙》全三冊
財源滾滾獎	10名	狗屋紅利金 200元

- 3/5(一)於官網公布得獎名單，祝您好運滿滿～
- 前二個獎項為三月文創風新書，會等出書後再寄送唷！

小叮嚀

(1)請於訂購後**三日內**完成付款，最後訂購於2018/2/26前完成付款才算有效訂單喔！
(2)活動期間親自至本社購買亦享有相同折扣，請先電話聯絡確認欲購書籍，以方便備書。
(3)購書滿千元(含)以上免郵資。未滿千元部分：郵資65元(2本以下郵資50元)／超商取貨70元，限7本以內／宅配100元。
(4)特賣書籍因出書時間較久，雖經擦拭、整理，仍有褪色或整飾痕跡，故難免不如新書亮麗。除缺頁、倒裝外無法換書，因實在無書可換，但一定會優先提供書況較良好的書給大家。若有個人原因需要換書，需自付來回郵資。
(5)各書籍庫存不一，若遇缺書情形可選擇換書或退款。
(6)歡迎海外讀者參與(郵資另計)，請上網訂購或是mail至love小姐信箱(love@doghouse.com.tw)詢問相關訊息。

狗屋．果樹有權修改優惠活動的實施權益及辦法。

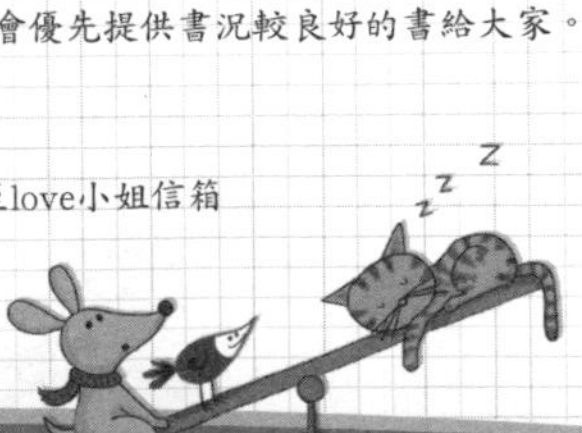

有勇有謀成事，相知相惜成雙／皓月

2018年1月出版

鎮家之寶

她一邊尋親，一邊招賢，
而這收編後的「丐幫」也不是省油的燈，助她蒐集情報又掙錢，
現在她不只養雞養鴨，竟還管起軍中棉衣來了？

文創風 602 1

雲水瑤身為堂堂名門閨秀，被人用一碗毒藥作踐，
如今重生歸來，又淪為被追殺的目標，還被迫與家人分離！
一個落難千金淪落農家，就算有才有謀也難以施展，
加上養母雖待她好，可養母的家人卻是一肚子壞水，
她一面要解決家裡的糟心事，一面要想法子賺錢，
好在她運氣不錯，地主家的兒子自己撞上門來，
還有個衣著普通、相貌與氣質卻不凡的江家少年出面幫襯，
怪的是，這位名為江子俊的少年好神秘，莫非是個不簡單的人物？

文創風 603 2

天地之大，雲水瑤一個女娃兒要找人無疑是紙上談兵，
幸虧上蒼賜給她得力小伙伴，一起尋親，努力「謀財」，
豈料當失散已久的親弟歸來，竟慘遭火吻，
母親與妹妹好不容易尋到當官的親爹，卻是過得水深火熱，
親爹還是個軟柿子，任由妾室爬上正位而不吭聲！
她在這頭焦頭爛額，那處的深宅大院同樣未有安寧，
一樁樁離奇事件接連發生在她們身上，讓她不禁懷疑，
對方究竟是要她們的命，還是覬覦藏在她身上的傳家寶……

文創風 604 3

說起這傳家寶，雲水瑤只能參透一半，
當初她大難不死、自家舅舅與江子俊的父母失蹤，興許皆與之有關，
只是她還未釐清來龍去脈，一場意外就打亂了她的計劃——
瘟疫橫行，民間一片亂象，她被迫提前與父親相認，回歸本家，
可如此勢必會撼動某些人的利益，因而再次伸出魔掌！
這場你來我往的暗鬥，她走得步步為營，
怎知對方一出招就放出對他們有利的線索，
隨著舅舅與江家父母的行蹤浮出水面，江子俊的真實身分也即將揭曉……

文創風 605 4 完

雲水瑤戰戰兢兢的蟄伏，只為等待真相水落石出的那天，
她以為的嫌疑犯其實只是小螺絲釘，而那幕後大魔王竟與皇室有關！
想她好不容易齊了家、收穫了愛情，難道現在還要協助皇上平天下 ?!
可糧價異常上漲、南北鄰國同時來犯，民生雪上加霜，
她無法棄之不顧，致力帶頭捐獻，
她在這頭忙得團團轉，江子俊在另一頭剿滅賊人，
兩人雖分隔兩地，不過她相信「國家和，萬事興」，
待一切風雨過後，終將見月明……

攜手度患難，並肩共白首／盼雨

2018年1月出版

神力小福妻

世道混亂，民不聊生。
她一個小孤女，如何才能生存？

文創風 596 1

辛湖穿越成了個小丫頭，孤身一人苦哈哈的在山洞中求生，
身無長物，唯有一身怪力能保障安全。
循著記憶尋找人煙，她意外的救下一對母子，
無奈那母親不久後便病逝了，餘下男孩──陳大郎與她同行。
誰知他雖年幼，卻莫名成熟，還一本正經向她求親？
她好笑地逗他幾句，就這樣糊裡糊塗談成了婚約。
這意外獲得的「小老公」，使她不再倉皇無措，
儘管未來渺茫，但她不再是孤身一人……

文創風 597 2

陳大郎重生了，但他差點兒比上輩子還短命，
還好一個怪力小丫頭出現，從惡徒手中救了他和母親。
然而母親敵不過病魔，他僅能與小丫頭──辛湖在亂世中結伴。
一路上兩人碰上了許多慘事，還救了幾個孩子，
或許是天佑好人，他們幸運地發現一個隱蔽的荒村。
有了遮風避雨的屋子，他心頭充滿希望，
就算世道艱難，他也會照顧好這輩子的「家人」！

文創風 598 3

辛湖笑著看顧在村內跑跳的孩童，
蘆葦村如今已不再荒蕪，還多了人煙，
村民平日種田打獵、相互幫助，日子溫飽且平安。
然而村中男丁採買油鹽時，卻遇到了朝中平亂勢力，
為了闖出名堂，男人們加入了軍隊，包括已是少年的陳大郎。
見他灑然離去，承擔重任的她心頭發堵，
但她明白，他不應受困淺灘，該在天空翱翔……

文創風 599 4 完

辛湖收到了陳大郎功成名就的消息，
歡喜他安全無恙之餘，卻難免憂慮當年的口頭婚約。
兒時生活艱苦，兩人皆以兄妹相稱，
這事只有他們彼此知道，就算不履行也無所謂。
況且兩人多年未見，只以書信往來，根本沒有愛情火花嘛～～
說不定……他在京城找到了意中人呢！
唉呀！這可不行，她得上京把這事弄清楚，
否則她等成了老姑娘，哪裡還有機會談戀愛？

文創風 607

卿本娘子漢 2

國家圖書館出版品預行編目資料

卿本娘子漢 / 鴻映雪著. --
初版. -- 臺北市 : 狗屋, 2018.02
冊 ; 公分. --（文創風）
ISBN 978-986-328-828-2（第2冊：平裝）. --

857.7　　　106023733

著作者	鴻映雪
編輯	黃鈺菁
校對	黃薇霓　簡郁珊
發行所	狗屋出版社有限公司
地址	台北市104中山區龍江路71巷15號1樓
電話	02-2776-5889～0
發行字號	局版台業字845號
法律顧問	蕭雄淋律師
總經銷	知遠文化事業有限公司
電話	02-2664-8800
初版	2018年2月
國際書碼	ISBN-13　978-986-328-828-2

本著作物由起點中文網（www.qidian.com）授權出版

定價250元

狗屋劃撥帳號：19001626

網址：love.doghouse.com.tw　E-mail：love@doghouse.com.tw